花间
一壶
酒
足以
慰风尘

清词
中的别样风华

流珠 著

北京联合出版公司
Beijing United Publishing Co.,Ltd.

图书在版编目（ＣＩＰ）数据

花间一壶酒，足以慰风尘：清词中的别样风华 / 流珠著． -- 北京：北京联合出版公司，2017.7（2023.1 重印）
　　ISBN 978-7-5596-0124-7

　　Ⅰ．①花… Ⅱ．①流… Ⅲ．①词（文学）－诗歌欣赏－中国－清代 Ⅳ．① I207.23

中国版本图书馆 CIP 数据核字（2017）第 079510 号

花间一壶酒，足以慰风尘 ： 清词中的别样风华

作　　者：流　珠
出 品 人：赵红仕
责任编辑：肖　桓
封面设计：吴黛君

北京联合出版公司出版
（北京市西城区德外大街83号楼9层 100088）
北京新华先锋出版科技有限公司发行
天津丰富彩艺印刷有限公司印刷　新华书店经销
字数144千字　620毫米×889毫米　1/16　16印张
2017年7月第1版　2023年1月第2次印刷
ISBN 978-7-5596-0124-7
定价：69.00元

目 录 一

目录

二

第一章

红尘有佳士

按语：红尘滚滚，众生芸芸，向何处能找寻那些合于天然的鲜洁、未染烟火的淡逸、不加雕饰的纯真？独有翩翩佳士能坚守本性、不为俗累，是那古歌中的采采流水、蓬蓬远春。本章的入选者有"清词第一人"纳兰性德、浙西词派之"姑射仙姝"厉鹗，以及常州词派的开山宗师张惠言。入选理由：纳兰性德"不是人间富贵花"的高卓品格，厉鹗"白云还卧深谷"的娴雅气度，张惠言"门外春来路，芳草不曾遮"的温醇思致。三者合一，便构成了我们心目中对于红尘佳士的完美构想。

纳兰公子

绝代销魂，纯任性灵

【 纳兰性德小传 】

　　纳兰性德（1655—1685），字容若，初名成德，避康熙太子保成讳，易名性德，号楞伽山人。满洲正黄旗人，武英殿大学士明珠长子。康熙十五年（1676）进士，选授三等侍卫，后晋一等。善骑射，好读书。工词，尤擅小令，著有《侧帽集》《饮水集》，后人辑作《纳兰词》。胡薇元《岁寒居词话》云：“容若《饮水》一卷，《侧帽》数章，为词家正声。散璧零玑，字字可宝。杨蓉裳称其骚情古调，侠肠俊骨，隐隐奕奕，流露于毫楮间。”况周颐《蕙风词话》曰：“容若承平少年，乌衣公子，天分绝高，适承元明词敝，甚欲推尊斯道，一洗雕虫篆刻之讥。独惜享年不永，力量未充，未能胜起衰之任。其所为词，纯任性灵，纤尘不染，甘受和，白受采，进于沉着浑至何难矣。”

金风玉露时，白狼河边头

《台城路·塞外七夕》

白狼河北秋偏早，星桥又迎河鼓。清漏频移，微云欲湿，正是金风玉露。两眉愁聚，待归踏榆花，那时才诉。只恐重逢，明明相视更无语。

人间别离无数。向瓜果筵前，碧天凝伫。连理千花，相思一叶，毕竟随风何处？羁栖良苦，算未抵空房，冷香啼曙。今夜天孙，笑人愁似许。

七夕，中国人记忆中一瓮芳意沁骨的甘醴。只这灵黠秀美的名字，已足以引动无穷佳思。汪曾祺的小说《大淖记事》中有位名唤巧云的姑娘，酒窝凤目，眉如鸦翅，与小锡匠十一子两心暗许，道是无晴却有晴。小说中写道，巧云出生在七月里的一天，生下来时，满天都是五色云彩，所以便有了这个名字。单凭这一点，我便固执地认定，巧云的生日应当是在七夕，否则真太可惜了那一天缤纷浪漫的五彩云。古龙的小说《武林外史》中也有一位以七夕命名的姑娘，姓朱，名七七。一个活泼俏皮的精灵，敢爱敢恨，明亮热烈胜似盛夏的榴花。

聊了小说，转入传说。作为久负盛名的传统节日，七夕源于牛郎会织女这一古老的神话。按照《荆楚岁时记》一书的记载："天河之东有织女，天帝之女也。年年织杼劳役，织成云锦天衣。天帝怜其独处，许嫁河西牛郎，嫁后遂废织纴。天帝怒，责令归河东，唯每年七月七日夜渡河一会。"这实在是个悲惨的故事，天帝这个大独裁者太没人情味儿了。试想在渺不可及的天庭，有这样一幅场景：梭子在飞，织机在响。织女织布，日夜匆忙。云锦天衣装饰了天帝的盛世门面，却黯淡了织女的青春韶光。

工作狂也得出嫁，天帝一时心软，织女终于结束了独居的生涯。她嫁给了河西最亮的一颗星辰——牛郎。被幸福冲昏了头脑的新娘一心守着夫君，"一十二时不离别，郎行郎坐只随肩。"爱情导致罢工，天帝坚决不同意女儿的辞职报告，反倒十万火急地将她催回河东。飞梭织杼又成了织女的全部生活，可她的整颗心与全部情感，已不在梭里，不在布中。或许是天帝认识到自己做得有些过分，或许是为了提高织女的工作效率，他终于做出让步，允许织女与牛郎一年一会，在七月七日的星桥。

"银烛秋光冷画屏，轻罗小扇扑流萤。天街夜色凉如水，卧看牵牛织女星。"这是唐代诗人杜牧的《七夕》，是《唐诗三百首》中的七夕。银烛画屏，罗扇流萤。夜凉如水，卧看双星。对笔者而言，这便是对于七夕最早的一点儿印象了。读者诸君呢，各位对于七夕的印象又是始于何物，始于几时？

我们即将谈到的这首《台城路·塞外七夕》，既没有银烛画屏的华贵，亦没有罗扇流萤的清丽；既没有夜凉如水的幽静，亦没有卧看双星的闲适。因为这是塞外的七夕，是纳兰笔下的七夕，这便决定了本词的与众不同。

"白狼河北秋偏早"，白狼河即辽宁的大凌河，其南端发源于白狼山，是辽宁省西部最大的河流。作为康熙皇帝身边的大红人，纳兰侍卫时有扈驾出巡之机。换了他人，这是求之不得的好事，但对于纳兰，却是非其思存的差使。此词如是开头，也正反映了纳兰的这一心境。白狼河的秋天，你为什么要来得那样早，来得那样出乎意料？越往北去，秋意越深；越往北去，人越孤悄。然而，不知是谁的一句提醒，"今天可是七月七日啊，牛郎会织女的日子"，纳兰这才发觉，若在故园，仍能见到风荷映水翩跹的盛景，一如他此时的年龄，三十不到，风华正茂。"思君令人老，岁月忽已晚。"白狼河的秋意，与其说是来自自然界的秋天，不如说是来自与亲人久别带给词人的寒寂之感。七月七了，词人的一片归思已飞向故园，梦想到了织女与牛郎相会的辰光。

"星桥又迎河鼓"，七夕之夜，银河灿烂，繁星似海。河鼓即牵牛星的别名，句中以河鼓代称牛郎，一片喜悦之情仿若击鼓传花，华音清扬。

"清漏频移，微云欲湿，正是金风玉露。"清脆的漏滴见证了光阴的推移，纤巧的云影在含泪窥望，金风玉露的夜景正姗然展开。这是美的极致，一切的美，都毫不吝啬地向着牛郎与织女绽放；一切的美，都已为这一年一夕的盛会准备就绪。

"欲将离恨寻郎说，待得郎归恨却休。"终于等来了日夜凝想的牛郎，织女却并未显得喜色盈面。"两眉愁聚，待归踏榆花，那时才诉。只恐重逢，明明相视更无语。"她似乎还不能适应这乍见的鼓舞与激荡，但怅久离居，何以答欢愉？

"你不高兴吗？这大好的日子，怎也不舍得松松眉头？"在久久地无语对视之后，牛郎伸手挽住妻子，打破了沉默。

"哪里，我只是太高兴了……太高兴了，所以难过。"织女展颜一笑，禁不住滴落两行清泪。

"今晚的月色真好，花也很香。你看我们下边的银河，只如一条细线。那尘世之人是怎么说我们来着？'迢迢牵牛星，皎皎河汉女。纤纤擢素手，札札弄机杼。终日不成章，泣涕零如雨。河汉清且浅，相去复几许？盈盈一水间，脉脉不得语。'不知哪位高人能够填平这清浅一水，好将你我的相思之债一举了却？"

织女只是微笑。

"好不容易才有这个机会。三百六十日，佳期杳如年。只有这一天，我能见到你的样子，听到你的声音。你想说什么，还舍得不告诉我吗？"牛郎语意殷殷。

"小声些。我们的话，别让鹊儿们听了去，别让世人偷听了去。"织女含羞轻嗔。

"好，我们回家说去，你可不许赖我。"牛郎朗然一笑。

星汉灿烂的夜空，有一双眷侣踏着榆花般皎洁的云朵携手同归。他们是那样和谐、那样甜蜜。

如此一幕落入世人之眼，将有怎样的触动、怎样的感想呢？"人间别离无数。向瓜果筵前，碧天凝伫。"牛郎织女犹有七夕可待，人间的痴情儿女，在七夕之夜仍不得团聚者，不知又有几何！为了这一年一度的佳节，人们早早就陈设好了瓜果盛宴。翠绿的西瓜、紫艳的葡萄、粉嫩的山桃、雪样的莲藕……无一不是时新应景之物。因为在古人的心中，织女不仅是位纺织能手，还是一位瓜果女神[1]。要向织女求赐女红秘诀，先得让瓜果女神甜到心里去呀。

这天夜里，闺中女儿都打扮得风姿楚楚，聚于庭院引针乞巧。北宋词人柳永曾为之写过一阕极风流、极婉美的《二郎神》："须知此景，

---

[1] 《续汉书》云："牵牛主关梁，织女主瓜果。"意即古人乞求织女保佑瓜果丰收。

古今无价。运巧思、穿针楼上女，抬粉面、云鬟相亚。钿合金钗私语处，算谁在、回廊影下？""钿合金钗私语处"是出自《长恨歌》的典故。"钗留一股合一扇，钗擘黄金合分钿。""七月七日长生殿，夜半无人私语时。"相传唐明皇曾在七夕之夜赐杨玉环金钗、钿盒为定情之物。热恋中的大唐天子与爱侣誓同生死，感人至深的画面，何尝逊于七夕之会的牛郎织女？而在星光摇曳中，那一个个心思灵慧的女郎，大约还做着瓜果般甘甜的香梦吧？她们将丝缕引过银针，将憧憬引向未来，向碧天祈祷，眼神清亮。虽说祈祷之词各个不同，然而有如牛郎织女般坚贞不移的爱情，一定是她们祈祷的核心。

"连理千花，相思一叶，毕竟随风何处？"两棵树的枝干相连，谓之连理。同样是出自《长恨歌》的句子："在天愿作比翼鸟，在地愿为连理枝。"在连理枝上开出的花朵，是何等芳艳，怎样深情。只可惜花愈芳艳、愈深情，愈益遭受雨打风欺。南宋女词人朱淑真以不幸的切身经历痛声一哭："连理枝头花正开，妒花风雨便相催。"狂风骤起，落花满地。谁还记起那曾经怒放的花容以及与花容一样醉人的情意？繁华洗尽，只有一片嫣红如故的叶儿，写满了思念，承载着祝福，漂向天涯，漂向你。

这一片叶儿，仿佛漂向了千年以前的时光，漂向了大唐晚照。唐僖宗时，书生于佑黄昏漫步，在宫墙外的御沟中拾得红叶一枚，上有题诗："流水何太急？深宫尽日闲。殷勤谢红叶，好去到人间。"于佑回去后反复吟味，将红叶锁入书箱，又另寻了一片红叶复诗两句："曾闻叶上题红怨，叶上题诗寄阿谁？"写罢将红叶投入御沟上流，怀着一丝秘密的希望，暗祝红叶能流回宫中，被那位最初寄诗的有缘之人拾取。数年后，僖宗放还宫人，于佑聘娶了一位姓韩的宫女。韩姑娘在于佑的书箱中发现了红叶诗，不禁惊叹："我的旧物怎会在你这里？"于佑说出了得到红叶的经过。韩姑娘如有所悟："我也拾得了一片题诗的红叶，叶上题诗寄阿谁……怎么，难道这真是天意？"遂将珍藏多年的红叶取出，于佑一看，正是自己昔日的笔迹。一时间双叶相偎，丹心互许。

红叶媒，三生缘，这故事堪称千古之奇了。然而客观地说，韩姑娘的那首诗，实在做得不为出色。而于佑的复诗，更是碌碌不足道。难怪这个故事的版本之一——《青琐高议·流红记》将男主角说成一个累举不捷的落魄士人。撇去诗的优劣，故事的本身却不掩其美。小小的红叶随波漂荡，不正像孤独的灵魂漂泊在人海吗？红叶渴望能投入温柔的、可以信托的掌心；而灵魂呢，渴望找到另一个颖慧优美、息息相关的生命。然而，命运会成全世人可怜的愿望吗？不是每一对有情人都能像于佑、韩氏一样得偿凤愿。小小的红叶要毫无闪失地到达理想的彼岸是何其困难、何其渺茫。"毕竟随风何处？"世路坎坷，风波险恶，有多少痴情被虚情蒙蔽，又有多少真情被无情错过？

"羁栖良苦，算未抵空房，冷香啼曙。"此一句，容若回到了自己身上。扈驾塞外的日子是那么单调、枯燥，对一个纯任性灵的词人，这种华而不实的生活是不可能带给他些微喜意的。他的心，已飞回了妻子身边。他想象着妻子在空落落的屋子里暗自垂泪，推窗凝望七夕的明月，牵念他的安危寒暖，默数他的行程归期。漫漫长夜，陪伴妻子的唯有一缕沉香，从初燃时的温馨到凋落时的冷寂。当夜已过尽，香已成灰，妻子的双眸仍莹然欲泣。词人为此歉疚盈怀："世间最深情的寂寞莫过于思妇的寂寞。跟这种寂寞相比，我纵然饱尝旅居的痛苦与风霜又算得了什么？"

泪暗流，可奈秋？"今夜天孙，笑人愁似许。"天孙为织女的另一称谓，

"织女，天女孙也。"按照《史记·天官书》的说法，织女当为天帝的孙女。是女儿还是孙女，此两种说法究竟谁为确切呢？神仙的辈分众说不一。不管怎样，在七夕这夜，织女是人间天上最幸福的人儿。看到芸芸众生为情而苦，因情而怨，她会哑然一笑吗？在这样价值千金的时刻，怎会还有落寞的红颜、深敛的蛾绿？在这样皓月当空的夜晚，为何还有如雨的泪光、难解的心锁？

卿如天上月，未圆终成缺

《蝶恋花》（其一）

辛苦最怜天上月。一昔如环，昔昔都成玦。

若似月轮终皎洁，不辞冰雪为卿热。

无那尘缘容易绝。燕子依然，软踏帘钩说。

唱罢秋坟愁未歇，春丛认取双栖蝶。

《蝶恋花》（其二）

眼底风光留不住，和暖和香，又上雕鞍去。

欲倩烟丝遮别路，垂杨那是相思树！

惆怅玉颜成间阻，何事东风，不作繁华主？

断带依然留乞句，斑骓一系无寻处。

《蝶恋花》（其三）

又到绿杨曾折处，不语垂鞭，踏遍清秋路。

衰草连天无意绪，雁声远向萧关去。

不恨天涯行役苦，只恨西风，吹梦成今古。

明日客程还几许？沾衣况是新寒雨。

《蝶恋花》（其四）

萧瑟兰成看老去，为怕多情，不作怜花句。

阁泪倚花愁不语，暗香飘尽知何处？

重到旧时明月路，袖口香寒，心比秋莲苦。

休说生生花里住，惜花人去花无主。

　　悼亡之音，犹如绿绮古琴上一根颤颤悠悠的断弦；悼亡之章，恰似空庭夕照中一株清雅苍白的梨花。纳兰词："春情只到梨花薄，片片催零落。""梨"谐音"离"，梨花即为离花，与爱人的生死诀别不正像春花离枝一样摧心断肠吗？悼亡是我国古典诗词的伤情之旅、至痛之忆，是丈夫对亡妻隔世相望的爱恋，是失侣天鹅的悲鸣哀泣。文学史上的许多名人都曾经历这种至痛，"望庐思其人，入室想所历"的西晋第一美男子潘安，"曾经沧海难为水，除却巫山不是云"的中唐诗人元稹，"秦楼不见吹箫女，空余上苑风光"的南唐后主李煜，以及那位"十年生死两茫茫，不思量，自难忘"的北宋文宗苏轼……他们的人生辞典中，无不触目惊心地写下过"丧偶"一词。到了清代，这一不幸的群体中又增添了一位新成员，他便是二十出头的纳兰公子。

在为数众多的悼亡名人中，纳兰性德大概要算最年轻的一位；他的沉痛，则似乎又是最持久的。纳兰与亡妻都卒于农历的五月三十日。所不同者，这个五月三十日相隔了八年之久。亡妻卒于康熙十六年（1677）的五月三十日，纳兰则卒于康熙二十四年（1685）的五月三十日。在亡妻的祭日与其同归，恐怕不单是天意巧合吧？八年来，他活得太累、活得太苦，"料也觉、人间无味"，理想的失落与丧妻之痛互为纠结，一当病疾来犯，不加抵抗地便举起了白旗。这样，他就能彻底摆脱这个无味的人间，就能从心所愿地去追随爱妻了。

八年来的魂飞梦绕，让他留下了多少断肠词稿：

此恨何时已？滴空阶、寒更雨歇，葬花天气。

——《金缕曲·亡妇忌日有感》

泪咽却无声，只向从前悔薄情，凭仗丹青重省识，盈盈，一片伤心画不成。

——《南乡子·为亡妇题照》

粉香看又别，空剩当时月。月也异当时，凄清照鬓丝。

——《菩萨蛮》

忽疑君到，漆灯风飐，痴数春星。

——《青衫湿》

《饮水》一编，韵淡疑仙、思幽近鬼，愁凝斑竹、恨牵斜阳。而我们即将谈到的这四首《蝶恋花》，更是纳兰悼亡词中的瑰宝。"为伊判作梦中人，长向画图清夜唤真真。"这虽不是《蝶恋花》中的句子，却与《蝶恋花》有着情同一脉的痴迷与挚诚。那么，谁是纳兰清夜长唤的真真？谁是纳兰永结同心的梦中人？

答案只有两个字——卢氏。跟那个时代的大多数女孩子一样，卢氏只留下了她的姓氏而没有留下芳名，这不能不说是个遗憾，同时，也给了我们一个揣想的空间。什么样的名字方能配得上这位绮年早逝的女郎呢？她模样如何，品行怎样？

卢氏之生平，可见于诗人叶元礼为其撰写的《墓志铭》。这个叶元礼不是别人，即朱彝尊词《高阳台》中那位"见而慕之，竟至病死"的翩翩美男。他与纳兰为同年进士，对于纳兰的家世，应当十分熟悉。据《墓志铭》所记，卢氏为两广总督卢兴祖之女，她在十八岁那年嫁入相府，成了纳兰的新妇。三年之后，卢氏因难产去世，年仅二十一岁。

"夫人生而婉娈，性本端庄……幼承母训，娴彼七襄；长读父书，佐其四德。""生而婉娈"是说卢氏天生丽质，"性本端庄"意为温柔静好。"幼承母训，娴彼七襄"，当真是个慈母调教出的乖乖女，七襄的原意是织女星一日移动位置七次（织女是个飞针走线的高手，一日之内移位七次，可能是因为云锦天衣的尺幅太长，需要根据工作的进度来调整所在位置），此处则言卢氏精于女红。"长读父书，佐其四德"，父亲的教育也颇见功力，值得一提。四德者，即"妇德、妇言、妇容、妇功"之统称。从这句话看来，卢氏必定是位深合传统、德才兼备的淑女。

然而，这还不够卓然秀出啊。别急，在泛泛而谈的赞美之后，叶元礼继续写道："容若身居华阀，达类前修，青眼难期，红尘寡合；夫人境非挽鹿，自契同心；遇譬游鱼，岂殊比目。抗情尘表，则视有浮云；抚操闺中，则志存流水。于其没也，悼亡之吟不少，知己之恨尤深。"有了这至关重要的一段，我们当对卢氏刮目相看了。这是一位既具有传统女性优点且又非同凡响的妻子。有位作家曾打过比方，旧式婚姻就像一场毫无悬念的摸彩，能够得偿所愿者少之又少。这话也有失灵的时候。因为，卢氏与纳兰都幸运地抽中了头奖。"容若身居华阀""夫人境非挽鹿"。华阀是指豪门世家，挽鹿语出《后汉书·鲍宣妻传》。贫士鲍宣娶了恩师的女儿桓少君为妻。少君换上短布衣裳，与鲍宣同挽鹿车（意即车小狭窄，仅容一鹿）回到鲍宣的家乡。"身居华阀""境非挽鹿"，是说纳兰与卢氏皆有烜赫傲人的家世，堪称门当户对。纳兰之父掌相国之职，卢氏之父为封疆大吏，算得上是"金"童与"玉"女的结合。势大遮天、穷奢极欲之家，要开出一朵素雅的莲花已为不易，何况是开出两朵呢？当青眼难期、红尘寡合的浊世公子遇上抚操闺中、志存流水的明慧佳人，这真是一个奇迹。而当这个奇迹一旦失去，词人的生命怎能不大伤元气，词人的心灵怎能不深受重创？"悼亡之吟不少，知己之恨尤深。"什么才是对亡妻最好的祭奠与回报呢？莫若用书生本色，莫若用血泪文章。于是就有了纳兰那些歌哭无端的悼亡词，有了这组凄恻动人的《蝶恋花》。

第一首词起笔便是："辛苦最怜天上月。"明月在天，清光潋滟。其辛苦在于何处，其可怜又在于何处呢？"一昔如环，昔昔都成玦。"这是明月的辛苦处，也是明月的可怜处。一月之中，明月圆如玉环者只得一夕（"昔"同"夕"），其余时间，皆缺似玉玦。如此明月，不正为人生的写照吗？纳兰曾怅然问天："失意每多如意少，终古几人称屈？"生命对于每个人都只有一次，我们非不用心、非不努力、非不动情、非不爱惜。然而这样的辛苦、这样的认真又成全了谁呢？从青春年少到垂暮白首，人的一生究竟能实现几个由衷之愿，能守住几个月圆之夜？

"若似月轮终皎洁，不辞冰雪为卿热。"此句表面是说，倘若月长圆、终皎洁，再大的付出也无悔无惧，就像冰雪情愿为春风融化，为了深爱的你，我哪怕粉身碎骨也甘之如饴。皎洁的月轮，这是理想主义者心目中的爱情，至高至纯的爱情会令精通世故者嗤之以鼻。然而不信则无，信之则有，它的信奉者自有一份殉道的热情。

"冰雪为卿热"，谁能爱得如此深情、如此英勇、如此热烈又如此坚定？《世说新语》中的荀奉倩便是这样的一个人。尽管在《世说新语》中，他是被作为惑溺于儿女私情的反面教材："荀奉倩与妇至笃。冬月妇病热，乃出中庭自取冷，还以身熨之。妇亡，奉倩后少时亦卒。"荀奉倩名粲，字奉倩，三国时魏国人。他曾有言在先："妇人德不足称，当以色为主。"在娶妻娶德的古代，荀奉倩的择偶标准可真有些惊世骇俗。听说骠骑将军曹洪的女儿长得十分美丽，荀奉倩遂娶之为妻。荀夫人过门后，与荀奉倩如胶似漆，情深义重。看来荀夫人不仅色足以降夫，德亦足以降夫。奈何红颜多劫，有一年冬天，荀夫人忽发热病，荀奉倩就先到院中将自己冻了个透体凉，再回到卧室，将自己冰冷的身体贴近妻子，给她降低热度。饶是这样，还是没能挽回妻子的生命。夫人病逝后，荀奉倩不哭神伤、心碎而亡。

"欲结绸缪，翻惊摇落，减尽荀衣昨日香。"在另一首悼亡词《沁园春》中，纳兰亦以荀奉倩自拟，用荀衣香消喻示自己心枯意萎。词前有序："丁巳重阳前三日，梦亡妇淡妆素服，执手哽咽，语多不复能记。但临别有云：

'衔恨愿为天上月，年年犹得向郎圆。'"纳兰与卢氏结缡三年，夫妻相得之情较之荀奉倩夫妇是无独有偶、不遑多让。卢氏产后患病，纳兰比任何时候都更能理解荀奉倩亲试冰雪的"惑溺"，比任何时候都更能理解荀奉倩为妻降温的"痴狂"。"若似月轮终皎洁，不辞冰雪为卿热。"此句玉鸣锵锵，与妻子的"临别有云"相映生辉。真正的爱情，总是炽烈忘我、不计代价。

然而真正的爱情是世上最为奢侈的幸福，不但在人间难以找到适宜的土壤，侥幸开花结果，连老天都会因妒生恨、从中作梗。因此词人说："无那尘缘容易绝。""无那"即"无奈"，"尘缘"为佛教用语。佛教以世上的色、声、香、味、触、法为"六尘"，此"六尘"乃人生种种欲望的缘起，人心苦为羁绊，难以挣脱，是以称之为尘缘。尘缘虽是因人而生，因欲望而起，却又是自我所左右不得、控制不了的。浮生如寄，欢寡愁殷，要得到一个己所深爱之人是那样艰难，失去她却又是那样容易。李后主词："珠碎眼前珍，花凋世外春。"情深缘浅，这真是人生最难承受的结局。

只有春天仍年年归来，"燕子依然，软踏帘钩说"，眼前的一切多像是当年的一切啊。那年春天，我们曾含笑褰帘、同听风吟，任燕子软语呢喃、轻蹴玉钩……总以为可以一直这样生活，可以一直这样相爱。然而，无情的西风过早地把我带到了阴郁不展的秋天，带入了那座埋葬着我一生至爱的坟墓。

"唱罢秋坟愁未歇，春丛认取双栖蝶。"泪眼婆娑中，我似乎听到了弦歌吟唱，仿佛看见了素影轻飘。我来了，一如往昔，在你的坟前放上一束采自《诗经》的葛藤花：

葛藤花开，野芳阒寂。

这里有香冢一座，埋着我美丽的爱人。

我美丽的爱人，谁在这里与你为伴？

漂亮的角枕，曾紧贴你可爱的脸庞；

绚烂的罗衾，曾偎暖你柔软的身躯。

炎炎夏日、漫漫冬夜，我对你的思念永不停息。

百岁之后，我会来这里陪你。

等待既是寂灭，也是重生。当我的生命归于终结，我们会在另一个世界找到久已失落的彼此。那是一个怎样的世界呢？一个春的世界，一个永生的世界。你看，你看，看那春光中成双结对的穿花蛱蝶，哪一只可能是我？哪一只可能是你？

第二首词："眼底风光留不住，和暖和香，又上雕鞍去。"如果说"辛苦最怜天上月"叹的是良辰稀有，"眼底风光留不住"则恨的是韶华易换。这声倾诉，会使我们想起北宋词人晏几道在《归田乐》中的独白："试把花期数。便早有、感春情绪。看即梅花吐。愿花更不谢，春且长住。"这声倾诉，会使我们想起南宋词人辛弃疾在《摸鱼儿》里的感言："更能消、几番风雨？匆匆春又归去。惜春长怕花开早，何况落红无数！春且住。"

没人能够留住春光，无论是在春来之前痴数花期，还是在春去之时责备风雨。与其在失去春光之后再来悲愁惋叹，莫若趁着芳春尚在，着意流连；莫若趁着青春尚在，彼此珍爱。然而，催送春光的又岂止是自然界的风风雨雨，"和暖和香，又上雕鞍去"，命运用他那冷冰冰的语调向着纳兰吆喝："男子汉大丈夫，不要总是沉迷于与妻子共享的二人世界。别忘了，你是为着更重要的使命而来到这个世上的。"

俄国诗人莱蒙托夫有首名为《囚徒》的诗：

> 快给我打开这所监房，
> 给我白日灿烂的光华，
> 给我黑眼睛的年轻女郎，
> 给我一匹黑鬃毛的骏马！
> 我先甜蜜地紧紧地吻吻，
> 那位年轻的姣好的美人，
> 然后再跨上那一匹骏马，
> 好让我长风般飞向天涯。

黑鬃毛的骏马，这是诗人心中自由的化身。对于一个潇洒快乐的浪子，只要拥有一匹驰骋天涯的骏马，还有什么事物他不能了断、不能放下？纳兰也有一匹骏马，但它对于纳兰，所象征的不是无拘无束的自由，而是金玉为笼的前程。华丽的雕鞍只是风流的表象，表象之下，难掩满身的风尘、彻骨的疲惫。因为，纳兰不同于浪子，他是一个恋家的男人，他是一个把爱情当作生命的男人。"又上雕鞍去！又上雕鞍去！"这是世俗的成功理念、家族的利益与荣耀光环强加给他的追求，正是这种违背本性的追求造成了纳兰与爱妻的别离。

"欲倩烟丝遮别路，垂杨那是相思树！"这句看似无理，却是至情之语。倘若直译，可能会让人摸不着头脑。垂杨啊垂杨，既然相思不是你的名字，你又何必自作多情、牵愁惹恨呢？不如用你烟般的柔丝来遮断别路吧，让人眼干为净，忘了人间尚有"别离"二字。

有个成语叫作"指桑骂槐"，词人却是指着垂杨数落相思。那么什么又是相思呢？这话问得有些多余。晏几道有词譬解："长相思，长相思，若问相思甚了期，除非相见时。长相思，长相思，欲把相思说似谁，浅情人不知。"相思易解，相思树当作何解？说法之一，相思树是战国时的韩凭夫妇所化，二人生死一心，是偶像级的恩爱夫妻。说法之二，相思树即为红豆树，温庭筠有句杀伤力极强的艳词："玲珑骰子安红豆，入骨相思知不知？"倘若以此两种说法为据，垂杨跟相思树自是画不上等号。垂杨虽非相思树，却又与相思大大有关。中国式的离别，一定是在杨柳依依之地。"无令长相思，折断杨柳枝。"这是诗仙李白所描写的折柳赠别的画面，千百年来仍栩栩如生。"欲倩烟丝遮别路，垂杨那是相思树！"事实上，从跃上雕鞍的那一刻起，词人就被相思给折腾上了，他心乱如麻，无以自遣，没有什么可以迁怨，只能迁怨于青青垂杨。垂杨啊垂杨，请用你温暖的柔丝来减轻离愁，请用你湿润的柔丝来模糊相思……

这样的请求，实在超出了垂杨的能力范围。恰得其反，别路因之更为触目，离愁因之而更为深重，相思因之而更为醇郁。"惆怅玉颜成间阻，何事东风，不作繁华主？"当相思已长成一棵枝浓叶密的大树，行客归来，却已是人去楼空、好春不在。那张我最为在意、最是牵念的容颜已被永远地阻隔在了时光之门的背后，金锁不开，今生缘断。为什么东风不能成为繁华之主？为什么人们无法主宰自身的命运与幸福？

"断带依然留乞句，斑骓一系无寻处。""断带"与"斑骓"是一对具有悲剧美的词语组合，这一组合跟一位诗人密切相关，他便是晚唐的情歌王子李商隐。李商隐曾为一位名叫柳枝的洛阳姑娘写有组诗《柳枝五首》。生于商贾之家的柳枝正当青春妙龄，喜欢吹花嚼蕊、调丝擫[1]管，能为"天海风涛之曲"，解作"幽忆怨断之音"。因为听人咏诵李商隐的《燕台》诗而动了恋慕之心，当即剪断衣带，托人向李商隐乞诗。李商隐爱其慧黠，开始与她约会。梳着双鬟、抱扇小立，临风引袖、秀靥半隐，这便是李商隐眼中初次赴约的柳枝。东风恶、欢情薄，如此一段心有灵犀的恋情并未能开花结果。由于某种扑朔迷离的原因，李商隐不告而别，娇憨纯真、任情任性的柳枝则很快被一个有权有势者娶走。

"斑骓"的本意，是指毛色青白相间的马。李商隐写过多首意境瑰玮的《无题》诗，斑骓便出自其中的一首："凤尾香罗薄几重，碧文圆顶夜深缝。扇裁月魄羞难掩，车走雷声语未通。曾是寂寥金烬暗，断无消息石榴红。斑骓只系垂杨岸，何处西南待好风？"全诗以一名清宵不寐的深闺绣女为叙说主体，牵出了一段典丽深曲的爱情回忆。绣女缝织着精美无比的凤尾罗帐，想起了与恋人相遇的那个奇妙的夜晚。她用扇面遮住了自己皎然如月的素颜，而恋人的车驾就像隆隆雷声从心上碾过。也许是因为害羞，也许还有其他原因，他们未交一语却已目成心许。谁知道自此一别，双方就失去了音信。孤单的她度过了多少蜡泪成灰的不眠之夜，一直等到了石榴红透的夏天。"斑骓只系垂杨岸，何处西南待好风？"这是《无题》诗的最后两句，一个千古伤心、不了了之的结局。甜蜜的向往只能成为彼岸之花，就如深闺绣女所思恋的翩翩骑马郎，仿佛近在咫尺、试唤便来，然而你把握不住他的真实方向，更触摸不到他的真实所在。

"断带依然留乞句，斑骓一系无寻处。"断带犹在，它代表着自己

---

[1] 音 yè，意为以手指按。

与妻子之间仍鲜活如初的深情；斑骓难寻，则象征着这份深情已离现实世界越来越远。对爱情、对生活，词人仍珍藏着梦想与渴望。可是这么多的梦想与渴望他与谁能共、与谁相拥呢？爱妻已经永远不在了，生活不会沿着旧日的履痕再走一遍。如果当年的幸福不是那样深沉强烈，则他今日所感到的不幸也许不会绵绵不绝吧？是否越是美丽的开始，越是不得善终？一如当年之柳枝，一如眼底之春光。

第三首词："又到绿杨曾折处，不语垂鞭，踏遍清秋路。"是心诚所至吗？锲而不舍的梦魂再一次把她带到了他的身边。杨柳青青，花面如昔，罗袖轻举之间，一弯清露泫然的柳丝已折于素手。此心如柳色，君行我亦行……然而一梦醒来，眼前哪里还有花团锦簇的春光，哪里还有相知相爱的伴侣，哪里还有生机盎然的年龄，哪里还有惜别伤离的心情？

"不语垂鞭，踏遍清秋路。"当独自行走已成为习惯，当异乡风景已成为寻常，当生活变得枯寂，当人生变得漫长，这"不语垂鞭"也便在情理之中了。不语垂鞭，要经历多少岁月与失望，才能练就这么一种隐忍的、逆来顺受的心态。不再抬头怨苍天、低头怪大地，白日里板着面孔该干什么还干什么，深夜里舔着自己的伤口疗伤。哇，这不语垂鞭可真够消极，这不语垂鞭可真够虐心啊。虽然，在这隐忍的背后，我们不是没有读出词人的不甘与不满，但他已无能力来纠正什么，更无能力来改变什么了。因为，他的青春已像小鸟一样飞远；因为，世间的道路虽有千万条，他却哪儿也去不了，除了泥足于眼前这片无穷无尽的清秋。

清秋是个令人感伤的季节。欧阳修在《秋声赋》里写道："盖夫秋之为状也，其色惨淡，烟霏云敛；其容清明，天高日晶；其气栗冽，砭人肌骨；其意萧条，山川寂寥。"

清秋之路，那是一条怎样的路呢？踏遍清秋，又会是一种怎样的感觉？诗人辛笛用《秋思》告诉我们：

一生能有多少
落日的光景
远天鸽的哨音
带来思念的话语
瑟瑟的芦花白了头
又一年的将去
城下路是寂寞的
猩红满树
零落只合自知呢
行人在秋风中远了

如将画面适当地做些改动，譬如说，用暮烟沉沉代替血红的落日，用雁声嘹唳代替远天鸽的哨音，用枯草千里代替雪白的芦花，那就成了纳兰想要表达的意境："衰草连天无意绪，雁声远向萧关去。"不同于辛笛笔下设色华丽的落寞，纳兰的笔触痛切而又沧桑。草枯了，雁哭了，他的心情灰透了、凉透了。因为他走的是一条非其所愿、与理想无关的路。这是一条仕进之路，它不但割断了他与妻子在有生之年的长相厮守，同时也是埋葬欢乐与志向的黯淡归宿。

"不恨天涯行役苦，只恨西风，吹梦成今古。"天涯行役，自是备尝艰苦。若能苦有所获、苦有所值，又怎会心气纤结，又何必怨恨西风？

从前每一次远行，只要一想到归家洗客袍，便会朗然一笑；只要一想到当窗人画眉，便会烦恼尽消。如今呢？生命被浪费，时光被虚度。客袍已旧，谁画眉弯？日复一日，古往今来，西风吹落了多少人的憧憬，西风吹老了多少人的清梦？

我早已过了做梦的年龄，从今更无做梦的勇气了。"明日客程还几许？沾衣况是新寒雨。"世途不会因为年华的流失而变得平坦，人生不会因为一往情深的追忆而掉头重来。一场寒雨刚刚落过，明朝的旅途会更为难行，刻骨的秋意将越来越浓，飘零的花枝也将越来越多。

第四首词："萧瑟兰成看老去"，"兰成"一词甚美，一朵刚刚长成、扬扬其芳的兰花。它是南北朝辞赋家庾信的小名，其由来颇具一些传奇色彩。据说有位印度僧人见到年幼的庾信，被他的聪灵俊敏深深打动，便给他起了这个既生动又别致的小名。然而，由于命运的捉弄，庾信的一生远不似空谷幽兰静美自得、不染纤尘。他出生在中国历史上大分裂、大动荡的南北朝时期，曾是梁国的东宫学士，梁亡后被迫出仕西魏。西魏是梁的敌国，前者如大鱼吃小鱼一样干掉了后者，庾信不但不能为梁国复仇，且被敌国强行授以职务，以身事敌的耻辱与对故国的思念让他写下了血泪浸透的《哀江南赋》。这朵曾经风姿秀美的幼兰早已不复昔日的华赡与奋发。杜甫有诗咏叹："庾信平生最萧瑟，暮年诗赋动江关。"庾信自此成了忧郁文士的代表。

然而纳兰，他才不过二十四岁。在这个年龄上便以"萧瑟兰成"自称，是不是操之过急了一些，是不是矫揉造作了一些？产生这种疑虑是基于我们现代人的心态。对于我们现代人，二十四岁绝对是个清如晨露的年龄。现代人不知老之将至，甭说二十四岁，便是三十四岁、四十四岁，照样可以春风满面地以"年轻态""青春派"自居。

　　然而古人却不一样，古人的人生体验要超前许多。在古代，女子十五及笄，男子二十加冠，及笄、加冠之后便要承担起社会与家庭的责任了。唐朝诗人李贺曾经说过："我当二十不得意，一心愁谢如枯兰。"活脱儿又是一个"萧瑟兰成"，比纳兰还要年轻。李贺亡于二十七岁，纳兰亡于三十一岁。如以他们的寿命推算，二十岁的李贺与二十四岁的纳兰确实到了萧瑟"晚年"。纳兰在二十四岁时失去了爱妻卢氏，"萧瑟兰成"这一自拟既贴切又真诚。"萧瑟兰成看老去"当中的一个"看"字，不但有着"衣带渐宽终不悔"的倔强，亦且有着"为伊消得人憔悴"的专执。这一"看"字，是惊心动魄的绝望，是最无奈、最悲哀的表情。

　　二十四岁便经历了生离死别，二十四岁已是一生苍老的开始。"为怕多情，不作怜花句。"伤春怜花是少年的专利，因为世间的每一个少年都有一颗敏感而又多情的心。然而，对于那些真正经历过凄风冷雨的人，对于那些被生活深深伤害过的人，他们并不是已经失去了伤春怜花之感，他们的内心并非不再柔软、不再脆弱，他们只是将这种感觉埋藏在了一个更为幽沉的角落。情浓似酒，秘之如珍，无须饰以彩绘，勿令轻易开封。

　　"阁泪倚花愁不语，暗香飘尽知何处？"花儿开得越好，心就越加凄凉。对花如对人，想起早逝的爱妻，纳兰含泪无语、满腹愁肠。熟悉的芬芳已荡然无迹，那个如花盛放的你，那个如花深情的你，叫我去哪儿找寻？

　　"重到旧时明月路，袖口香寒，心比秋莲苦。"明知徒劳无益，可我仍然徘徊故地，试图找回些什么，试图挽留些什么。明月如昨，青衫袖寒。这明月，曾照见你我的密誓柔语；这青衫，曾与红袖携手相依。往日的种种温馨却成为我今日的酷刑。你可曾尝过那秋莲的滋味？莲心如我心，不，我心胜莲心。莲苦一分，我苦两分；莲苦一秋，我苦四季。

"休说生生花里住，惜花人去花无主。"在这样的月光下，可还有人许下深愿，就如多年前的你我？沉醉在爱情中的人们总以为这一生还很长，总以为会生生世世牵手在蝶海花乡。然而，曾经那样爱花、惜花的你已一去不返，别说生生世世的誓盟，就连今生相守亦成虚妄。留下我独在人间，对着这满庭花雨，长无欢兮吞声，心无主兮萧然……

高歌当纵酒，青眼结心期

《金缕曲·赠梁汾》

德也狂生耳！偶然间，缁尘京国，乌衣门第。有酒惟浇赵州土，谁会成生此意？不信道，遂成知己。青眼高歌俱未老，向尊前，拭尽英雄泪。君不见，月如水。

共君此夜须沉醉。且由他，蛾眉谣诼，古今同忌。身世悠悠何足问？冷笑置之而已。寻思起、从头翻悔。一日心期千劫在，后生缘、恐结他生里。然诺重，君须记。

这是一首赠人之作，受赠的对象为梁汾。梁汾是清代词人顾贞观的别号。纳兰与顾贞观相识于康熙十五年（1676），而这篇《金缕曲》便作于同年。纳兰时年二十有二，顾贞观则年已四十。一个血气方刚的弱冠青年与阅尽沧桑的不惑中年，一个贵族公子与落魄文人，无论从年龄、身份地位，抑或精神状态，两人都很悬殊。如此悬殊仍能产生出一见如故的情谊，以及这样一篇荡涤灵魂的作品，这究竟是来自受赠者的人格魅力呢，还是来自纳兰笔下不可阻挡的感染力？

应当是兼而有之吧。不过，就笔者而言，作品的成功首先是来自纳兰。来自他那水晶般的纯真，来自他那赤子胸怀的信任，更来自他那无视世俗、重情重义的勇气。

"逢人且说三分话，未可全抛一片心。"这是中国的一句老生常谈。纳兰与顾贞观相识未久，却以毫不设防、推心置腹的态度向顾贞观展现自我，这非但打破了这句老生常谈，搁在今天这个无奇不有、独少真情的网络时代，也算得上是极不成熟的一种表现吧。"公子哥儿就是公子哥儿。我看这个纳兰啊，社会经验几等于零，就是一个菜鸟、一个愣头青嘛。傻里傻气的见面熟，也不怕被人利用了？"大概有读者会对此泼上一盆冷水。

不能说有这种想法的读者便是心理阴暗。在复杂的社会人心面前，懂得自我保护永远是明智之举，循序渐进是最好的了解方式。但纳兰却做不到。因为，他是一个性情中人，如冰如雪，如火如焰。没有温暾暾的折中之道，冷与热，俱鲜明到极致。

问题是，顾贞观是不是他的同类呢？如果是，则纳兰交浅言深、披肝沥胆的倾诉肯定会获得共鸣；如果不是，那就太不应该了。世间最让人难以忍受的事情莫过于对牛弹琴、错认知音。

纳兰没有看错顾贞观，虽说他俩的相识并非偶然。顾贞观是通过应聘为纳兰明珠（纳兰之父）的西席（家庭教师）而进入纳兰视线的。名士气重、孤傲离俗的顾贞观为何会自投"罗网"呢？这位新来的西席究竟有着怎样的目的？

　　吴兆骞，那个已在宁古塔流放多年的江南挚友，是顾贞观最直接的目的。由于二十年前的科场舞弊案，刚刚取得举人功名的吴兆骞含冤入狱，被杖责除名，流放到荒无人烟的宁古塔。"只绝塞、苦寒难受"，长年累月的冰窟雪窖生涯已严重毁坏了吴兆骞的健康。怀着决不放弃的希望，顾贞观一直在为吴兆骞的提前释放而四处奔波。不知是经过高人指点还是自我琢磨，顾贞观将目光锁定在了纳兰的门庭，这里有两点原因：一则纳兰明珠是当朝相国；二则明珠之子纳兰性德是康熙皇帝的近侍，且在文士中有极好的口碑。通观京城政要，能为吴兆骞一事出力者，再也找不到比纳兰父子更加符合条件的对象了。

　　纳兰明悉顾贞观的目的吗？相识之初，他未必尽知。然而，顾贞观的到来对于渴求理解、向往真挚友情的年轻纳兰无疑是极具亲和力的。他从顾贞观的眼底读出了欲言又止，读出了重重疑虑。是什么阻碍了他与顾贞观坦诚相见呢？纳兰决定从他开始，用他的真诚道白来打破两人之间那层微妙的坚冰。

　　"德也狂生耳"的"德"者，是纳兰性德的自称。纳兰一上来就亮出了自己的底牌。"你当我是谁啊？相府公子、富贵闲人？不，都不是。告诉你一个真实的纳兰吧。我，纳兰性德，就是一个狂生而已。"纳兰所说的狂生，是一个具备倔强的意志与抗争精神的人，是一个具备狼一样的孤独与傲气的人。"一生负气成今日，四海无人对夕阳。"国学大师陈寅恪的这句名言恰切诠释了纳兰的"狂生"。"德也狂生耳！"纳兰将这句话说得信心满满、神采飞扬。有如灼热的电流传递出期待的信号，让懂得他的人只看一眼便会热血沸腾、心动不已。

　　"偶然间，缁尘京国，乌衣门第。"南朝诗人谢朓曾有诗云："谁能久京洛，缁尘染素衣。""缁尘"的表意为黑尘，说得再通俗些，也就是污垢，它会让人想起蒙昧的良心、卑鄙的伎俩、龌龊的交易……缁尘是种种陋习与丑行的隐喻。"京国"意即一国的都城，是那最危险亦最具诱惑的权力中心。纯粹的诗人大概都有精神上的洁癖吧。谢朓说，谁能在京城这样的地方久待呢？真怕那万斛缁尘会污染了我素洁的衣裳。显然是话中有话。谢朓真正受不了的，并非京城中由于人口密集、车马拥挤所造成的空气质量急剧下降，而是京城这个繁华去处、花花世界对于纯良人性的腐蚀。纳兰也与一千多年前的谢朓一样，对京国之地的黑暗与罪恶视之不惯。他问自己，为什么不但生于缁尘京国，且还来自乌衣门第。"朱雀桥边野草花，乌衣巷口夕阳斜。"这是家喻户晓的一句唐诗。诗中的乌衣巷位于南京文德桥南侧，东晋时因王导、谢安两大家族的入住而成为门第高华的标志，更因此成为世人乐道的传奇。纳兰却不喜这样的传奇。生长在不比王、谢逊色的富贵门庭，对纳兰来说，仅是偶然而已，是命运的即兴而为罢了，非但不值得炫耀，且让他深感束缚、孤寂。

"有酒惟浇赵州土"，纳兰不仅是个狂生，更有一副侠骨。唐代的李贺作有《浩歌》一诗："买丝绣作平原君，有酒惟浇赵州土。"平原君姓赵名胜，是一代雄主赵武灵王之子，更是"战国四公子"这一殊荣的获得者之一（另外三位分别是齐国的孟尝君、魏国的信陵君以及楚国的春申君）。四公子皆为宗室之胄，慧眼识英、广延贤才，不仅对民心士气具有云集响应的凝聚力，且总能在危急时刻挺身而出，为挽救各自的国家起到至关重要的作用。史传平原君有门客三千，"毛遂自荐"这个成语便出自平原君手下一位最聪明自信的门客。尤值一提的是，当秦军的虎狼之师将赵都邯郸围如铁桶，平原君在起用毛遂施展灵活外交的同时，不惜散尽家财招募壮士，组织起一支空前强大的敢死队，终于将祖国从重围中解救了出来。买来丝线绣成平原君的画像，酹酒一杯遥祭赵州的土地，才华难展的李贺以其独特的方式对他的偶像平原君表达了倾慕之情。

纳兰也有相似的倾慕。甚至，他梦想着成为当代的平原君。有了这一理想，他的"乌衣门第"似乎不是那么可厌了，他可以利用它来四海结友，大展扶助英才的豪情。纳兰去世后，他的老师徐乾学曾在《纳兰君墓志铭》一文中赞叹这位得意弟子"所交游皆一时隽异，于世所称落落难合者……坎坷失职之士走京师，生馆死殡，于赀财无所计惜……"纳兰之好友，"岭南三大家"之一的梁佩兰对其亦有精彩点评："黄金如土，惟义是赴。见才必怜，见贤必慕，生平至性，固结于君亲，举以待人，无事不真。"如此行事为人之贵公子，何可爱之至也。一个"真"字，是纳兰风华旷世的写照；视情如命、重义如天，是纳兰公子的灵魂密码。

"谁会成生此意？"能理解纳兰、懂得纳兰的可谓寥寥无几。在碌碌世人看来，纳兰在当代力行平原君之道无非是贵公子作秀、沽名钓誉而已。然而，世人的冷嘲热讽又算得了什么呢？"不信道，遂成知己。"人生能有一二知己便足以点亮心灯，温暖全程。知己可遇而不可求，纳兰向顾贞观表示："我真没想到竟能与你相识，与你结为知音。"

"青眼高歌俱未老，向樽前，拭尽英雄泪。"知音相见，会有多少青眼互许；知音相遇，该有多少高歌清兴？更何况，我们相遇未晚，正值壮年，我们俱有凌云的志向，我们俱有风发的意气。相逢意气为君饮，莫辜负英雄的豪情，且互拭英雄的痛泪。

"君不见，月如水。共君此夜须沉醉。"词人的情绪由高蹈激扬转为清幽恬静。这种清幽，非知己者不能给予；这种恬静，非知己者不能意会。

唐诗云："知君用心如日月。"纳兰则言："共君此夜须沉醉。"今夕何夕兮，月华明如水；今夕何夕兮，与子结绸缪。

"且由他，蛾眉谣诼，古今同忌。"即便是在这样欢冶的氛围中，即便是在这样投入的沉醉里，有些烙在心骨间的忧与痛仍是放不下、忘不掉的。屈子幽然深叹："众女嫉余之蛾眉兮，谣诼谓余以善淫。"李白怅然有言："君王虽爱蛾眉好，无奈宫中妒杀人。"用"蛾眉"来比拟人才，这是中国古典诗词的传统。"蛾眉谣诼，古今同忌。"美丽并没有过错，然而美好的事物却容易受到误解、嫉妒、中伤。此事古今有之，不足为奇。辣手虽能摧花，蛾眉仍端然自好。即便有风雪载途，让我们一如既往地坚持人格与理想。君子之守，与日同光；君子之守，莫失莫忘。

"身世悠悠何足问？冷笑置之而已。"知音贵在知心，知音贵在知情，而不在于彼此的身份、地位，你且莫因此而与我疏离。就心灵与情感来说，纳兰不必担心自己配不上顾贞观；然而，他担心顾贞观会因他的"乌衣门第"而疏远他。毕竟，患难之情极易激发，而身份悬殊的人们交往，则不可能没有忐忑、试探、顾虑。纳兰希望能尽快结束这个试探期。他以叛逆青年的口吻向顾贞观进一步剖诉，"寻思起，从头翻悔。"意谓从自己的出生，便是一个错误，一错至今，恨不得从头推翻。何以他会痛切激烈到如此地步呢？在前面一段，他还意气风发地梦想着利用自己的身世当个平原君式的人物，但在这里，他又明显感到了高贵出身带给自己的束缚与不幸。"家家争唱饮水词，纳兰心事几人知？"纳兰的苦衷，确非常人可解。而顾贞观的一段祭文则为我们探看纳兰的心事打开了一扇重要窗户。顾贞观是这么写的："吾哥（对纳兰的爱称）胸中浩浩落落，其于世味也甚淡，直视勋名如糟粕、势利如尘埃，其于道谊也甚真，特以风雅为性命、朋友为肺腑。人见其掇科名、擅文誉，少长华阀，出入禁御，无俟从容政事之堂，翱翔著作之署，固已气振夫寒儒，抑且身膺夫异数矣。而安知吾哥所欲试之才，百不一展；所欲建之业，百不一副；所欲遂之愿，百不一酬；所欲言之情，百不一吐。"

那时的顾贞观，已成为纳兰生命中独一无二的知己。其知之也深，言之也切。"所欲试之才，百不一展；所欲建之业，百不一副；所欲遂之愿，百不一酬；所欲言之情，百不一吐。"一个壮志满怀、才高八斗的青年，仅仅因为出身太好而处处受到牵制，竟没有一样心愿能得以实现。他怎能不恨，如何不悔呢？

"一日心期千劫在，后生缘，恐结他生里。"这句话是继"君不见，月如水"之后的又一高潮。响鼓重槌，音如雷霆。纳兰是说："我们既已订交，便历遍千难万劫也不改此心。我这样说能够让你满意吗？如果我们今生结缘已经太迟，就让我们结缘后生。我们要生生世世，长为知己。"

顾贞观深感震撼亦深感困惑。许多年后，重读这首《金缕曲》，他不胜感慨地提笔而书："岁丙辰，容若年二十有二，乃一见即恨识予之晚。越数日，填此曲，为予题照，极感其意，而私讶他生再结语殊不祥，何意竟为乙丑五月之谶，伤哉。"纳兰逝于康熙二十四年乙丑五月。冥冥之中，莫非他已心有所感，担心自己不能陪知音走完这漫漫人生？

"然诺重，君须记。"纳兰到底要向顾贞观承诺什么呢？他是否预先猜到了什么？细节烟消云散，我们已永远无从得知。然而我们即将知道，一日心期千劫在，世间尽有游刃有余的敷衍、妙绝辞令的周旋，亦竟有千金之诺、九鼎之言！纳兰全力以赴，流放绝塞二十三年之久的吴兆骞终于生还江南。大愿既了，顾贞观可以长舒一口气了。现在，他不但能与吴兆骞时相过从，还能与纳兰朝夕论文，人生何幸，得此大快之境！可惜天妒奇才，好景不长。继吴兆骞病逝一年后，纳兰也因寒疾弃世。在那么仓促的时间内连续失去了两位挚友，这对顾贞观是难以言喻的打击。追思兆骞，他心神恍惚；感念纳兰，他更是失声痛哭："呜呼吾哥！其敬我也不啻如兄，其爱我也不啻如弟，而今舍我去耶？吾哥此去，长往何日，重逢何处？不招我一别，订我一晤耶？且擗，且号，且疑，且愕，日晻晻而遽沉，天苍苍而忽暮，肠惨惨而欲裂，目昏昏而如瞽。其去耶？其未去耶？去不去尚在梦中，而吾两人俱未寤耶？"

告别了缁尘京国，顾贞观回到了睽违已久的故乡。"青眼聊因美酒横，朱弦已为佳人绝。"不再有社交的打扰，宁静而又惆怅地与记忆生活在一起。风姿俊雅的顾贞观，闲数花开花落，淡看云霓山涛，渐渐被岁月雕塑成一个孤独的老人。

夕阳晚风中，三三两两的飞燕从他眼前掠过。燕语呢喃，声声如诉，不知是在寻觅旧巢抑或呼唤同伴？一张纯如碧玉、暖如春阳的笑颜早又映上了顾贞观的心湖，那是纳兰的微笑，在这秋气渐深、落叶堆积的黄昏。

"告诉你一个真实的纳兰吧。我，纳兰性德，就是一个狂生而已。"顾贞观不禁清泪盈眶。他吟唱起了另一首《金缕曲》，那是当年他写给纳兰的酬和之作：

　　且住为佳耳。任相猜，驰笺紫阁，曳裾朱第。不是世人皆欲杀，争显怜才真意？容易得，一人知己。惭愧王孙图报薄，只千金，当酒平生泪。曾不值，一杯水。

歌残击筑心愈醉。忆当年，侯生垂老，始逢无忌。亲在许身犹未得，侠烈今生已矣。但结托，来生休悔。俄顷重投胶在漆，似旧曾，相识屠沽里。名预籍，石函记。

"美人赠我金错刀，何以报之英琼瑶。"回首红尘万丈，亦有可欣可恋之处。穿过紫阁朱第，他曾遇见过一颗纯洁高贵有如芙蕖的心灵。神清骨秀的纳兰，山高月朗的情谊。生生世世，长为弟兄；万代千春，永结知己。

何许最关情，谢娘与雪花

《采桑子·塞上咏雪花》

非关癖爱轻模样。冷处偏佳，别有根芽，不是人间富贵花。
谢娘别后谁能惜？飘泊天涯，寒月悲笳，万里西风瀚海沙。

塞上与雪花在纳兰的词集中出镜率极高，可以说，它们在纳兰的生活中占有很大的比重。究其原因，这跟纳兰的职业有关。康熙十五年（1676），年轻的纳兰以殿试二甲第七名的成绩得中新科进士。什么样的岗位与职业在等待满怀希望的纳兰呢？如果他能像当代学子一样按照个人的想法制订职业规划，翰林院学士应当是他理想的选择。结果令人错愕，录取他的部门并非翰林院，而是侍卫处，纳兰被康熙皇帝亲自挑中为御前侍卫。不知是出于何种考虑，康熙皇帝选中了纳兰在"武功"上的特长而舍弃了他的文学才能，初授纳兰三等侍卫，又晋为二等，再由二等升至一等。醉心文学的纳兰公子从此做了个轩冕驰驱的正三品武官，他这一生因此失去了太多……

御前侍卫是个高度紧张的工作，其职责并不局限于安全护卫，同时与宫廷的一切繁文缛节皆有联系。传召、侍宴、狩猎、祭祀……尤值一提的是扈驾出巡。据史料记载，纳兰一生中扈驾康熙皇帝出塞前后共达十三次。十三次，换了今天大概不会是个令人惊奇的数字，然而那是古代，现代科技鞭长莫及，皇袍在身的最高领导人从未享受过专机接送的便利，从京城一直走到塞外，风尘仆仆、鞍马劳顿，这份艰辛确非常人所能担当。当年气吞六合、虎视八荒的秦始皇不就病死在了出巡的途中吗？作为皇帝的贴身侍卫，纳兰的职责之重、压力之大可想而知。

他并不是个害怕负责的人，也并不是个畏惧压力的人。他只是没法让自己爱上这一职业。"男儿何不带吴钩，收取关山五十州。请君暂上凌烟阁，若个书生万户侯？"李贺的一首七言诗，气势如虹地道出了投笔从戎的豪情。纳兰不是缺少气概，不是匮乏豪情，可惜戎装在身，却并没给他一个奔驰沙场、建功立业的机遇。"若个书生万户侯？"最后一句虽为反语，对纳兰而言，却有截然不同的感慨。哪怕做了一等侍卫又能如何？充其量也只是一个富丽堂皇的内廷装饰品，怎比一介书生来得洒落痛快？他幻想着平民化的生活，向往着个性化的生活，追求着人情味的生活。"傥异日者，脱屣宦途，拂衣委巷，渔庄蟹舍，足我生涯。"但这只是他的一厢情愿。在现实生活中，他必须服从于帝国与家庭向他要求的忠臣孝子的本分，正是这一本分，让他丧失了个人的幸福。"德也狂生耳！"这是纳兰发自灵魂深处的呐喊。呐喊归呐喊，命运的藩篱令他做不了一个仅为自己而活的狂生。他郁闷、痛苦、无以解脱，只能在寂静的深夜，让生鲜灵动的文字来倾听、承载自己的心声。这首《采桑子》便极能反映纳兰的这一心境。

"非关癖爱轻模样。"起笔轻倩，似一个小小的问号，勾起了我们的好奇心。"我为什么会对雪花深为喜爱呢，是因为雪花外形轻灵、舞姿轻妙吗？不是的，不是那样。"

喜欢雪花的人想来不少。我们有没有像纳兰一样，寻思过爱雪的理由呢？这单纯到不能成为一个问题吧。雪花给予我们的，是一见心动的视觉上的愉悦，这样的愉悦用得着借题发挥吗？你这么回答，是因为你对雪花只是喜欢而已，却不大可能是"癖爱"，爱不到相当程度，爱不到一定火候，则何以成痴，何以成癖？再来看词人的回答："冷处偏佳，别有根芽，不是人间富贵花。"

这才是真正爱雪的人，他爱雪的角度，又是怎样与众不同！别的人，纵然对雪怀有一份特别的情感，这份情感也多是着落于雪的皑皑其纯，而不会因冷生爱，更不会为冷喝彩。纳兰却说"冷处偏佳"，佳在何处呢？

"别有根芽，不是人间富贵花。"原来词人是以雪花自比。从来咏雪之词，无此清新之声。看官须知，这雪花虽在字面上带有一个"花"字，其实只是个挂名而已，因为无论外形多么像花，它始终不是具备生命力的花朵。但在纳兰看来，谁说雪花没有生命力呢？雪花的生命力便在于其冷，不肯添艳朱户，不肯媚事东风，"一片幽情冷处浓"。雪花不但拥有世间最清白的身躯，更拥有世间最坚贞的感情。若说世间的花朵都能找到生根发芽的所在，这样坚贞美丽的雪花又是怎样孕育出来的呢？"不是人间富贵花。"雪花就根植在心灵深处，一颗不受富贵利诱的心灵，其本身就是一朵雪花，令红尘群芳自惭形秽、含羞避席。

谁能欣赏这片幽然独绝的雪花呢？"白雪纷纷何所似，未若柳絮因风起。"凭借这一形神兼备、灵动妥帖的咏雪绝句，东晋女诗人谢道韫在历代才媛中脱颖而出，世人雅称其为"谢娘"。

"谢娘别后谁能惜？"表面上，作者似在感叹自谢道韫之后，便再也没人能写出与之媲美的咏雪绝唱了。失去了谢娘的青睐，雪花一何凄凉。实际上，词人是在借雪花暗示自己的命运。因为和雪花一样，他的生命中也曾出现过一位，不，至少有三位蕙心兰质的"谢娘"。

"谢娘"的身份之一，可会是纳兰年少时的恋人？清无名氏在《赁庑笔记》一书中有过一段极富传奇色彩的记载："纳兰眷一女，绝色也，有婚姻之约，旋此女入宫，顿成陌路。容若愁思郁结，誓必一见，了此宿因。会遭国丧，喇嘛每日应入宫唪经，容若贿通喇嘛，披袈裟衣，居然入宫，果得一见彼姝，而宫禁森严，竟如汉武帝重见李夫人故事，始终无由通一词，怅然而去。"如此记载，真天然一篇小说蓝本。为了与爱人相见，纳兰居然化装成喇嘛进入深宫，这一细节高度契合了电视剧中的狗血镜头。难怪后世要在这个故事上大做文章、穷追不舍。有人甚至论证出文中"彼姝"的身份是纳兰的表妹，更有人明确指认，这表妹即为康熙皇帝的惠妃叶赫那拉氏。

资深的纳兰迷大概对台湾作家朴月的小说《西风独自凉》不会陌生。小说之核心，便在于纳兰早年的那段感情经历。男主角自然是纳兰，而女主角呢，作者赋予她的身份是纳兰姑妈的女儿谢佩蓉。佩蓉生长江南，自幼丧母，到北京投奔舅舅家，与纳兰表哥相识日久，相知弥深。然而，纳兰之父明珠将冰雪聪明的佩蓉视为心头大患。他认为，是她的蛊惑与影响导致了纳兰厌倦名利，不思上进。为将执迷不悟的儿子从外甥女的纤纤小手中解救出来，明珠一团热心地将佩蓉举荐入宫，担任了康熙皇帝妹妹的宫廷教师。而少年天子康熙很快对这位才貌双绝的教师坠入情网，甚至拟赠封号，暗想佳期。如此一来可苦煞了佩蓉。对纳兰的情深不渝，对自身命运的难以把握，使原本体弱多病的佩蓉终于不堪重负，香消玉殒。

小说在构思、笔法方面都有着很重的《红楼梦》的意味。毫无疑问，纳兰是怡红公子贾宝玉的投影，而佩蓉则是世外仙姝寂寞林的写照。小说虽是极尽捕风捉影之能事，但这风影却是源于纳兰的词作。词中有多处直接或间接语及"红楼"，如"此夜红楼，天上人间一样愁"，又如"人在小红楼，离情唱石州"，再如"寒更雨歇，葬花天气"，更有"梦冷蘅芜，却望姗姗"……似乎与《红楼梦》真有某种欲言还隐的联系。更加令人兴奋的是，纳兰与《红楼梦》作者的祖父曹寅都曾做过康熙皇帝的侍卫，是私交甚笃的同事。另外还有一种说法，据说当年乾隆皇帝读到《红楼梦》时曾御口点评："此系明珠家事耳。"难怪过去的《红楼梦》研究者极爱将红楼中人与纳兰一家对号入座，这在当代虽因证据不足而遭到否定，但当代的小说家写起纳兰时，潜意识中受其影响或因其而生灵感，也是顺水行舟之事。

小说终归是小说，真实度到底有几呢？暂用纳兰的话做一小结吧："若问生涯原是梦，除梦里，没人知。"不过对于那位少年恋人的存在，笔者是持赞同意见的。不管她是否为纳兰的表妹，不管她有无入宫，至少从纳兰流传后世的词作中，她的幽姿倩影时时闪现。

花丛冷眼，自惜寻春来较晚。知道今生，知道今生那见卿？

天然绝代，不信相思浑不解。若解相思，定与韩凭共一枝！

纳兰向她倾诉："曾经有过那么多春天，我的目光掠过繁枝开遍的花丛，我的心灵并未被真正触动。直到与你相遇，我沉睡的情感豁然苏醒。在那一刻，我是如此惊讶、如此后悔。命中注定的相遇来得太迟、太晚，我后悔自己没有赶在最青春的时节展开这段美丽的追寻。在那一刻，我又是如此欢喜、如此庆幸。今生何幸，得识芳卿。既识芳卿，矢志不移。你的心里会怎么想？风华天成、绝代无双的姑娘啊，请不要说，你是不解相思的无情之人。如果你和我一样懂得相思，又何必犹豫、何须避讳？大不了，就让我们像传说中的韩凭夫妇一样生不遂愿，死亦同心。"

若非切身亲历，安得炽热如斯、激烈至此？韩凭是魏晋志怪小说《搜神记》中的人物。他有一个挚爱的妻子何氏，何氏因容华出众而被战国时代的宋康王夺走。宋康王将韩凭罚作城旦，城旦是古时的一种刑罚，令犯人白天站岗，夜筑长城，备极辛劳。何氏思念丈夫，寄书给他，书中有"其雨淫淫，河大水深，日出当心"之语，意思是雨落不止，恰如我滔滔的愁思；水深河广，谁令你我不得来往；日出之时，我必以宁为玉碎之举来证明我的真心。韩凭得书后自杀身死，何氏则悄悄弄坏了自己的衣裳。当宋康王得意扬扬地带着何氏登台玩赏时，何氏从台上纵身跳下。宋康王左右的侍从急忙伸手去拉何氏，终因何氏的衣裳朽脆不堪，他们只拉住了几片蝴蝶般的帛缕。何氏的殉情令宋康王大为恼怒，命人将韩凭与何氏草草掩埋，故意使得这对苦难夫妻坟墓遥隔。岂知只在昼夜之间，就有两棵大树分别从两座坟头长出，两棵树的树根相连于下，树枝交错于上。有雌雄鸳鸯栖息于树，朝夕悲鸣，宋人就把这两棵树称为"相思树"。

纳兰与其生命中最早出现的"她"有缘无分，看来确有难言之苦。他们是被强行拆散的吗？往事烟逝，终成不解之谜。纳兰的少年恋人以早逝收场。这位在才华与神韵上最接近"林下之风"的姑娘，留给纳兰的，是绵绵不尽、永难愈合的伤痛。

> 林下荒苔道韫家，生怜玉骨委尘沙。愁向风前无处说，数归鸦。
> 半世浮萍随逝水，一宵冷雨葬名花。魂是柳绵吹欲碎，绕天涯。

第二位"谢娘"是纳兰的发妻卢氏，一位娇倩秀美、有若梨花的新嫁娘。然而梨花的花期实在太短了，"被酒莫惊春睡重，赌书消得泼茶香。"三载流光，夺走了玉润珠香的卢氏。纳兰的心一下子空了，柔肠寸断中，他夜宿禅寺，泪落纷纷：

> 心灰尽，有发未全僧。风雨消磨生死别，似曾相识只孤檠，情在不能醒。
> 摇落后，清吹那堪听。渐沥暗飘金井叶，乍闻风定又钟声，薄福荐倾城。

从此，纳兰自号楞伽山人。楞伽山是佛祖释迦牟尼讲经之所，佛教典籍《楞伽经》因之得名。"长安有男儿，二十心已朽。楞伽堆案前，楚辞系肘后。"当年怀才不遇的李贺曾将研读佛经作为一种聊为消愁的精神寄托，而纳兰则是因为丧妻之痛而避世学禅。

在稍晚一些时候，第三位"谢娘"走入了纳兰的视线。那是一位身世飘零的吴兴才女，她有一个清灵如梦的名字——沈宛。沈宛能词，其《菩萨蛮·忆旧》歌云：

> 雁书蝶梦皆成杳，月户云窗人悄悄。
>
> 记得画楼东，归骢系月中。
>
> 醒来灯未灭，心事和谁说？
>
> 只有旧罗裳，偷沾泪两行。

置之《侧帽》《饮水》亦不遑多让。纳兰亲昵地将其呼为"慧心人"，直欲葬身柔乡，与伊偕老。

这一愿望仍然没能实现。或是因为沈宛曾辗转风尘，或是因为沈宛是汉家姑娘，地位之别、满汉之防，令这位"谢娘"甚至不能以侍妾之微入住相府，只能以外室的身份与纳兰往来。

"谢娘别后谁能惜？"纳兰再次感受到了痛失知音的悲恸。三段爱情，留下的只是三段残缺的人生。

"飘泊天涯，寒月悲笳，万里西风瀚海沙。"结语苍劲激楚，与"非关癖爱轻模样"笔力迥异，令人称奇。一瞬间年华老去，雪花仿佛词人漂泊的灵魂，找不到未来，寻不到希望。现在，谁还能说雪是轻飘之物呢？它是那样沉重、那样凄切，孤身只影，无依无侣。寒月光减，悲笳声急，雪花还要走过一段怎样的生命历程呢？去问西风吧，去问瀚海吧。万里风沙早已模糊了词人的双眼。他伤心难遣，愁思堆积；他心痛如裂，苦涩无加。

百事俱可哀，回首阴山下

《沁园春》

　　试望阴山，黯然销魂，无言徘徊。见青峰几簇，去天才尺；黄沙一片，匝地无埃。碎叶城荒，拂云堆远，雕外寒烟惨不开。踟蹰久，忽冰崖转石，万壑惊雷。

　　穷边自足愁怀，又何必平生多恨哉？只凄凉绝塞，蛾眉遗冢；销沉腐草，骏骨空台。北转河流，南横斗柄，略点微霜鬓早衰。君不信，向西风回首，百事堪哀。

　　这是一首出塞词。什么是出塞呢？塞者，边疆要塞也。台湾女诗人席慕蓉写过一首《出塞曲》，曾被度以音乐之声，由歌手蔡琴演唱：

　　　　请为我唱一首出塞曲

　　　　用那遗忘了的古老言语

　　　　请用美丽的颤音轻轻呼唤

　　　　我心中的大好河山

　　　　那只有长城外才有的清香

　　　　谁说出塞歌的调子太悲凉

　　　　如果你不爱听

那是因为歌中没有你的渴望

而我们总是要一唱再唱

想着草原千里闪着金光

想着风沙呼啸过大漠

想着黄河岸啊阴山旁

英雄骑马壮

骑马荣归故乡

女诗人笔下的出塞是多么浪漫欢快啊。"想着草原千里闪着金光，想着风沙呼啸过大漠，想着黄河岸啊阴山旁。英雄骑马壮，骑马荣归故乡。"塞外之地，壮丽得令人心生豪情。这是建立奇功的地方，它呼唤英雄的到来，并为功成而归的英雄赐以不朽的荣耀与祝福。

距离产生美，这话真是一点儿不错，而时空的距离又是最远的距离。古代的诗人也写出塞曲，不过，再浪漫的诗人一旦以"出塞"为题目，也会变得沉重起来。因为，对于那个时代的中华人物，出塞相当于走到边境。古代的塞外指的是长城以北之地。再说得具体些，这塞外其实就是我国北方少数民族的聚居之地。今天，这些地区大多已并入我们大中华的版图，今日的中国是一个多民族的国家。然而在古代，那些北方少数民族所建立的政权与我们汉民族所建立的中原政权却长期处于一个敌对的局面。

阴山就是这样的一片土地。它位于今天的内蒙古自治区中部，东起河北西北部的桦山，西抵内蒙古境内的狼山，东西绵亘千余里，既是草原与荒漠的分界线，又是游牧民族与农耕民族的分水岭。"敕勒川，阴山下。天似穹庐，笼盖四野。天苍苍，野茫茫，风吹草低见牛羊。"这是游牧民族所歌唱的阴山。粗犷、活泼、人民安居乐业，对着那一川肥牛美羊，幸福的花儿开满了心房。但那只是在没有战争的时候，在风调雨顺的年头，而在历史的长河中，那样的岁月何其少，又何其短。阴山之下，匈奴、鲜卑、突厥、契丹、蒙古……无数游牧部落在这里起起落落、分化融合。他们横戈跃马，争抢地盘。不只是游牧部落间的冲突，阴山同时也是游牧部落与中原政权兵刃相见的前线。王昌龄有诗为证："秦时明月汉时关，万里长征人未还。但使龙城飞将在，不教胡马度阴山。"

现在，该来说说纳兰的这首出塞词了。"试望阴山，黯然销魂，无言徘徊。""试望"一词，有种莫敢正视的犹豫。只是试望已令词人魂为之销、言为之噎。阴山有着让人胆寒的高度——"见青峰几簇，去天才尺"；阴山有着隔绝人寰的荒凉——"黄沙一片，匝地无埃"。视觉上的冲击力实在太过震撼。

"碎叶城荒，拂云堆远，雕外寒烟惨不开。"碎叶城是我国唐代的西域边陲重镇，即玄奘大师在《大唐西域记》中所记载的"素叶水城"，旧属安西都护府，在今吉尔吉斯斯坦境内的巴尔喀什湖东南，相传诗仙李白即诞生于此。初唐名将张仁愿击败默啜突厥后修筑了中、东、西三座受降城。史称三城"皆据津济，遥相应接……自是突厥不得度山放牧，朔方无复寇掠，减镇兵数万人"。其中，拂云堆为中受降城的别称。对于唐朝人民，拂云堆既是光荣之城，也是骄傲之城。晚唐才子李益有诗赞云："汉将新从虏地来，旌旗半上拂云堆。单于每近沙场猎，南望阴山哭始回。"这是史书中的碎叶城与拂云堆。但当纳兰到来时，这两座城池早已不复往日的风采。属于唐朝的光辉伟业已被岁月洗褪了颜色，取而代之的是雕鹙盘空、寒烟笼罩。

"踟蹰久，忽冰崖转石，万壑惊雷。"无边的寂静中似有一股超自然的蛊惑力，把纳兰拽入沉思的深渊，并且一想就是多时。直到巨石从冰崖跌落，震耳欲聋的响声犹若天雷掉进了万丈幽谷，纳兰这才蓦然惊醒，他的情绪由低落忧郁急转为高苍激昂。

"穷边自足愁怀，又何必平生多恨哉？"荒远的边塞已让人一望生愁，更何况因它回想起相关的历史呢？如果说碎叶城与拂云堆尚有蓬蓬远春的往昔印迹，那么，这平生多恨的记忆又是何指？"只凄凉绝塞，蛾眉遗冢；销沉腐草，骏骨空台。"纳兰在这里用了两个典故。"蛾眉遗冢"说的是王昭君，而"骏骨空台"则说的是燕昭王。

王昭君是汉元帝的宫女。汉元帝竟宁元年（公元前33），匈奴呼韩邪单于向元帝请求和亲。汉匈在此之前已交战多年，再要打下去，非但匈奴耗不起，汉朝老百姓也已不堪其苦。因此，当呼韩邪放低姿态求做汉家女婿时，汉元帝立即欣然应允。可是，这和亲的新娘从哪儿找呢？难不成真要把自己金枝玉叶的公主送到那茹血食膻之地？这倒不必，只消一条"调包计"便可解决难题。汉元帝颁布了一道圣旨，号召宫人们自荐和亲，声称一旦选中，就会给予她公主级别的优遇。

灰姑娘在一夜之间被冠以公主的名号，这样的好事，谁不动心；这样的前途，谁甘落后？但令汉元帝颇感尴尬的是，报名者并不踊跃，毕竟，对于一个习惯了以雕栏玉砌、汉宫秋月为伴的女孩儿而言，纵使老死金屋也强于远嫁蛮夷啊，这种风头不争也罢。然而，就在这些不算踊跃的报名者中，却出现了一个光辉夺目的名字——王昭君。汉元帝愉快地圈定了这一名字。戏剧性的会面发生在昭君临行之际。昭君姑娘宛如惊鸿般的风姿令汉元帝一见钟情、后悔莫及。"明妃初出汉宫时，泪湿春风鬓角低。

低徊顾影无颜色，尚得君王不自持。"这样出色的人才怎会让自己看走眼了呢？汉元帝找来昭君入宫时的画像，画像与真实的昭君判若两人。一个是人间绝色，一个是庸脂俗粉，这是怎么一回事呢？原来，当初为昭君绘像的画师因索贿不得而怀恨在心，便在画像中动了手脚，将美人污以凡姿劣貌。昭君入宫三年而不得召见，若非自请远嫁，终身埋没几乎已成定局。

然而，自请远嫁又能创造什么奇迹呢？自请远嫁是否意味着将命运掌握在了自己手中？台湾作家高阳在其长篇小说《王昭君》的结尾处，曾这样描述过昭君远嫁前的心情："黄尘漠漠，举目无亲。伴着个既老且丑的呼韩邪，那不是个噩梦？噩梦，日日如此，是个不会醒的噩梦！昭君的声音越来越低，窗外潇潇雨声也越来越清楚了。'我要去做梦了，不，是把噩梦惊醒来，过我自己的日子。'她迷茫地望着空中：'看，杏花春雨，蒙蒙远山，好美的景致！'"

出塞不到三年，那"既老且丑"的呼韩邪单于便颇为识相地告别了人世，王位由其前妻所生之子继承。昭君新寡，若按汉家规矩，理当升级为太后了。如果说与老单于呼韩邪的结合是个噩梦，那么这个噩梦结束得还不算太晚吧？然而，匈奴人在婚姻上有父终子继的习俗，昭君虽向汉家上书求助，一向严于礼防的大汉朝廷却要求她遵从胡俗改嫁新单于。"红颜胜人多薄命，莫怨春风当自嗟。"为了两国的和平，昭君以绝对沉默的姿态在塞外度过了漫漫一生，昭君死后，其墓地被称为"青冢"。据说，每当雨雪封山、草木皆白之时，独有昭君墓上仍满目青碧。

这个传说有几分真实呢？它无非表达了人们对于昭君的深深敬慕与同情。"汉家秦地月，流影照明妃。一上玉关道，天涯去不归。汉月还从东海出，明妃西嫁无来日。燕支长寒雪作花，蛾眉憔悴没胡沙。生乏黄金

枉图画，死留青冢使人嗟。"倒是李白的这首诗，将昭君出塞的前因后果
写得明明白白。从一位蛾眉姣好的江南少女到憔悴堪怜的胡地老妇，只是
由于她无钱满足画师索取厚赂的贪念。死留青冢使人嗟，她用一生的委屈
与坚强所换来的，也只有后人的一片嗟惜之辞罢了。

"岂能将玉貌，便拟静胡尘？"在这片争端纷起的边地，和亲的局面
毕竟难以持久，战争才是主旋律。"销沉腐草，骏骨空台。"春秋战国时
期，在今天的北京与河北的中部、北部，曾出现过一个国号为燕的小国。
年轻的燕昭王是燕国的第三十九代国君。不同于他那些安于现状、仰人鼻
息的父祖之辈，燕昭王决定改变挨打受气的被动局面，受到古人以黄金购
买千里马骨这一故事的启迪，燕昭王在沂水之滨筑台纳贤，将天下英杰聚
为己用。在燕昭王的统治下，弱小的燕国不但在列国之间争得了一席之地，
同时，燕国在开疆拓土方面也大有收获。燕昭王曾北却东胡，东击朝鲜，
设置上谷、渔阳、右北平、辽西、辽东五郡，筑长城西起造阳（今河北怀
来境内），东抵襄平（今辽宁辽阳境内）。可惜昭王的复兴只如昙花一现，
在战国七雄中，燕国最终的定位亦只是个叨陪末座的小角色。

李白曾有诗云："昭王白骨萦蔓草，谁人更扫黄金台？"李白是站在
一个才人志士报国无门的角度，他所感叹的，是没有一个燕昭再世的君王
来发现他的奇才，他的感叹是激于一片热肠。而纳兰的感叹却是出自冷峻
之目，"销沉腐草，骏骨空台"，他一眼洞穿了那绝顶辉煌之后的虚无
与苍白。看吧，这就是今日的黄金台。乱蓬蓬的腐草覆盖着燕昭王永久
沉睡的魂灵，空荡荡的宫殿再也等不到葬身沙场的将士含笑归来。雄图
何所有，霸业安在哉？

"北转河流，南横斗柄，略点微霜鬓早衰。"斗柄为北斗七星中的

玉衡、开阳、摇光三星，因其形状像柄而得此称。河流一刻不停地向北奔腾，而斗柄的位置也在随时变动。时光过得太快了，弹指间，便是百载千年。然而，作为光阴过客的人类，我们的个体生命却又是那样短暂。在短暂的人生中，我们不但要承担自我的命运，同时也会思索、融入、负担起整个人类的历史与未来。这就是所谓"生年不满百，常怀千岁忧"吧？"略点微霜鬓早衰"，纳兰不免又有"萧瑟兰成看老去"之叹。

"君不信，向西风回首，百事堪哀。"战难和亦不易。是战争与和平构成了斑斓多姿但又苦难重重的历史。我们将如何告别过去，走向未来呢？这是个太过艰深的问题，纳兰无法回答。他只是说："向西风回首，百事堪哀。"

隐者厉鹗
万花谷中的芳兰传说

〖 厉鹗小传 〗

　　厉鹗（1692—1752），字太鸿，又字雄飞，自号樊榭，又号南湖花隐、西溪渔隐。先世慈溪，徙居钱塘。少孤贫，僦居杭城东园，敝屋数椽，性孤峭，不苟合。其兄卖淡巴菰叶以养之，将寄之僧寮，樊榭不可。读书不辍、声隽一时。康熙五十九年（1720）举人。内阁学士李绂典浙江试，闱中得鹗卷，曰：“此必诗人也。”亟录之。乾隆元年（1736）举博学鸿词。以孝廉需次[1] 县令，将入京，道经天津，查莲坡先生留之水西庄，觞咏数月，同撰周密《绝妙好词笺》，遂不就选而归。性耽闻静，爱山水，尝馆扬州马曰琯、马曰璐小玲珑山馆数年。全祖望评其诗词：“最长于游山之什，冥搜象物，流连光景，清妙轶群。又深于言情，故其善长尤在词，深入南宋诸家之胜。”著有《宋诗纪事》《辽史拾遗》《樊榭山房集》等书。

---

[1]　需次，旧时指官吏授职后，按照资历依次补缺。

独爱鸥边晋时棹

《齐天乐·吴山望隔江霁雪》

瘦筇如唤登临去，江平雪晴风小。湿粉楼台，酽寒城阙，不见春红
吹到。微茫越峤，但半沍云根，半销沙草。为问鸥边，而今可有晋时棹？

清愁几番自遣，故人稀笑语，相忆多少？寂寂寥寥，朝朝暮暮，吟得
梅花俱恼。将花插帽，向第一峰头，倚空长啸。忽展斜阳，玉龙天际绕。

厉鹗是浙西词派的第二代领军人物。浙西词派的创始者是清初词人朱
彝尊，一个人生经历大起大落且又多姿多彩的学者式词人。厉鹗也是一位
学者式词人，但跟朱彝尊的生活阅历相比，厉鹗却逊色了许多。陈廷焯曾
称赞朱彝尊所写的那些言情篇章"仙骨姗姗，正如姑射神人，无一点人间
烟火气"。"姑射神人"一语出自庄子的《逍遥游》："藐姑射之山，有
神人居焉，肌肤若冰雪，绰约若处子。不食五谷，吸风饮露……"在那遥
远的姑射山上，有这样一位神仙姐姐。冰肌玉容，不食五谷，仅靠吸风饮
露便能维系生存。这一段话，若用来概括朱彝尊的生平可能就不大确切了。
神仙姐姐遗世独立，何曾将功业名利挂于心上？而朱彝尊先隐后仕、仕后
又隐，壮怀激荡、牢骚不息。前半生抱着光复大明的信念与清政权为敌，
后半生因康熙皇帝的超格提拔而且喜且悔。终其一生，矛盾重重、尘缘累
累，哪里像个姑射仙姝的行藏？姑射仙姝应当纯如清泉，有着一颗"娉

婷甚、不受点尘侵"的素心。若用这个标准评量，能当得上这一称谓的人实在少之又少，而浙西词派的第二代传人厉鹗，可以骄傲地算成一个。

欲要寻找姑射仙姝的足迹，我们还是先来了解一下"仙姝"其人吧。厉鹗，单看其名大有一种凶巴巴的感觉：厉者，厉害；鹗者，鱼鹰。好在，他还有一个优雅到骨子里的别号"樊榭"。

樊榭出生在浙江杭州，柳永有词赞曰："东南形胜，三吴都会，钱塘自古繁华。"然而，钱塘的繁华对于年少丧父的厉鹗遥远得就像天边的神话。长兄士泰是个做小本生意的烟贩，勉强糊口而已，他实在称不上一个成功的商人。为了减轻生活的负担，士泰曾认真考虑过要将弟弟送入空门。而那个名字取得很剽悍、外表却如绵羊一样柔弱的弟弟，并没有听从这种"做一天和尚撞一天钟"的安排，由于他的激烈反对，士泰只得废然作罢。从此，樊榭就像潇湘馆中的林姑娘一样，住在自己家中，却时时充满了寄人篱下的忧郁。父爱的缺失、长兄的冷眼，使樊榭过早养成了内向喜静的性格，再加上耽于书史，对人世纷攘益发疏而远之。当孤独成为习惯，一腔深情无处寄放，诗书与山水很自然地成为樊榭一生相伴的知音。

与其他一些词坛名家相比，樊榭的一生可能显得太平淡了一些。除了在二十八岁时参加乡试取得过"举人"功名，樊榭几乎可以称得上是位"玉露泠泠香自省"的隐者。从时代上讲，中国的封建王朝正从康熙末年转向乾隆初年，国泰民安的时局为那些青袍如草、白眼看天的山水诗人提供了一个相对稳定的生存环境。就个人际遇而言，樊榭有幸得遇扬州富商马曰琯、马曰璐兄弟这样慷慨大方的文艺保护神。他在马氏兄弟的园林式别墅小玲珑山馆曾前后居住将近三十年，成就了《宋诗纪事》与《辽史拾遗》两部巨著。后又在路经天津时过访友人查为仁，基于对词学的深爱与执着，宁肯放弃到朝廷任职的机会而留在天津，与查为仁共同完成了《绝妙好词》一书的笺注。樊榭的一生，算不算得上是为艺术而艺术、为艺术而生活呢？陈廷焯在评价清代的四位词人时曾说过一番话："其年（陈维崧）雄丽，竹垞（朱彝尊）清丽，樊榭（厉鹗）幽丽，位存（史承谦）则雅丽，皆一代艳才……"樊榭的幽丽显然令他欣赏有加，否然亦不会将之列入艳才的四强之席。他还说过一段更美妙的话："樊榭词，幽香冷艳，如万花谷中，杂以芳兰，在国朝词人中，可谓超然独绝者矣！"

姑射山上的神仙姐姐，万花谷中的一枝芳兰，这是一种怎样的气质、一番怎样的风韵呢？我们且从樊榭的一首代表作《齐天乐·吴山望隔江霁雪》说起。

"吴山"是个太美丽、太缥缈的地方。它在杭州西湖东南部，青蛾翠鬟，秀色可餐。昔日西湖边著名的隐士林逋曾写过一阕《长相思》，歌云：

> 吴山青，越山青。两岸青山相送迎，谁知离别情？
> 君泪盈，妾泪盈。罗带同心结未成，江头潮已平。

儿女浓情，重于山、深于水，令人魂飞意夺、千载痴迷。而樊榭写的却自不同，他写的是在深冬之时登临吴山之顶眺望隔江雪霁。

"瘦筇如唤登临去，江平雪晴风小。""筇"，竹类，在古时，常被用来制成拐杖。一根瘦而有骨的竹杖，在催唤我出门登高。此句写得十分生动。是啊，一连下了这么多天的雪，这宅男的生活实在太无聊、太憋闷。好不容易盼到了"江平、雪晴、风小"的日子，再不出去可就太对不起自己、太浪费天公的表情了。

雪后登山，肯定不是什么轻松的体力活儿。费尽艰辛才到达山顶，什么样的风景在等待着词人？"湿粉楼台，酽寒城阙，不见春红吹到。"江对岸的楼台好似一幅被水泼湿的粉彩画，显得那样狼狈、模糊而又潦草。严寒封锁了整座杭州城，不仅见不到一点儿春天的颜色，甚至连一丝春天的信息也打探不到。楼台与城阙是词人的日常栖身之处。身在围城，词人一直情怀郁郁；而跳出围城，则愈发感到那个世界不属于自己，围城中只有沉闷与单调。

而在世人眼里，词人的自异于众又有何好处呢？"微茫越峤，但半冱云根，半销沙草。""峤"为尖削的高峰，"冱"为冻结之意。雪后的吴山一片迷茫，山体的一半已冻入云根，山中一半的草木已经凋亡。换了个人，可能会觉得此番来得大为不值了。"会当凌绝顶，一览众山小。"老杜的诗句念起来倒是中气十足，但实际登山后，却有些失望。"湿粉楼台，酽寒城阙"固然没有太大的观赏价值，可是楼中自有歌舞，城中自有暖气，醉生梦死自有其快乐。像你这样，在鬼见犹愁的大冷天，撇下热炕头跑到荒山野岭来，这不是没事找罪受吗？

"为问鸥边，而今可有晋时棹？"偏这樊榭是个不按常理出牌的人。这句话，带些自矜，带些自嘲。自嘲——当然嘲的是自己不随大流、不合时宜。这自矜呢，矜的却是"高情不入时人眼"的超逸孤雅。这句话是个倒装句型，其正常顺序应为：为问而今，可有鸥边晋时棹？（当今之世，还有那种与鸥鸟亲密无间、风神逼近魏晋的雅人高士吗？）

"鸥边"出自《列子·黄帝》："海上之人有好鸥鸟者，每旦之海上，从鸥鸟游，鸥鸟之至者百数而不止。"有个住在海边的人很喜欢鸥鸟。每天早晨，他一到海上，就有上百只鸥鸟众星拱月般围在他的身边，跟他亲热非常。后世渐由这个典故派生出了一个新鲜的词语"鸥盟"。往浅处说，是要与鸥鸟结成朋友；往深处说，则是要放弃一切俗情世务，与大自然相亲相爱。辛弃疾就曾说过："富贵非吾事，归与白鸥盟。"那意思是，我对升官发财毫无兴趣，不如回到故乡跟我的老朋友白鸥套近乎。

"晋时棹"则出自《世说新语·任诞》："王子猷居山阴。夜大雪，眠觉，开室，命酌酒。四望皎然，因起彷徨，咏左思招隐诗。忽忆戴安道，时戴在剡，即便夜乘小船就之。经宿方至，造门不前而返。人问其故，王曰：'吾本乘兴而行，兴尽而返，何必见戴？'"这篇笔法绝佳的小品文，为我们留下了一个千古风流的成语"棹雪访戴"。一个下大雪的夜晚，王子猷在睡醒后吟诗酌酒，忽然想起了友人戴安道。那时节，既没有 QQ 视频望梅止渴，又没有手机短信画饼充饥，王子猷人在山阴（今绍兴市），而戴安道身居剡县（今绍兴嵊州市），从市中心赶往县上可不是一时半会儿能办到的事。此时夜色已晚，再加上天气太差，若是换了他人，必然偃旗息鼓，另挑个晴和温暖的黄道吉日再作访戴之行。然而王子猷是个何等率性之人，又是个何等潇洒之人。"相思一夜知多少，地角天涯不为长。"就在这天深夜，他冲寒冒雪乘舟而行，终于在天亮时来到了戴安道家。眼看就要见到戴安道了，王子猷却二话不说扭头就走。这家伙，葫芦里到底卖的是什么药啊？有人问他原因，王子猷解释说："乘兴而行，兴尽而返，何必见戴？"

世人做事有着太强的功利性。像棹雪访戴、杖策登山之类的雅趣，在他们看来不是莫名其妙，便是毫无意义，而这些雅趣的推崇者与实施者，想来不是疯子，便是傻子。面对世人的"另眼相看"，樊榭不无惆怅地叹息道："清愁几番自遣，故人稀笑语，相忆多少？"

琴无知音空自弹，清愁由此而生。这样的清愁，实在是绝顶的孤独，就如这片白雪覆盖的山峰。也许，在此天地之间，还是有着和他一样志趣相投的朋友，有着如王子猷一样襟怀豪宕的故人。可他们都到哪儿去了呢？"寂寂寥寥，朝朝暮暮，吟得梅花俱恼。"由于和者寥寥，终于，连素性清高的梅花也不胜烦恼了。而梅花，从来都是词人心魂的皈依、性灵的良伴。

"将花插帽，向第一峰头，倚空长啸。"词人反过来安慰梅花说："梅花呀梅花，你莫再懊恼，莫再心伤。"我们的追求，和时人的追求原本大不一样。那么，我们为什么要去理会时人的非议，为什么要去重复时人的套路呢？我们要做最好的自己、做最真的自己。越是天冷地寒、无人喝彩，你越要饱满绽放，我越要尽兴开怀。梅花呀梅花，我要插戴着你登上吴山的顶峰，俯视下界，凭空长啸。这才无愧于名花本色、名士标格；这才无负于生命真谛、人世风华。

"忽展斜阳，玉龙天际绕。"在许多时候，人类需要依靠自身的力量来走出低谷。信任自我，听从内心的召唤，纵有尘事的干扰又奈我何。词人也是如此。他既有超脱流俗的思想，同时又为此深感孤独。当"吟得梅花俱恼"时，这样的孤独似乎是毫无出路了，然而通过"将花插帽，倚空长啸"，他又寻回了自我。还有什么能比人格独立、心灵静穆更为美好呢？拥有高洁的理想与浪漫的情怀，又何必非要人了解，定要人懂得？如果你不能令这个世界为你而改变，那么至少你有能力令自己快乐。词人的抑郁一扫而空。就在这时，他惊喜地发现万丈霞光正迎面而来。雪后的山峰如同一条白玉雕就的巨龙，被横空出世的斜阳深情笼罩、热烈环绕。

婆娑清梦山水间

《百字令·月夜过七里滩》

月夜过七里滩，光景奇绝。歌此调，几令众山皆响。

秋光今夜，向桐江，为写当年高躅。风露皆非人世有，自坐船头吹竹。万籁生山，一星在水，鹤梦疑重续。挐音遥去，西岩渔父初宿。

心忆汐社沉埋，清狂不见，使我形容独。寂寂冷萤三四点，穿过前湾茅屋。林净藏烟，峰危限月，帆影摇空绿。随风飘荡，白云还卧深谷。

词牌《百字令》似乎有些眼生，然而一提到东坡的《念奴娇·赤壁怀古》，则无人不知、无人不晓了。《百字令》与《念奴娇》调同而名异。《念奴娇》中有个娇俏的人名。念奴是唐玄宗时代一名风头极健的红歌星，诗人元稹在《连昌歌词》中对其的特写镜头是："春娇满眼睡红绡，掠削云鬟旋装束。飞上九天歌一声，二十五郎吹管逐。"春睡初醒的念奴，娇慵明艳犹如一朵带露的海棠。听到大唐天子召她前去演唱，急忙推开红绡罗帐，随意绾起云鬟，匆匆换上装束便飘然来到宫中。唐玄宗对她姗姗来迟略感不悦，但念奴的出色演出令这份不悦迅速消解，取而代之的是全神贯注的欣赏。那是一副怎样神奇的歌喉啊。二十五个少年郎君吹管应和，还是不敌她的云歌清唳、飞越九重。而《百字令》却有些落实。这一名字，会让我们联想起一位慢工出细活的文士，辛苦完篇后检点成果——"多乎哉，不多也。"字字珠玑恰足一百整数。

这是一首山水词，词人樊榭月夜行舟，经过七里滩。他在小序中说："歌此调，几令众山皆响。"可见樊榭对于此词的偏爱与自负。巧妇还得佳粥来配。樊榭无愧"巧妇"之称，可也亏得七里滩的底料好呀。两美相并，方有这篇清凉无匹的词中极品。

七里滩又称严陵濑。严陵是严子陵的简称，相传，有位名叫严子陵的古人曾于此地垂钓闲居。根据《后汉书·严光传》的记载，严子陵名光，一名遵，子陵为其字。他是浙江余姚人，年少时曾与汉光武帝刘秀师出同门。刘同学后来一不小心得了天下，别的新知旧雨都还不甚在意，却把好友严光给牢牢记住了。刘同学派出特使展开了一次规模空前的地毯式搜查，终于在山东境内发现了一个披着羊裘、手握钓竿的疑似对象。使臣用专车将这位疑似对象载入京师，刘同学亲自前去认领。一看之下顿时眉开眼笑，严光，你为什么总躲着朕呢？朕等你等得花儿都谢了。为将严光长留身侧，刘同学当即许以高官厚禄，严光却摆出了一副敬谢不敏、拂衣欲去的姿态。见他冷面、冷心如此，刘同学只得怅然作罢，顺其所请做出了"放生"的决定。严光离开朝廷后，去了富春江定居。在那里坐看云起、垂钓终老。

"松柏本孤直，难为桃李颜。昭昭严子陵，垂钓沧波间。身将客星隐，心与浮云闲。长揖万乘君，还归富春山。清风洒六合，邈然不可攀。使我长叹息，冥栖岩石间。"诗仙李白对严光一向佩服得五体投地。其中，"身将客星隐"一句颇为有趣。据说，在严光与刘秀告别之前，刘秀曾邀严光与自己同眠一室，以叙同窗之情。这一次，严光没有拒绝。不仅没有拒绝，且还答应得十分干脆。结果第二天，星相家战战兢兢地跑来向刘秀报告："昨夜有客星冲撞帝星，皇上您可得当心啊！"刘同学一听惊奇得不行："你看得很准嘛，是有这么一档子事呢。昨夜朕与故人严子陵同床共眠，他睡相不好，横了一条腿压在朕的肚子上。到现在，朕的肚子还不大舒服呢。"说起来，李白与严光的脾气倒是不无神合之处。令高力士脱靴、让唐玄宗喂羹，李白传奇较之严光传奇也不逊色。可李白曾一度热衷于功名，后因忧谗畏讥而离开朝廷时仍一唱三叹、情有不甘，严光则单纯多了，"松柏本孤直，难为桃李颜"。他老早便摆正了自己的位置，他知道，经纶世务非己所长。名利场中需要的是桃李一样婉转邀宠、善于逢迎的面孔，孤独而又正直的松柏岂会是桃李的同类呢？行路难，归去来。

现在，且让我们用心品读厉鹗的这首《百字令》吧。

"秋光今夜，向桐江，为写当年高躅。"那是一个美丽宁静的秋夜，词人樊榭乘了兰舟一叶，沿桐江而行，饱览两岸风光。人在桐江上，身在画图中，樊榭很自然地想起了隐士严光。"躅"意为足迹，"高躅"即为高人留下的足迹。词人对严光钦慕之深、服膺之至，尽在这"高躅"的概括中。

"风露皆非人世有，自坐船头吹竹。"桐江风物，决然不似碌碌人世。当年严光选择此地为一生之归宿，可称是慧眼别具、冰心独许。这里的每一缕风息、每一滴清露都有着不可言喻的魅力。无有桐江，不足以配得严光这样的高尚之士；无有严光，不足以彰显桐江的山灵水异。坐思船头的樊榭逸兴顿生，他对自己说："今夜，你也做回严光吧。"于是，竹笛吹破了一江幽姿。他的心，随笛飘转、翩然高举。

"万籁生山"，不过是一支竹笛罢了，然而只因群山沉寂已久，笛音一起，就像深情的王子吻醒了阖目酣眠的美人，无数的山峦讶然相觑，凝神顾曲的神态令词人大感欣喜。

"一星在水"，倒不是说天上只有一颗星星，词人以此喻示在满天星辰中，有一颗明星最让人景仰。这颗明星，就是当年曾经冲撞过帝座的客星，它应当唤作"隐士之星"吧。

"鹤梦疑重续"，词人的思绪穿越时空，由严光飞向了林逋，那位有着"梅妻鹤子"之誉的北宋诗人。林逋，字君复，世称"和靖先生"。《宋史·隐逸传》说他："少孤，性恬淡好古，弗趋荣利，二十年足不及城市。"林逋从青年时代便隐居西湖孤山，直至离开人世，创下了二十年不入城市的"闭关"纪录。清洁到不染红尘的林逋终生未娶，没有人间的室家之乐，可林逋并不感到寂寞与遗憾，他怡然自得地说："梅花为妻，鹤为子，一生清福，尽于此矣。"

如果说"暗香疏影"之句是林逋与梅妻的心灵唱和，那凌空翔舞的白鹤便是在林逋与友人之间传递信息的小联络员了。据沈括《梦溪笔谈》记载，喜欢泛舟游湖的林逋养了两只白鹤，每当有客来访，如果适逢林逋外出，童子便会开笼放鹤。只要看到白鹤升空的信号，那位云深不知处、只在西湖中的林和靖先生便会欣然一笑，引棹而归。欲把桐江比西湖，樊榭不禁心驰神往。做了一回严光，何妨再来做回林逋？

"桨音遥去，西岩渔父初宿。""桨"意指牵船引桨。这是一个出自《庄子·渔父》的典故。一位渔父偶见孔子鼓弦而歌，便与两名孔门弟子进行了一番交谈。当渔父得知孔子的身份及政治理想后，很有些不以为然，认为孔子是在自寻烦恼。弟子将谈话内容告诉了孔子，孔子推开琴急忙去寻渔父，并向渔父虚心请教。渔父也不客气，跟孔子说了很长的一段话，其中有一句是："谨修而身，谨守其真，还以物与人，则无所累矣。"意为只要努力地提高自身的修养，坚守内心的本真，对身外之物不予强求，那么你这一生就可以活得自在而又快乐。渔父说完后击桨而去，没入苇花深处。孔子目送着渔父离去的方向，久久地保持静立的姿态。"待水波定，不闻桨音而后敢乘。"（直到水面无波，不闻桨声后方才乘车离去。能博得孔大圣人如此礼敬，渔父真非寻常人也。）词人在此处引用这个典故，显然是对渔父返璞归真、不拘于俗的生活态度大加赞赏。桨音遥去，现实与历史在短暂地邂逅之后又各行其途。

"心忆汐社沉埋"，接下来却有了一段比"桨音遥去"沉重许多、激烈许多的历史。汐社是南宋遗民谢翱创建的一个文社，社名取自守信如同潮汐之意。谢翱曾跟从文天祥起兵抗元，文天祥兵败后英勇就义。"人生自古谁无死，留取丹心照汗青。"这是文天祥光照天地、气贯千古的诗句。九年过去了，在文天祥忌日这天，早已退隐江湖的谢翱与几位朋友雇舟来到严子陵钓台，其西面有一巨石屹然而立，是为西台。谢翱及友人登西台以竹如意击石，作楚歌哭祭文天祥。"魂朝往兮何极？暮归来兮关塞黑。"谢翱为之写下了苍劲古朴的《登西台恸哭记》。谢翱离世后，按照他的遗愿，友人将其葬在严子陵钓台的对岸，其文稿也随之下葬。墓边立"许剑""汐社"二亭，长使志士泪满襟。

从严光到林逋，从渔父到汐社志士，这些隐士形象或高傲、或幽洁、或淡定、或刚烈……他们的印迹丰富了山水，他们的性情生动了草木。然而，生于今世，是注定不能与他们握手一笑、引为同道了。"清狂不见，使我形容独。"前贤已远，吾谁与归？托根无所，吾将何从？

"寂寂冷萤三四点，穿过前湾茅屋。"词人的失落与伤感一时间达到了极致。萤火虫拎着它那小小的灯笼，在深不可测的暗夜里东飘西荡，显得那样孤寂、冷清。词人亦是孤寂与冷清的，在萤火虫掠过他的身畔时，他多希望那些小小的灯笼能停留一会儿，照亮一下他的孤寂，温暖一下他的冷清。然而萤火虫没有理他，就那么三四点微弱的火光竟也弃他而去，穿过前湾茅屋，穿过沧桑岁月。

"林净藏烟，峰危限月，帆影摇空绿。"词人又恢复了悠然的心境。孤芳何惧尘暄，风流不在人知。林净藏烟，那郁郁芳林犹若一块未经开采的玉璧，没有雾数，更无有烟痕。峰危限月，连天上的明月也照耀不到，周遭的一切因此而分外深沉、奇丽。"帆影摇空绿"，这是来自南朝乐府《西洲曲》的秀美意境——"卷帘天自高，海水摇空绿。"淡淡帆影，映入一江碧水之中；皓皓夜空，亦映入一江碧水之中。近与远、小与阔，都因这一江碧水而如痴如醉、浑然忘我。

词人亦不禁浑然忘我。"随风飘荡，白云还卧深谷。"最后，他终于与素所景慕的那些高风亮节的隐士一同啸歌而去、身心轻举……看哪，我已化为一朵栖息在深谷的云，自由、光华、洁白、纯净。

一生知音属梅花

《声声慢·停琴仕女图》

帘垂有影，院静无声，谁家待月栏杆？两点深颦，分付次第眉山。薄妆乍倩，便低鬟，更自幽妍。心事远，看转将瑶轸，尚怯春寒。

只有梅花知得，爱香生弦外、韵在丝前。小立徘徊，肯教空响流烟？人间尚留粉本，不愁他、轻误华年。凝望处，想参横，依约未眠。

琴与仕女是中国古画中百看不厌的题材。在电影《知音》的片尾，青山碧水间荡过一叶小舟。舟中坐着冰姿皎皎、如云出岫的小凤仙。一年之前，这位外柔内刚、深明大义的风尘奇女子做了一件惊世之举。是她勇敢而又机智地以己为替身，瞒过了窃国大盗袁世凯的耳目，掩护蔡锷将军逃出了"山呼万岁"的北京城。为此，她被投入大狱，生死难卜。人生感意气，剑作龙泉鸣。蔡锷马不停蹄地赶回云南，以迅雷不及掩耳之势发动了护国战争。民心争附，帝制解体。众叛亲离的袁大头在羞怒交加中结束了残生。重建共和后，蔡锷积劳成疾终至一病不起，被送往日本东京就医。在生命垂危之际，夙愿未了的蔡锷给相隔万里的小凤仙写了一封情深意切的信："我将携君放浪重洋，饱吸青春自由之空气……"此时的小凤仙已重获自由，微风吹动心湖，往事还如梦中。想起二人的交往，由若即若离到心心相印，那曾经的误解、那认清对方后的惊喜、那别时的凄怆、那等待的忐忑，又虑及蔡锷的病情……不知道还能为将军做些什么，千情万绪冲激着她的五内。"美人骨傲铁为心，对雪宜横膝上琴。最是一生奇绝处，高山流水寄情深。"指尖拂过琴弦，歌声凌波而起。这琴、这曲，属于她，也属于将军。

山青青，水碧碧，高山流水韵依依。一声声，如泣如诉，如悲啼。叹的是，人生难得一知己，千古知音最难觅。一声涩响，琴弦崩断。冥冥之中，小凤仙明悟，这是蔡锷将军的灵魂在向她告别了，将军必已离开人世。

这部电影虽是近代题材，片尾的画面却深合古意。于古意之外，又别有异峰突起之处。蔡锷与小凤仙的知音之情，那是一种超越了男女之恋的爱国忧民之情。二人皆以天下兴亡为己任，粉身碎骨在所不惧。"赢得英雄知己，桃花颜色亦千秋。"这是最高境界的知音。这样的知音，试问千古能几、人间能几？

厉鹗的这首《声声慢·停琴仕女图》，看来也是以知音为表现主旨。就格调而言，它达不到电影《知音》的高度，这是由厉鹗的文人本色及其所属时代所决定的，然而，这却是一个更为传统，也更为单一的知音故事。

故事开始于一个雨雪霏霏的寒夜，一位身披敝裘仍风神清雅的行人，止步于一座四顾萧然的庭院。"行遍江南清丽地，人生只合住湖州。"行人拂下肩头的雪花，怅然一叹惊动了枝头宿鸟。冬风未远，春尚料峭，这个时节的湖州，其实并无想象中之清丽，可是却有一个熟悉的倩影，踏着记忆的柔光盈盈走来，令他悲喜莫名，心潮难平。那是在雍正十三年（1735），这个城市刚刚落了场雪，雪后的月光莹然如镜，他与她，便相识在这座寂静的庭院中。

她是湖州人，而他，则是一位不曾错失美丽爱情的幸运过客。

"帘垂有影，院静无声，谁家待月栏杆？"是什么样的神秘力量将他带入了这座陌生的庭院呢？是那垂帘后的窈窕身影，还是那明月下的弯弯曲栏？

而这样的夜晚，本当属于《西厢记》中的一折：

莫不是步摇得宝髻玲珑？莫不是裙拖得环佩玎玲？莫不是铁马儿檐前骤风？莫不是金钩双控，吉丁当敲响帘栊？莫不是梵王宫夜撞钟？莫不是疏竹潇潇曲槛中？莫不是牙尺剪刀声相送？莫不是漏声长滴响壶铜？潜身再听在墙角东，原来是近西厢理连结丝桐。

所不同的是，在《西厢记》中，弹琴的是他，听琴的是她；而在这个夜晚，弹琴的是她，听琴的是他。何况，他非张生，她非莺莺。那么，她是哪家的姑娘呢？缟衣如雪，风姿胜画；弦弦掩抑，声声清华。

琴音忽止，帘内的人影起身询问："谁，谁在那里？"

"钱塘厉樊榭来此访友，不意听到小姐的琴声。循音而至，实属唐突。"

"先生客气了，无妨。"帘内人有着清脆如琴的音喉。

一问一答之后，他本当带着淡淡的惆怅引身而去。但他并未移动脚步，而帘内的琴声，也不再响起。

"小姐如不介意，可否以完曲赐我？"

"但恐薄劣之技，不耐先生清听。"这是聪明人一听即知的婉拒。

"小姐适才所奏，是白石道人的《疏影》。'还教一片随波去，却又怨、玉龙哀曲。'这《疏影》与《暗香》二篇，皆为白石道人的咏梅佳章，从来最得梅花神韵。白石一生所作乐曲无数，可惜身世飘萍，传者不多，歌者亦稀。樊榭久已不闻此曲,值此大寒之夜,忽听小姐妙奏,感心动耳、清气含芳,是以不忍遽去。"

"先生也是一位词人?"

"不敢称是词人,是个和他一样泛梗飘萍之人。"

"一样都是泛梗飘萍之人,先生请进。"一声叹息后,帘幅挑开,她躬身一福,他长揖还礼。

"两点深颦,分付次第眉山。"这是她给他的第一印象。深颦者,蛾眉深敛也。眉山不展,显然有重重心事。

侯方域曾称赞却奁卸妆后的李香君:"俺看香君天姿国色,摘了几朵珠翠,脱去一套绮罗,十分容貌,又添十分,更觉可爱。"这句话,同样宜于眼前的她:"薄妆乍倪,便低鬟,更自幽妍。"所不同者,香君卸妆之后,愈见艳丽张扬,有若三月夭桃一样光彩照人,而这位停琴的仕女呢,却是一副低鬟幽妍、阳春白雪的娴美韵致。这份韵致,或许只有栖身高枝的梅花可以比拟吧。

她的琴声,再次从参差的雁柱间流泻而出,"心事远,看转将瑶轸,尚怯春寒。"这是一个敏感而又清高的女郎。琴人合一,这也印证了他的第一印象,能为此曲者,必是一个心事重重之人。会有怎样一段心事呢?"只有梅花知得,爱香生弦外、韵在丝前。"如果一个人恋上了梅花,就会听懂这澄静的琴声。"知梅者,必得我心。知琴者,必合我意。"

故事写到这里可以告一段落了。他与她,因月夜闻琴而结缘,如同许多才子佳人的传奇。然而,传奇大抵都没有好的收场,他与她,也不例外。"小立徘徊,肯教空响流烟?"在许多年后故地重游,不见昔人昔月,唯对雪意濛濛。惆怅旧欢如梦,遥遥幽恨难禁。明知道辗转于回忆只能徒增伤感，但回忆却是他唯一能做，也唯一爱做的事情。

没人相信他诉说的真实，似乎他从未爱过。那个遥远的初春月夜、那个弹琴的仕女、那些琴里琴外的梅花，都被认为是空想、是幻觉，如淡烟轻云一样无影无踪。

"人间尚留粉本，不愁他，轻误华年。"好在他有一幅在多年前便已绘就的画卷，纵然无人相信，至少，他能向自己证明。一弦一柱思华年，她的青春就像她的琴声一样永驻于画面，也永驻于他的心田。

"凝望处，想参横，依约未眠。"画中正是月色渐隐、参星横斜之时。他已习惯了在这样的时刻执卷相看，叹息无眠。但在今夜，陪伴他的却是湖州的风雪，还有那个道是无声胜有声的庭院。停琴的仕女，你可知道，我已归来；我对你是这般魂牵梦萦，你呢，会不会也无眠如我，相思如年？

就如蔡锷与小凤仙的故事一样，电影《知音》虽有所本，却多有虚构成分。本故事当然也是虚构的，这个虚构的故事同样有一底本。底本的男主角是词人厉鹗，女主角则是厉鹗的妾室朱满娘。

朱满娘为湖州人，生得明慧秀丽，在十七岁时嫁给了四十四岁的厉鹗。十七岁的少女嫁给四十四岁的穷书生，不是正室而是侍妾，这样的结合不能不给人一种蹊跷之感。厉鹗为此写过一段"口供"："予薄游吴兴，竹溪沈征士幼牧为予作缘，以中秋之夕，舟迎于碧浪湖口，同载而归。"从这段"口供"的内容看，厉鹗是在吴兴（湖州）游玩时由一个名叫沈幼牧的人做媒，在中秋之夜的碧浪湖将朱满娘迎娶而归。

时间与地点都不对啊，媒人也不对。词中的故事发生在月夜的庭院，媒人是"香生弦外、韵在丝前"的琴声。而根据厉鹗的记载，他与朱满娘的媒人是友人沈幼牧，月夜、庭院、琴声，根本就无影可觅。读者们是否有上当受骗之感呢，认为上面的那个故事纯属笔者杜撰。

让我们回到厉鹗的那段"口供"吧。"口供"源自厉鹗组诗《悼亡姬十二首》的序文。厉鹗笔下的朱满娘："（于）针管之外，喜近笔砚，影拓书格，略有楷法。从予授唐人绝句两百余首，背诵皆上口，颇识其意。每当幽忧无俚（静极生愁、闲极无赖），命姬人缓声循讽，未尝不如吹竹弹丝之悦耳也。余素善病，姬人事予甚谨。"朱满娘心灵手巧，针线活儿做得极佳，且还工于书法。在厉鹗的讲解与指导下，她能背诵两百多首唐人绝句，其吟诵之声就像丝竹之音一样清脆悦耳，是厉鹗情绪低落之时的解忧良方。厉鹗多病，朱满娘总是细心照顾，毫无怨色。"搦管自称诗弟子，散花相伴病维摩。半屏凉影颓低髻，幽径春风曳薄罗。"这样一个柔善文雅的女子，简直就是上天赐给厉鹗的一位如意娘啊。可惜这位如意娘仅仅陪伴了厉鹗七年。七年之后，朱满娘为庸医所误而猝然病故。

"无端风信到梅边，谁道蛾眉不复全。双桨来时人似玉，一奁空去月如烟。自称第三青溪妹，最小相逢白石仙。十二碧阑重倚遍，不堪断肠数华年。"这是厉鹗《悼亡姬》组诗的第一首。这首诗中，有梅花、有烟月，是不是又有了《停琴仕女图》的感觉？"自称第三青溪妹"，青溪三妹是汉末秣陵尉蒋子文的三妹，巧如织女，未嫁而亡，后人立庙将其作为织神来祭祀。自称第三青溪妹，看来朱满娘很为自己的女红功底感到骄傲。"双桨来时人似玉""最小相逢白石仙"，此二句隐隐透露了朱满娘与厉鹗相识时的身份。北宋词人姜夔（号白石道人）有首名为《琵琶仙》的自度曲："双桨来时，有人似、旧曲桃根桃叶。歌扇轻约飞花，蛾眉正奇绝。"白石的恋人是一对青楼姊妹花，"旧曲""歌扇"，是其身份的注脚。"最小相逢白石仙"，厉鹗显然是以姜白石自拟，而"最小"一词，则深含怜惜

"最小"可能是指朱满娘的排行，在青楼姊妹中排行最为靠后。

原来四十四岁的寒士娶了十七岁的少女，这是一出救风尘的经典剧目。笔者猜测，在中秋迎娶之前，厉鹗与朱满娘之间，应有一段灵犀暗通的故事。厉鹗并不是仅此一次去湖州。托沈幼牧做媒，只是这个故事水到渠成的结果。

笔者的猜测是否有些道理呢？由此衍生出了《声声慢·停琴仕女图》的小说家言，也算为秋心似海、孤云独飞的厉鹗添加了一段暗香盈袖的题外话吧。

词家张惠言

常派掌门人，君子温如玉

【张惠言小传】

张惠言（1761—1802），初名一鸣，字皋文，武进（今江苏常州）人。年十四，为童子师。《清史稿》载："惠言少为词赋，拟司马相如、扬雄之文。及壮，又学韩愈、欧阳修……生平精思绝人，尝从歙金榜问故，其学要归六经，而尤深易、礼……"恽敬《张皋文墓志铭》录其自叙"文章末也，为人非表里纯白，岂足为第一流哉？"嘉庆四年（1799）进士，改庶吉士，授翰林院编修。嘉庆七年（1802）病殁。早岁治经学，后致力于古文，为"阳湖派"盟主。工篆书，所编《词选》及实践创作为"常州词派"奠定开山之基。著有《茗柯文编》。徐柯《清代词学概论》称："诗余一道，清初以来之浙派，至乾、嘉而渐敝，张氏起而改革之，振北宋名家之绪，阐意内言外之旨，而常州派始著于时。所辑《词选》，皆属倚声正鹄。其自著词，亦沈著醇厚。"

春思天涯，芳意谁家

《水调歌头·春日赋示杨生子掞》（其一）

东风无一事，妆出万重花。闲来阅遍花影，唯有月钩斜。我有江南铁笛，要倚一枝香雪，吹彻玉城霞。清影渺难即，飞絮满天涯。

飘然去，吾与汝，泛云槎。东皇一笑相语：芳意落谁家？难道春花开落，更是春风来去，便了却韶华？花外春来路，芳草不曾遮。

《水调歌头·春日赋示杨生子掞》（其二）

百年复几许，慷慨一何多！子当为我击筑，我为子高歌。招手海边鸥鸟，看我胸中云梦，蒂芥近如何？楚越等闲耳，肝胆有风波。

生平事，天付与，且婆娑。几人尘外相视，一笑醉颜酡。看到浮云过了，又恐堂堂岁月，一掷去如梭。劝子且秉烛，为驻好春过。

《水调歌头·春日赋示杨生子掞》（其三）

疏帘卷春晓，蝴蝶忽飞来。游丝飞絮无绪，乱点碧云钗。肠断江南春思，粘着天涯残梦，剩有首重回。银蒜且深押，疏影任徘徊。

罗帷卷，明月入，似人开。一尊属月起舞，流影入谁怀？迎得一钩月到，送得三更月去，莺燕不相猜。但莫凭阑久，重露湿苍苔。

《水调歌头·春日赋示杨生子掞》（其四）

今日非昨日，明日复何如？ 朅来真悔何事，不读十年书。为问东
风吹老，几度枫江兰径，千里转平芜。寂寞斜阳外，渺渺正愁予。

千古意，君知否？ 只斯须。名山料理身后，也算古人愚。一夜庭前绿遍，
三月雨中红透，天地入吾庐。容易众芳歇，莫听子规呼。

《水调歌头·春日赋示杨生子掞》（其五）

长镵白木柄，劚破一庭寒。三枝两枝生绿，位置小窗前。要使花
颜四面，和着草心千朵，向我十分妍。何必兰与菊，生意总欣然。

晓来风，夜来雨，晚来烟。是他酿就春色，又断送流年。便欲诛茅江上，
只恐空林衰草，憔悴不堪怜。歌罢且更酌，与子绕花间。

张惠言是常州人。他与本书即将写到的另外两位词人洪亮吉与黄景仁
可用一句朗朗上口的唐诗来互为致意，"停船暂借问，或恐是同乡。怎么
这么巧，兄台也是常州人、词章客？"跟洪亮吉、黄景仁不同的是，张惠
言不仅是常州词人，更以《词选》一书及其自身的创作实践开启了清词史
上的一大门派——常州词派（明、清两代皆设常州府，自清代雍正四年起，
常州府下辖武进、无锡、江阴、宜兴、靖江、阳湖、金匮、荆溪八县）。
有关这一门派的实力与影响，龙榆生先生曾在《论常州词派》一文中有如
是评议："适张氏《词选》刊行之后，户诵家弦，由常而歙，由江南而北
被燕都，更由京朝士大夫之闻风景从，南传岭表，波靡两浙，前后百数十
年间，海内倚声家，莫不沾溉余馥，以飞声于当世，其不为常州所笼罩者

盖鲜矣。"

倚天一出，谁与争锋？自此，常州派成为继阳羡派、浙西派以来，在清词领域傲然屹立的第三大词派。作为常州词派的开山采铜人，张惠言并未将词作为一生的致力目标。当时，他是个以研究《易经》而得享盛名的学者，另外，他的古文也颇具声势，张惠言有着"阳湖派"（清代的一支古文创作流派）盟主之称。可是，最终令他红透了大江南北，产生如龙榆生所言"户诵家弦"之轰动效应的，既不是他以毕生精力苦苦研磨的《易经》，也不是他在古文上的深厚造诣，而是士大夫阶层的闲情偶寄——历代以来皆被视为旁门小道的词。

让我们从嘉庆二年（1797）说起。那一年，三十六岁的张惠言与其弟张琦在安徽歙县朴学大师金榜的家中任教。所谓朴学，即考据之学。生长在考据之家的学生们都很年轻，从事考据，则意味着他们每天的生活是与古籍的整理、校勘、研究、论证紧密联系在一起的，这样的生活儒雅却未免沉闷。但在心灵方面，他们情迷于词。词可以令人为之啼，为之笑，为之歌，为之狂，为之悲，为之喜，为之思，为之怨，为之愁，为之伤……这是考据无法给予的生命的感悟。然而，什么样的词才是值得年轻人学而时习之的真经呢？词可以令人振奋，亦可以令人颓靡；词可以令人有所成就，亦可以令人意气消磨。经过苦心孤诣的比对与挑选，张惠言与弟弟张琦合作完成了《词选》（又名《宛邻词选》）一书的编纂。可以说，这部《词选》最初不过是私塾学校的一部教案。当张惠言去世后，随着他的词集《茗柯文编》与这部教案同时流传，所到之处，反响热烈，常州词派也就应运而生了。张惠言，这个出身于累世寒儒之家的苦孩子，这个痴笃于《易经》的书呆子，这个将近四十岁才通过了进士"大考"的中年人，一生与风流无关，与浪漫无涉，却被追赠"常州派词宗"的美号。张惠言之所获，是否侥幸，又是否偶然？

"成功是为有实力的人准备的。"在成功之前，张惠言已默不作声地准备了若干个年头。现在，该到开花结果的时候了。在《词选》的序言中，张惠言亮出了高屋建瓴的法眼："词者，盖出于唐之诗人，采《乐府》之音以制新律，因系其词，故曰'词'。《传》曰：'意内而言外谓之词。'其缘情造端，兴于微言，以相感动，极命风谣，里巷男女哀乐，以道贤人君子幽约怨悱不能自言之情，低徊要眇以喻其致。盖《诗》之比、兴、变风之义，骚人之歌，则近之矣。然以其文小，其声哀，放者为之，或跌宕靡丽，杂以昌狂俳优，然要其至者，莫不恻隐盱愉，感物而发，触类条鬯，各有所归，非苟为雕琢曼辞而已。"

这段文字既有传承，亦有创新。它传承了自明末清初以来"推尊词体"的思想，又从诗词同源的角度，抬高了词的地位。张惠言认为，词是唐代诗人采《乐府》之音创制的一种新的体裁，与诗歌犹如同胞兄弟，二者理当分庭抗礼。但正如同胞兄弟有不同的性格，相比于诗的明爽外倾，词的特点是曲折内敛，深得含蓄之美。那第一等的词，必以深微的语言来感召世人，将民间的儿女之情描摹到淋漓尽致，从而折射出贤人君子幽邃隐约、哀怨郁结的情思，流连反复、精微婉妙，这种手法，正如《诗经》中的比与兴，并与"变风"（变风特指《诗经·国风》中西周王朝衰落时期的作品）之旨极相吻合，更与《离骚》之歌极为神似。可是，为什么许多人都有重诗轻词的成见呢？这是因为，词的体裁较为短小，词的音色较为凄哀，漫不经心者据此将词制作为浮荡艳丽、歌以消愁的"低值易耗品"。然而，真正懂词之人却会将真挚的同情蕴藏于哀乐之中，这样创作出来的，才是烛照灵魂的词，而不仅仅停留在调朱弄粉的表象。

张惠言的《词选》仅选了唐、五代以及两宋四十四家词人的一百一十六首代表作。其眼光之高、择取之精，用陈廷焯的话来说，是"古今选本，以此为最"。而在四十四家词人中，张惠言选词最多的是唐代的温庭筠，总计选词十八首，就当今的读者看来，这似乎殊不可解，而在张惠言之前，也鲜有读者将温庭筠认同为词坛祭酒。那么，张惠言何以对温氏推崇备至呢？张惠言所看重的，正在于温庭筠词中的比兴手法。张惠言称赞其手法之高，比之《离骚》中的美人香草亦毫不逊色。简单说来，张惠言是要借重温庭筠来推销他的"比兴寄托"理念。他的推销成效如何呢？成效是显著的，比兴寄托，从此成为常州词派的一面旗帜，分走了清词"市场"上一块很大的蛋糕。常州词派的产生，对于改变晚清词坛淫词、鄙词及游词当道的现象，对于重塑词的尊严，激发词的活力，都有着不可小视的意义。

张惠言不仅能在《词选·序》里娓娓说理，更是一位"知行合一"的实践者。《茗柯文编》荟萃了张惠言的实践成果。虽然，《茗柯文编》只有词四十六首，可正像张惠言精于选词一样，张惠言也精于填词，四十六首在数量上虽略显单薄，若用"精品"一词衡之，则兰萱满堂矣。张惠言的词，尔雅酝藉、纤秾合度、比兴生动，是当之无愧的大雅之声，而我们即将谈到的这组《水调歌头·春日赋示杨生子掞》，更是这种大雅之声的精华所在。常州词派的后起之秀谭献对之心仪不已，盛赞张惠言其人、其词道："胸襟学问，酝酿喷薄而出，赋手文心，开倚声家未有之境。""胸襟学问，酝酿喷薄而出"，我们知道，跟诗以言志不同，词在传统上是言情之作，而张惠言却能在他的言情之作中挥洒胸襟学问，这是其他词人所未曾想过，也未曾做过的；"赋手文心，开倚声家未有之境"，谈胸襟、论学问固是高格，但往往流于空泛或囿于古板，而张惠言却以他的婉丽之笔、渊慧之智开创了词中前所未有的新境界，谭献的评价令人心驰神往。

现在，就让我们来共同欣赏张惠言的这组代表作吧。《水调歌头·春日赋示杨生子掞》，从题目上可知，当为春赋，而杨生子掞，是为张门弟子。春天是情感的多发期，张惠言在这组词中，会抒发一些什么样的情感呢？他将通过杨子掞这一倾诉对象，来告诉我们一些什么呢？

第一首词："东风无一事，妆出万重花。"索然乏彩的寒冬终于结束了，寒冬的终结者是谁呢？东风。东风的手段多高妙啊，她让世界发生了何其绚美的变化！这种变化，不是刻意而为，"无一事"并不是说东风清闲得找不到事做，而是说东风不受俗事的干扰，沉醉在对美的构思与创造之中。"妆出万重花"，正是因为东风心无杂念，全凭热情的召唤与兴趣的驱使，方能创出如此神奇烂漫的大好春景。

比起东风的心无杂念，我们世人可就苦恼多了，有太多的事务纠缠着我们的身心。用现代诗人徐志摩的话来说："住惯城市的人不易知道季候的变迁。看见叶子掉知道是秋，看见叶子绿知道是春；天冷了装炉子，天热了拆炉子；脱下棉袍，换上夹袍，脱下夹袍，穿上单袍；不过如此罢了。天上星斗的消息、地下泥土里的消息、空中风吹的消息，都不关我们的事。忙着哪，这样那样事情多着，谁耐烦管星星的移转、花草的消长、风云的变幻？"

遇上这样一群人，东风再有本事、再有手段，也徒劳无益了。万重花光在麻木的视觉中既无所谓颜色，更无所谓价值。"闲来阅遍花影，唯有月钩斜。"东风花了那么大的功夫成就的美景，只有天上的斜月这一个观众，这是春天的悲哀，更是世人的悲哀。

"我有江南铁笛，要倚一枝香雪，吹彻玉城霞。"幸好，还有人不曾被俗世的欲念蒙蔽了心性，还有人在热烈坚定地追寻着理想。江南铁笛，这是怎样的一支笛子呢？江南是柔媚的，小杜的江南、苏小小的江南，有名士如酒、佳人如玉；而铁笛却是刚劲的，必得由辛弃疾词中那些"男儿到死心如铁"的铮铮铁汉激情演绎，方能奏出动五岳、惊碧落的雄音宏韵。江南的风情融入铁铸的傲骨，谁能拥有这样一支笛子，谁就拥有一颗柔情似水的心灵，谁就拥有一副百折不屈的性情。谁能拥有，谁配拥有呢？"我"，词人无比骄傲地写道。我不仅拥有一支江南铁笛，我还要靠近那枝芳洁似雪的春花，让我的笛音随着花香飘摇直上，飞向神人所居的玉京，吹得云蒸霞蔚、容光焕发。

"清影渺难即，飞絮满天涯。"有了江南铁笛，还得经受岁月的考验。来不及实现梦想，那三春美景已被满天飞絮带走。钟情无奈，年华渐老，这是多么令人心慌意乱的事情，这是多么苦痛难言的打击。

怎样才能摆脱岁月的压力与失意的困扰呢？"飘然去，吾与汝，泛云槎。""泛云槎"是一则神话故事，源于西晋张华《博物志》一书。书中说，有海滨居民每年八月乘坐浮槎（浮在水面上的木筏）从海上而达天河，又由天河而返海上。"飘然去，吾与汝，泛云槎。"为了超离现实，张惠言也打起了乘槎而去的主意。并且，他还不是一人独去，而是"吾与汝"，要跟学生杨子掞一道。在人生理想屡屡受挫之际，张惠言并没有表露出大悲大怒，像郑板桥一样大发雷霆，或是如黄仲则一样满腹牢骚，他神情恬逸地告诉杨子掞："我想，是有一个地方来容纳我们的志向的，那个地方，星汉灿烂，奇丽无比。"

恬逸归恬逸，伤心自伤心。这样的超脱仍带有一种负气的成分，在负气之后，词人是否感到了空虚与怅惘？这时，有如天外之音的一番点拨消释了词人的困惑："东皇一笑相语：芳意落谁家？难道春花开落，更是春风来去，便了却韶华？"

东皇，那传说中雍容优雅的春神，一笑嫣然，明亮非凡。"怎么，你对人生已深感失望，对世间已深感厌倦了吗？你是否觉得，春天再也不会赐予你芳郁的情意，春天只是别人的春天、别人的欢乐、别人的心动了？可是，如果春天的来去只以花开花落作为界定的标准，谁人的春天又能长盛不衰呢？"春天，是否只意味着十七八的嘉年华？春天，是否只意味着樱桃樊素口、杨柳小蛮腰？当花季不再、红消香断，你还能感到春天的存在吗，你还能听取春意的召唤吗？

"你还需不需要理想？你还愿不愿意坚守？你还相不相信一个永恒的春天？"东皇的笑，不仅是嫣然的笑，更是睿智的笑，"花外春来路，芳草不曾遮。"既然春天都能找到回家的道路，那么理想之路呢？只要理想的根芽还植于心底，那么痛苦就不会白受，努力就不会白费，皓月高台、清光大来，君有江南铁笛，早晚会吹得芳菲重生，天涯绿满。

第二首，"百年复几许，慷慨一何多！"起句奇警，一下子就唤起了我们心灵的紧张，击中了我们心灵的脆弱。"百年复几许"，自古以来，且不说寿命能够突破一百岁这一极限者寥若晨星，人生即以满打满算的百年为期，这一百年中又有多少个飞扬饱满、值得回味的日子呢？我们的生命虽然短促，但我们的慷慨激昂之情却远远超过了我们生命的能量。没有人甘于黯淡瑟缩地度过一生，我们都渴望着完完全全地燃烧一回，渴望着轰轰烈烈地干它一场。"子当为我击筑，我为子高歌。"筑是一种古老的乐器，其形若筝，演奏者执竹尺击以发声，其音惊风泣雨、摧金裂石，具有超强的感染力。历史上最著名的击筑表演艺术家大概要算战国时的高渐离，其成名作诞生于燕太子丹为刺客荆轲送行的易水河边。"风萧萧兮易水寒，壮士一去兮不复还！"一曲既罢，荆轲为之怒发冲冠，宾客为之雪衣垂涕，惨伤伟烈的场面，虽历经千古仍鲜然如新、栩然若生。张惠言在此运用这一典故，并非鼓励学生杨子掞去继承发扬高渐离的击筑绝技，他本人亦不是以刺秦的荆轲自拟。然而筑之慷慨、荆轲之血性，却令世间英物无不感心动容，拼将全部的生命与激情作为回应。"子当为我击筑，我为子高歌。"张惠言真正想要表达的是，意气相倾何妨生死以之。我们师生之间有着那么深挚的情谊与契合的心声，那么，你来为我击筑吧，我来为你高歌。

"招手海边鸥鸟，看我胸中云梦，蒂芥近如何？"词人的心曲非但慨当以慷，并且宽当以广。"海边鸥鸟"这个典故，我们在厉鹗词《齐天乐·吴山望隔江雾雪》中曾经说到。能够将海边翔舞的鸥鸟招之即来，这样一种磊落坦荡的襟怀是利欲熏心者所无法想象的事。当然，利欲熏心者对招来几只鸥鸟也毫无兴趣，他们的眼里只认得煌煌荣禄、炎炎功名。"看我胸中云梦"源自西汉文学家司马相如的《子虚赋》。在《子虚赋》中，司马相如以天花乱坠之笔塑造了两位口辞一流的吹牛大王——子虚先生与乌有先生。子虚先生为楚国使臣，他向齐国的乌有先生夸耀楚国疆土广阔，提到了一个叫作"云梦泽"的地方，"方九百里，其中有山焉……岑崟参差，日月蔽亏，交错纠纷，上干青云。罢池陂陀，下属江河"。意思是那个方圆九百里的云梦泽有高山突起，可遮日蔽月，重峦叠翠，直上青云，更兼山坡倾斜，下连江河。子虚先生口气虽大，乌有先生并没被他吓倒，乌有先生当即反唇相讥，表示子虚先生的炫富摆阔太小儿科了。据乌有先生所言，齐国"吞若云梦者八九于其胸中，曾不蒂芥"，意为我们齐国把八九个云梦泽那么大的地方一口气吞进胸中，就像吞下蒂芥一样毫不困难。两个吹牛大王各为其主的口舌大战，对张惠言有何启发呢？张惠言是说，一个人若能达到招手鸥鸟、胸怀云梦的境界，那么，他肯定不是一个斤斤计较的人，不是一个只顾眼前利益的人。他是个能屈能伸的君子，亦是个有容有量的大丈夫。

"楚越等闲耳，肝胆有风波。"胸襟气度真的非常重要。若能襟宽气阔，那么就连国与国之间的纷争（譬如楚国与越国）也可等闲视之，但若心胸狭隘，即便亲如肝胆也会大闹别扭。

"生平事，天付与，且婆娑。"人生得意也罢，失意也罢，悲欢离合皆成经历，风霜雨露俱当品尝。上天既能赐予我们幸福，也会为我们安排苦难。没有人会一直成功，也没有人会永远失败。不要总是苛求幸福的浓度，不要总是觉得自己受到了不公正的对待。内心的定力胜于外界的压力。无论境遇如何，我们都要以优雅从容的舞姿来面对生活，我们不仅要在幸福中成全自己，更要在苦难中成就自己。

然而，话说得很漂亮，道理也都明白，可是置于现实之中，有几个人真正做到了这一点呢？"几人尘外相视，一笑醉颜酡。""尘外相视"并不是看破红尘，看破红尘是无动于衷的厌倦，而尘外相视却有一种淡然逸出的豪隽，这种目光，非德高品洁的智者不能具备。我于人世无所妄思，我于生活无所妄求，一笑醉颜酡，这是情与理的完美结合，是智者的自足与自负。南宋词人朱敦儒有首《西江月》，用来诠释"一笑醉颜酡"最是可爱不过：

日日深杯酒满，朝朝小圃花开。自歌自舞自开怀，且喜无拘无碍。
青史几番春梦，红尘多少奇才？不须计较与安排，领取而今现在。

"看到浮云过了，又恐堂堂岁月，一掷去如梭。"浮云无可恋，随风
而逝一如世间之荣禄。可恋者，是堂堂岁月。这"堂堂"一词用得真是好，
庄严宝相，让人从心底生出一分虔敬、生出一分豪情，不惜倾尽全力为之
奋斗。但你的奋斗成果呢？"一掷去如梭！"辛苦到头，你什么也没得到。
纵然你心雄万夫，居高视远，你也将与那些醉生梦死的凡夫俗子一样，一
事无成，垂垂欲老。你还能够安之若素吗？你还能够笑颜常开吗？这是多
大的悲哀与讽刺，在尘外相视之后，你还得回归无趣无奇的人间。

"百年复几许，慷慨一何多！"正因为此，张惠言才会在篇首大声
疾呼，痛然泪下。写到此处，又该来个大转弯吧，就像《古诗十九首》中
所说的："荡涤放情志，何为自结束？"浮生如寄，既然难以实现什么，
你又何苦为难自己呢？何不也跟众人一样放情荡意，享乐至上？

遇挫而退、消极不前，这显然不为张惠言所取。"劝子且秉烛，为
驻好春过。"张惠言意味深长地说。秉烛，从字面上看就是手持蜡烛。
手持蜡烛做什么呢？是秉烛夜游、秉烛而读，抑或"更持红烛赏残花"。
不同的人会做出不同的选择，但这个选择至少应当对得起春天、对得起
华年。

第三首，"朱帘卷春晓，蝴蝶忽飞来。"且让我们从一个清新的春晨
说起。女主人公在啼鸟的欢鸣中醒来，揭开华丽的朱帘，探看帘外的春天，
一只活泼轻盈的蝴蝶趁机飞了进来。这一情景，仿佛可以写进一位晚唐文
人的词境："胡蝶儿，晚春时。阿娇初着淡黄衣，临窗学画伊。"然而本

篇的女主人公并没有临窗画蝶，而是与蝴蝶两两窥探，交流着彼此的惊叹。对蝴蝶来说，女主人公的闺房是她从未涉足的、小巧可爱的世界；而对女主人公来说，朱帘之外是一个全新的、引人入胜的天地。春天是寻觅的季节。蝴蝶与女主人公在寻觅中相遇，她们都感到有那么一些无端的激动，有那么一些莫名的惊喜。

蝴蝶很快飞走了，因为她发现，比起这个精致得连呼吸起来都要小心翼翼的闺阁，显然她更喜欢遨游在嫣然百媚的花乡。而留在深闺的女主人公仍然保持着探望的姿态，由于不能像蝴蝶一样自由来去，帘外的天地对她实在有着超强的吸引力。

即使我们不能从正面观察到她此时的表情，仅仅通过背影，我们也能感知她的投入与专心。"游丝飞絮无绪，乱点碧云钗。"那么，她都想了些什么呢！想得太多了，满天的游丝、纷繁的飞絮全是她的所思。"一片芳心千万绪，人间没个安排处。"这些思绪随风起舞，无法梳理。"乱点碧云钗"，这"乱点"一词真是点睛之笔，"碧云钗"则突出了背影的隽妙。究竟是钗若碧云，还是发若碧云，抑或二者兼而有之？读者自可心领神会。试想在千缕游丝的缠绕中、万点杨花的吹拂下，一位钗横碧云的佳人凝睇伫立，这般情状、这般景致，会激发我们多少联想，会触动我们多少思忆。

谁不曾年轻过呢？谁不曾从那个多梦的季节走来？"肠断江南春思，粘着天涯残梦，剩有首重回。"似有画外音蓦然响起。这该是张惠言的声音吧？如今，年轻已没有他的份儿了，做梦，他还有份儿吗？女主人公一定让他想起了年轻的时候。"风流才子多春思，肠断萧娘一纸书。"那双清澈如梦的眼睛，那种映射着灵魂之光的充满渴求的神情，那不是一个陌生人呵，那是从前的自己。江南，多情的地点；春思，芳香的情思。在最好的时间、最好的地点，他曾拥有过最好的梦境。然而，随着青春散场、生活播迁，最好的梦境早已面目全非、渗淡不堪。"剩有首重回"，只不知道，在回首之际，每一个走过青春、走过花开的人，会不会黯然心碎、泪流满面？

"银蒜且深押，疏影任徘徊。"张惠言借用女主人公的一个动作表现了他的深深失落与彷徨困惑。这个动作就是，她关上了朱帘，并且用银蒜状的帘押将帘角押紧。这样一来，外边的游丝飞絮便再也进不来了。如果不去寻求什么，不受外界影响，她是否可以获得心如止水的安宁？

"罗帷卷，明月入，似人开。"刹那芳华，那生机盎然的朱帘春晓忽然换作了夜月满窗的晚景。这朝暮的更替是如此仓促，恰似一生的缩影。任你如花美眷、锦样才思，又怎能敌得过岁月催逼、流年消磨？然而，美人虽老，美人的心却并没有老。失落与彷徨封锁不了一颗充满渴求的心，浩浩清风似乎了解她的心意，为她重新撩开了朱帘。繁华落尽见真淳，此时，已不再有乱花迷眼的晓色，却有一轮明月相依为伴。从明月的清辉中，她能感到夜的深沉，她能感到那铭心入髓的孤独，玉府清虚，琼楼寂寂，高寒谁省？

"一尊属月起舞，流影入谁怀？"如何来排解这片茫茫无际的孤独呢？请听女主人公的独白："既有明月当前，你何不斟满美酒，劝明月共饮，与月华同舞？只不知道，在世界的另一个角落，是否有一个人，孤单如我、深情如我，将流转的月影拥入心怀？"

这样的愿望显然曲高和寡。"迎得一钩月到，送得三更月去，莺燕不相猜。"对于那些满足于现状、不懂得忧愁为何物的人，若说"迎得一钩月到"还在情理之中，"送得三更月去"则有些神经兮兮了。三更时分本当浓睡之际，"你有失眠症吗？这个时候还望着月亮发呆？"张惠言用"莺燕"一词，来比喻这类不再为了梦中的橄榄树而烦恼纠结的乐天派。这类人因为日子过得十分闲适，大多比较八卦。"莺燕不相猜。"张惠言借女主人公之口谢绝了这些八卦者的盘诘猜度。我之思想、我之追寻，你们永远不会懂得。既不懂得，便请你们莫要对我诋毁讥讽。

"但莫凭阑久，重露湿苍苔。"从后台幽幽地传出了一声应答，这一声应答，又是张惠言的画外音吧！三更月去，并不意味着追寻的结束。执着者真是令人惊叹。现在，就连唯一能安慰你的明月也已离开，可你仍旧在守望，全然不顾你足下的玉阶已是苍苔遍生、夜露弥漫。

结句与起句形成了一个太大的落差。从"朱帘卷春晓，蝴蝶忽飞来"的欢快而到"但莫凭阑久，重露湿苍苔"的哀怆，张惠言用生动的意象勾画出了追梦人的欣喜、怅然、孤寂，以及她那始终如一的决心。

当我们的青春渐行渐远、理想难以实现，你会不会如词中女子那般，玉阶独立、痴痴守望，哪怕露湿苍苔、罗衣寒透，仍容色不改，无悔无倦？

第四首，"今日非昨日，明日复何如？"这个开头和第二首的"百年复几许，慷慨一何多！"有些相似。若论激扬昂奋，此句逊之；若论智思蕴藉，此句则又强之。古希腊哲学家赫拉克利特有句名言："人不能两次踏入同一条河流。"今日与昨日，虽只一日之隔，却是截然不同。而明日与今日亦只一日之隔，昨日既不可追，明日又当何求？

对于那些沉浸在幸福中的人，"今日非昨日，明日复何如？"是个大煞风景的想法。他们的眼里只有今日，心中也只有今日。今日已是皇冠上的明珠，昨日与明日还理他作甚？那么，什么样的人才会说"今日非昨日，明日复何如"呢？那一定是拥有过美好的过去，正经历着人生的困境，对未来既畏惧又渴望的人。就比例而言，这一类人要多于前面一种人。"人生不如意者十之八九"，想到我们十之八九的日子是在不称心、不如意中度过的，这实在是件很难受的事情。

　　然而，如果我们就此一蹶不振，这样的人生就不仅是难受，而是可悲了。"揭来真悔何事，不读十年书。"揭来即近来，词人感慨道："近来我常常后悔，从前怎会那样大惑不解呢？这都是读书太少的缘故啊。我若把那些胡思乱想的时间用到读书思考上，今天的我就不会徒伤老大了。"十年"并非精准之数，写文章不同于做算术题。"十年"只是用来强调时间的长度。入书山而欲大有所获，那你就必须长时间地勤学苦读。当然，你还得讲究读书的方法，所谓"腹有诗书气自华"，当你将书的精髓与智慧尽力吸纳入你的生命体验，你就不会有年华虚度之叹了。无论人生是顺水推舟还是逆水行舟，你都能沉着应对，不温不火。

　　"为问东风吹老，几度枫江兰径，千里转平芜。"可是为什么，我们仍有剪不断的惆怅、理不清的伤感？即使我们可以通过读书来不断完善自身的修养，随着时光的飞逝，我们仍不能经世致用，则我们的修养、学力、才能，岂不都将自生自灭、自开自落？屈原曾说过："惟草木之零落兮，恐美人之迟暮。"你看这东风年年来去，吹得枫江红减、兰径香谢，春草丛生的平原转眼已是一片凋敝。谁能阻止时光的劫掠，谁能使得青春再来一次？

　　每个人都怕老，尤其是那些看待事业重于生命的人。王国维先生有段石破天惊的名言："古今之成大事业、大学问者，必经过三种之境界：'昨夜西风凋碧树。独上高楼，望断天涯路'，此第一境也。'衣带渐宽终不悔，为伊消得人憔悴',此第二境也。'众里寻他千百度,蓦然回首,那人却在,灯火阑珊处',此第三境也。"关于此三种境界的具体所指,不同的个体自有不同的意会。然而此三种境界所表达出的巅峰孤独,真不是常人所能承担的。即便有那凤毛麟角之士一路承担下来,也未必会曲终奏雅,于灯火阑珊处获得命运女神的奖赏。

"寂寞斜阳外,渺渺正愁予。"曾经倾注过"望断天涯路"的专执,曾经经受过"为伊消得人憔悴"的考验,张惠言仍然未能抵达梦想中的"灯火阑珊处"。此时,他是一名黄昏的独行者,眼看斜阳即将沉落,目标却越发渺茫。"渺渺正愁予"出自《楚辞》的《湘夫人》篇:"帝子降兮白渚,目渺渺兮愁予。"湘君听说爱妻湘夫人(亦称帝子)即将到来,就眯缝着双眼迎望着湘夫人前来的方向,然而目穷千里,他还是没能见到爱妻,"佳期不可再,风雨杳如年",张惠言有着与湘君感同身受的焦愁。"寂寞斜阳外,渺渺正愁予。"这应当是一幅浓丽如血、深情难诉的画面。

小时候,人们会用许多气贯长虹的励志故事来打动我们,让我们尽早树立高远的人生理想,并以此为荣。但高远的理想往往不会主动上门惠顾,而是姗姗来迟,或者干脆永不露面,这时,我们就要面临严峻的选择了。俗话说,岁月不饶人,再继续追求高远的理想就如夸父逐日一样不现实。"落月低轩窥烛尽,飞花入户笑床空",曾经的雄心壮志就此草草收场,世上少了一个狂夫,多了一个平凡务实的俗客。这应该是大多数人的一生,偏偏另有一种人,誓将理想主义进行到底,不惜以一生的心力去博取永垂不朽的大业。张惠言无疑也是这样一种人,他不能忍受没有理想的生命。然而,同时他又有一种透彻的清醒:"千古意,君知否?只斯须。"你知道吗,纵然你心比天高、胸怀千古,但在无穷无尽的时间长河里,你的壮志与事业不过斯须而逝，仅此而已。

这是残忍的点醒，他接着又说："名山料理身后，也算古人愚。""名山料理身后"意即"藏诸名山"。"藏诸名山"一词为太史公司马迁首创。他在《报任少卿书》一文中写道："仆诚以著此书，藏诸名山，传之其人，通邑大都，则仆偿前辱之责，虽万被戮，岂有悔哉。"司马迁虽受腐刑，但仍不失为一血性男儿。在这段话中，他向我们道明了其忍辱而活的重要原因。他要写一部能够藏诸名山的著作，就是后来的《史记》。他认为，只有完成了《史记》，才能洗尽他这一生所遭受过的奇耻大辱，才能向世人证明其人格的完整与高贵。

记得当年读琼瑶的小说《在水一方》，里面有个名为卢友文的文学青年，整日梦想着要写出一部藏诸名山的作品。这卢友文立言既高，仪表亦佳，几乎在第一时间赢得了小双姑娘的爱慕。但接下来的情节就大为不妙了，原来卢友文的口才胜于文才，文才又胜于行动能力。与小双成婚后，卢友文尽管大言炎炎，却一直未能写出一篇像样的文字。他不工作、不养家，先是对小双恶语相向，继而又染上了赌博的恶习。小双大失所望，只得与之离异。走至人生的最低谷，卢友文终于幡然醒悟。历经三年时间，在偏僻的乡下写出了他这一生最初也是最后的一部长篇小说。小双用微笑迎接了回头的浪子，可留给他们的时间已经太短了。卢友文患上了晚期肺癌，怀着满心的负疚与留恋离开了小双。

藏诸名山是否真的十分重要呢？张惠言的心情是悲凉的："名山料理身后，也算古人愚。"即使你用不懈的努力最终赢得了藏诸名山的资格，你能看得到、感觉得到吗？而以全部的生命与热情来换取身后的荣耀，这种做法是不是有些痴愚？

　　这么看来，生于今世，我们究竟应当在意什么、珍惜什么、把握什么？"一夜庭前绿遍，三月雨中红透，天地入吾庐。"这是张惠言为自己，也为世人开出的一剂良方。历尽千辛万苦追寻理想，虽说结局不见得能如人所愿，然而生活总会带给我们一些有益的补偿，我们当前的人生就充满了动人的、无处不在的美。不知你有没有注意到，空寂的庭院在一夜之间长满了绿意茸茸的春草，三月的雨雾将花儿朵朵变得分外娇红。在这一刻，你怎能不赞美生活的可爱，不感激自然的神奇？"天地入吾庐。"自然界的美、生活的美，需要用一种博大的情怀来欣赏。你准备好这样一种情怀了吗？你有何理由不张开双臂去拥抱自然、迎接生活？

　　"容易众芳歇，莫听子规呼。"青春真的太短暂了，稍不留意，就会从指缝间滑走。因此，你得趁着这庭前绿遍、雨中红透的大好局面尚在人间，得趁着年华正佳去做好当前之事。生命就在你我的手中，一切刚刚开始，有待开发，有待创造，有待热爱。

　　第五首，"长镵白木柄，斸破一庭寒。""镵"为古代的一种犁头，杜甫诗："长镵长镵白木柄，我生托子以为命。"镵之形状后偃而曲，上横木如拐，两手按之以起坺。"斸"是挖掘的意思。挥舞着一把白木柄的长镵，在庭院中干起了掘地三尺的体力活，这是要干吗呀？

　　"三枝两枝生绿，位置小窗前。"原来词人竟做起了灌园叟。人家杜甫是在安史之乱中饿得没有吃的，只得扔下文人的面子与架子，加入自立更生的饥民大军，挎起破袖、手持长镵到深山老林中挖黄独根（一种似芋的植物）来充饥。"我生托子以为命"，这长镵白木柄简直就是救命稻草啊，杜甫对它真是太有感情了。而对于张惠言，再穷也还穷不到那种得靠挖野菜来维系残生的地步。在张惠言看来，长镵白木柄不是谋生的工具，而是创建精神家园的工具。勤劳的双手、简单的工具，为荒寒的庭院种下油然可喜的希望。此后便掰着手指数日子。忽然有一天晨起推窗，三两枝鲜亮带露的绿色映入眼帘，接下来还会发生什么？我听到花开的声音了，我闻到花开的味道了！

"要使花颜四面，和着草心千朵，向我十分妍。""花颜四面""草心千朵"，这便是灌园叟理想中的春天了。"何必兰与菊，生意总欣然。"未必一定要种植名花异卉、春兰秋菊方能令庭院生色。最适合自己的便是最好的，闲花野草自有闲花野草的可爱之处，每个平凡的人也自有其独特之处、性灵之光。

"晓来风，夜来雨，晚来烟。"此句简短急促，内涵却极为深沉丰富。"晓风不散愁千点""江湖夜雨十年灯""只今憔悴晚烟痕"，对于晓风、夜雨、晚烟，我们能在古诗词中找到许多可歌可咏的佳句。清晓的风，给人的感觉是瑟瑟的冷；暮夜的雨，给人的感觉是呜咽的凉；晚来的烟，给人的感觉则是浓得化不开的怅惘。你看，人生时时都处于风雨飘摇之中，艰危满道、困苦载途，没有一刻消停与放松。环境如此恶劣，你种下的三枝两枝生绿真能存活吗？即使存活了，又能否铺陈出一个"花颜四面""草心千朵"的完胜局面？

让我们充分享受耕耘梦想的整个过程吧。我们不能因为有晓风凌虐、夜雨劫掠以及晚烟侵扰而悲观彷徨、厌弃人生。没有风雨、晚烟，我们怎能锤炼出苍松古柏般的意志；没有尝尽苦寒，我们怎能识得其甘如荠的滋味？"是他酿就春色，又断送流年。"春色之集大成者不正来自风雨之间、晚烟之中吗？美，需要用坚忍来铸造；美，需要以硬气来支撑。可惜春色总被流年断送，我们的人生，也无法止步于绚烂至极。最好的结果是什么呢？也许有人会回答："退出江湖不问世事，让自己完全属于自己，让自己只属于自己。"

张惠言是否认同这一提议呢？"便欲诛茅江上，只恐空林衰草，憔悴不堪怜。"诛茅江上，意即剪除茅草，在江边搭建一间小屋。海子的诗句："我有一所房子，面朝大海，春暖花开。"张惠言却反其道而行之。一样写隐居，在他的笔下却是："只恐空林衰草，憔悴不堪怜。"哪有什么面朝大海、春暖花开的灵魂栖息地呢？隐居之后，你的世界就变得很小了，小得只能容纳你自己。俗世的风风雨雨虽再也打不到你的头上，但隐居也有隐居的苦恼。你还身强力壮，却只能对着空林衰草发呆，你真的愿意被这种毫无激情的日子带到人生的尽头吗？当自己完全属于自己，当自己只属于自己，岂不变得如井底之蛙一样单调、空虚？

那么，怎样才能把握好进与退的尺度呢？"歌罢且更酌，与子绕花间。"我们不妨暂放愁怀，在清歌美酒的陪伴下、在花颜草心的偎依中，去感知生命的奇妙，去思索人生的意义。

读词心得写到此处，似乎该与这组《水调歌头》道声再见了。抬首望着窗外的灯火，不觉秋日已过半旬，我的心绪却仍行进在寻春的旅程中。"梦回莺啭，乱煞年光遍。人立小庭深院。炷尽沉烟，抛残绣线，恁今春关情似去年。"明媚中暗透忧思的昆曲正唱着《游园惊梦》一折。在秋天里回忆起春天的往事，是韦庄所说的："而今却忆江南乐，当时年少春衫薄。"我们火热的理想、我们葱翠的年华，再也不能回到那些天真美丽、多姿多彩的从前。但春天是永远不会过去的，"门外春来路，芳草不曾遮。"只要春心常在，生活的每个角落、人生的每个时期都会绽放出嫩绿繁红，幽香美满、难以尽言。

此花幽独，风雨多艰

《风流子·出关见桃花》

海风吹瘦骨，单衣冷、四月出榆关。看地尽塞垣，惊沙北走，山侵溟渤，叠嶂东还。人何在？柳柔摇不定，草短绿应难。一树桃花，向人独笑，颓垣短短，曲水弯弯。

东风知多少？帝城三月暮，芳思都删。不为寻春去晚，辜负春阑。念玉容寂寞，更无人处，经他风雨，能几多番？欲附西来驿使，寄与春看。

三月，是桃花烂漫的季节。她是《诗经》中风流妩媚、凝妆待嫁的新娘，"桃之夭夭，灼灼其华"；她是唐诗里含情脉脉、笑意盈盈的少女，"去年今日此门中，人面桃花相映红。"属于桃花的青春何其短促！一俟四月来临，桃花便如迟暮的美人一样钗钿散落，悄自退出了灿然如梦的舞台。与桃花一起退出舞台的还有韶颜易逝的春光。"人间四月芳菲尽"，白居易曾如是感叹。但他接着又说"山寺桃花始盛开"，那样不胜之喜，那样欢情无限。

本篇《风流子·出关见桃花》也是写的四月桃花。与白居易的山寺桃花不同，本篇写的乃关外之桃花。

"海风吹瘦骨，单衣冷、四月出榆关。"张惠言所出之关为榆关，亦即山海关。榆关北倚燕山，南瞰渤海，始筑于隋文帝开皇三年，至明成祖洪武年间，大将徐达在此修筑长城，因榆关旧址加以改建，取其位于燕山、渤海之间的地理特色，更其名为山海关。"瘦骨""单衣"，这是落拓文士的形象，以"瘦骨""单衣"而一路行至有着"天下第一雄关"之称的山海关，文士虽则落拓，却有一股昂然不群的英气与豪迈之情。当然，你也可以说，再落拓，未必非要着一单衣来故作姿态。请注意词中"四月出榆关"一句，再参之以后文的"帝城三月暮"之语，可知词人是从三月将阑的帝京出发，帝城三月暮，气温已有蒸蒸日上之势，故而词人出发时着的乃一袭单衣。等他走到山海关，时节虽然已从三月的末梢进入四月，但由于山海关的位置在帝京之北，此地临近渤海又人烟稀少，张惠言在四月之际仍感到寒意恻恻，也就不难理解了。

"看地尽塞垣，惊沙北走，山侵溟渤，叠嶂东还。"这一看之下真是震荡心魄。"地尽塞垣，惊沙北走，山侵溟渤，叠嶂东还"，此十六字气势何其太盛，荒凉、雄奇兼而有之。塞垣为边塞的城墙，"尽"者，尽是也。城墙高耸，绵延起伏不知几千里。惊沙北走，我们不妨想到北方沙尘暴横行肆虐的场面。"山侵溟渤，叠嶂东还"，"山"即燕山，而"溟渤"则指的是渤海。着一"侵"字，立即生龙活虎起来。元剧《单刀会》中的关羽有段道白："看这边厢天连着水，那边厢水连着山。想某二十年前隔江斗智，曹兵八十三万人马，屯于赤壁之间，也是这般山水。"此处的"侵"，与关羽口中的"连"是一个意思。"叠嶂东还"则化用了辛弃疾在《沁园春》一词中的名句："叠嶂西驰，万马回旋，众山欲东。"叠嶂意即重叠的峰峦，山势向东，如同一群嘶风啸月、扬蹄奔腾的骏马。

山海关具有非凡的战略意义。"拟金伐鼓下榆关，旌旆逶迤碣石间。

校尉羽书飞瀚海，单于猎火照狼山。"这是盛唐诗人高适写的《燕歌行》。而与山海关联系最近的一段历史，大概要数吴三桂与李自成的那场生死恶战。1644年4月，刚刚攻占了紫禁城不久的大顺皇帝李自成亲率十万大军与前明的辽东总兵吴三桂于此兵刃相见，流血千里。两虎相争，再加上第三只老虎的助阵（多尔衮带领清军匆匆赶来，向势单力薄的吴三桂表达了"兄弟"般的可贵"情谊"），李自成全军溃退，山海关失守。天下改姓"爱新觉罗"，清朝就此指点江山三百年。

然而，张惠言的"地尽塞垣，惊沙北走，山侵溟渤，叠巘东还"十六字并非冲着山海关的战略意义而来。这不是一首咏史词，从接下继起的内容我们即将发现，那气盛势足的十六字是为词人将要抒发的凄清之感而做的铺叙。单衣瘦骨的张惠言纵有一股昂然不群的英气，纵有一股峥嵘风发的豪情，在山海关的脚下，他毕竟还是感觉到了"冷"，而这种感觉，并不仅仅来自外界的影响，并非由海风与单衣所造成，它更多地来自他的内心，来自内心所激发出的凄清。

"人何在？柳柔摇不定，草短绿应难。""人何在"一问正好与"地尽塞垣"形成呼应。由于已到关外，当然见不着拂袖成云、摩肩接踵的人流。"柳柔摇不定，草短绿应难。"这里还只是一派初春景象，而这片初春之景能否成得了气候却又大成问题。你看，边地之柳神情怏怏，她是那样柔弱，那样摇摆不定，似乎在为自己生错了地方而倍感迷茫；边地之草稀疏短小，要长得青翠悦目只怕太难。这是为什么呢？就因为此处乏人问津，"舞低杨柳楼心月"在这儿是没有观众的，"嫩绿柔香远更浓"在这儿是没有掌声的。既如此，柳枝为谁裹金、芳草为谁弄绿呢？

"一树桃花，向人独笑，颓垣短短，曲水弯弯。"虽说柳树与小草一副无精打采的模样，却有一树开得极其娇艳的桃花打破了边地的荒冷枯寂。"向人独笑"，这是孤独的笑，也是傲然的笑。因为这一笑，方才有了朗朗乾坤；因为这一笑，方才有了光风霁月。这一笑的风情真是不能抵挡。而这样的笑容，居然绽放在颓垣断壁之间；这样的笑容，把流水弯弯映得嫣红一片。边地委屈了桃花，桃花却问心无愧，并没有敷衍春天。

词人叹言："东风知多少？帝城三月暮，芳思都删。"他的思绪，从边地飞回了帝城。晏几道《鹧鸪天》云："东风又作无情计，艳粉娇红吹满地。"当花落满地之时，春光也就接近尾声了。白居易《买花》诗："帝城春欲暮，暄暄车马度。共道牡丹时，相随买花去。"此时的牡丹虽仍绰约动人，却只能赶得上春天的闭幕式，而不是开幕式了。词人出榆关是在四月，离开京城则是三月之末。三月之末已见春花狼藉，京城纵有暄天繁华、似海豪奢，奈何东风不留、芳思都删。

怎能想得到呢？远走山海关却给了他一个重寻春天的机会。"不为寻春去晚，辜负春阑。"奇迹不是为那些耽于奢华、贪于安乐的人准备的，但它却会向着那些别具慧眼、不畏艰辛的独行者粲然绽开。

在庆幸自己不虚此行的同时，张惠言不禁思忖："念玉容寂寞，更无人处，经他风雨，能几多番？"这树生长在边地的桃花，身处逆境却朝气盎然，既热烈真诚，又执着勇敢。似此品格，当令君子以为楷模；似此风采，当令君子整襟正冠。可是，倘若君子无由至此，她如玉的容颜岂不会在凄风冷雨中寂寞终老吗？

张惠言忽然想到了一个与花相关的故事。南朝诗人陆凯与范晔友善。有一次，身在荆州的陆凯思念起陇头（今陕西陇县）的范晔，便写了首诗寄给他："折花逢驿使，寄与陇头人。江南无所有，聊赠一枝春。"
和诗一起寄去的，还有陆凯亲手折下的一枝梅花，诗中的一枝春即为梅花
的代称。张惠言深受启发，于是有了精奇出彩的结句："欲付西来驿使，
寄与春看。"我也折下一枝桃花吧。那边鞭马而来的驿使，可是要赶回京
城吗？请为我带上这枝关外的桃花，请你用嘹亮的嗓音叫得京都的人们倾
城而出："看，春天就在我的怀抱里呢。在遥远的关外，不仅有比帝京
更美的春天，还有品幽行洁、不堕青云之志的佳人高士，等待我们去结识，
等待我们去欣赏，等待我们去赞叹。"

第二章

狂生意纵横

按语：狂生可哀亦可爱，狂生可爱胜可哀。风流都从狂中得，傲骨偏自狂中来。本章的入选者有大名鼎鼎的"扬州八怪"之一郑燮（郑板桥），有惹怒天颜的小小翰林洪亮吉，更有意气风发、不可一世的龚自珍。入选理由：郑燮"焚砚烧书，椎琴裂画"的彻底放恣，洪亮吉"丈夫自信头颅好，须为朝廷吃一刀"的昂扬硬朗，龚自珍"椎槌一发，吼彻山河大地"的英迈豪健，无不掷地有声地尽展狂生风采，无不活灵活现地尽释狂生气息。

感遇郑燮
抛却乌纱事书画

【郑燮小传】

郑燮（1693—1765），字克柔，号板桥，江苏兴化人。乾隆元年（1736）进士。初授范县知县，改调潍县，性旷达，不拘小节，于民事则纤悉必周。以岁饥为民请赈，忤大吏，遂乞病归。潍县百姓为其送行，乃赠画留念，且赋诗云：乌纱掷去不为官，囊橐萧萧两袖寒。写取一枝清瘦竹，秋风江上作渔杆。诗、书、画三绝，画擅兰、竹、石。布衣与解职后均客居扬州，卖画为生，为"扬州八怪"之一。著有《板桥全集》。其《板桥自叙》云："平生不治经学，爱读史书以及诗文词集。传奇说簿之类，靡不览究。有时说经，亦爱其斑驳陆离，五色炫烂。"陈廷焯《云韵集》论其词："板桥词摆去羁缚，独树一帜，其源亦出苏辛刘蒋，而更加以一百二十分恣肆，真词坛霹雳手也。"又《白雨斋词话》评曰："板桥词，颇多握拳透爪之处，然却有魄力，惜乎其未纯也。若再加以浩瀚之气，便可亚于迦陵（陈维崧）。"

愿将疏狂换凄凉

《沁园春·恨》

花亦无知，月亦无聊，酒亦无灵。把夭桃斫断，煞他风景；鹦哥煮熟，佐我杯羹。焚砚烧书，椎琴裂画，毁尽文章抹尽名。荥阳郑，有慕歌家世，乞食风情。

单寒骨相难更，笑席帽青衫太瘦生。看蓬门秋草，年年破巷；疏窗细雨，夜夜孤灯。难道天公、还钳恨口，不许长叹一两声？癫狂甚，取乌丝百幅，细写凄清。

题目很大，触目惊心。恨，与爱形成强烈对立的一面，犹若红与黑、光与影、天与地、日月之于风雨。自古以来，恨与爱便在人类的感情世界里占据了十分重要的位置。如果说爱是我们每个人心灵的宠儿，那么恨就是我们每个人心灵的弃儿了。人人都渴望爱与被爱，却无人喜欢恨与被恨。当我们的愿望受到了摧折与伤害，恨就取代了爱，火就变成了冰。爱之欲其生，恨之欲其死。恨的力量是强大的，排山倒海、摧枯拉朽，对于一个深陷于恨而不能自拔的人，你怎么形容都不过分。

郑燮的这首词，写的是个人生存遭遇社会环境的残酷钳制时所产生的恨。要读懂郑燮胸中的腾腾恨焰，我们怎能对作者的生平一无所知呢？唤他郑燮，其实远不如称他郑板桥更大众化。郑板桥，燮为其名，板桥为其号。

郑燮是江苏兴化人。兴化今属江苏泰州市管辖，但在古代，却归在江南省扬州府的管辖范围。就那个时代而言，郑燮可以说是一个土生土长的扬州人。兴化东城外有一古板桥，护城河从桥下蜿蜒而过，清波碧水，可容佳梦。幼年的郑燮常在这里嬉游。郑燮之父郑之本是个私塾先生，虽说门下桃李甚众，却改变不了四壁清风的寒素家境。"我生三岁我母无，叮咛难割襁中孤。"人生的大恨在很早的时候就降临到了郑燮的头上。幸运的是，乳母与继母给了他不啻生母的关爱与疼护。郑燮对此一生感激，他并不是一个只会恨的人。他也会爱，爱故乡的淳厚民风，爱不是生母的两位母亲。因为爱，他才自号为板桥。

作为一名教师子女，在读书方面，郑板桥肯定有着近水楼台的优势。他生性聪明，若能再加上一丝"三更灯火五更鸡"的苦读精神，"他年若遂凌云志"似乎不是一件大难之事。下帷无倦，升高有属，郑板桥还真这么梦想着，还真这么奋斗着。到了二十四岁时，郑板桥考中秀才。秀才已为我有，举人还会远吗？几年过去了，"举人"仍然遥不可及。"郑生三十无一营"，那个时候的他，已经子承父业地做起了教书先生。"教馆本来是下流，傍人门户度春秋。半饥半饱清闲客，无锁无枷自在囚。"这是郑板桥戏题的《教馆诗》。可他没有想到的是，就连这种受人白眼、半饥半饱的清闲生活也快维持不了了。父亲的去世为他招来了大批破门而入的债主。教书无以还债，一气之下，郑板桥搬到扬州城中开始了长达十年的卖画生涯。

正是这段难忘的生涯令他跻身红得发紫的"扬州八怪"之列。按照一般人的理解，画家是个浪漫不已的职业，如果画家还兼文人，那一定是个有如桃花庵主唐伯虎一样的风流才子。唐伯虎诗："不炼金丹不坐禅，不为商贾不耕田。闲来写就青山卖，不使人间造孽钱。"真是潇洒到了顶点，快活到了极致。但问题是，当你在红得发紫之前，你的"大作"无人惠顾，你饥肠辘辘，既不知道今天的晚餐会在哪里解决，更不知道明天的早餐由谁埋单。你还能潇洒出一枝花来？

郑板桥的画并不好卖。他脾气不好，画风又是我行我素，既无来头，又无靠山，当"扬州八怪"的光环伸长了杆子也打不到郑板桥身上时，郑板桥还是郑板桥吗？郑板桥还是郑板桥，骨头硬、穷贱命，爱子与发妻相继在困境中离开了人世。他像独狼一样藏身于富甲天下的扬州，活得不如一个升斗小民。

重新拾起了久已荒疏的八股文章，不仅是因为"万般皆下品，唯有读书高"的"书虫"思想作祟，更因为他始终未曾放弃自己的人生定位以及对于社会的责任感。终于，在年近四十之时，他中了举人。又在四年之后由举人中了进士，其殿试名次为二甲第八十八名。在同科进士中，这应当是个位居中上的名次。但由于板桥先生没钱、没关系，单凭这个成绩，他的"就业分配"也还大成问题。五十岁那年，等分配等得望眼欲穿的郑板桥总算等来了云破日出的一天，被任命为山东范县的知县，一个七品芝麻官。

卖画十年，为官也是十年。"十年盖破黄绸被，尽历遍、官滋味。雨过槐厅天似水，正宜泼茗，正宜开酿，又是文书累。坐曹一片吆呼碎，衙子催人妆傀儡。束吏平情然也未？酒阑烛跋，漏寒风起，多少雄心退！"郑板桥曾以一首《青玉案·宦况》写尽了为官的拘累与乏味。然而，他在十年后丢掉"乌纱"却并非"妆傀儡"而致，而是由于他太不肯、太不会"妆傀儡"了。

乾隆十二年（1747），郑板桥由范县改调潍县。他一到潍县，就赶上了十个月不曾降雨的大旱，致使当年的春耕无法进行。郑板桥决定开仓放粮，并召集灾民修筑城池，以工代赈。人民获救了，郑板桥却因擅自开仓赈济被人记了笔小账。六年后，他再次触痛了当地豪强势力的神经。"天下竟有这样不会当官的人吗？"郑板桥就此下课。他离开潍县之时，"百姓痛哭遮留""家家画像以祀"。罢官后的郑板桥又回到了扬州，重操旧业，卖画为生。

从寒门子弟到个体画师，从科场宿将到七品微官，郑板桥的一生，阅尽了人情冷暖、世态炎凉。介绍完了郑板桥的生平再来读这首《沁园春·恨》，对于板桥笔下的滔天恨意，我们还会觉得言过其实吗？

"花亦无知，月亦无聊，酒亦无灵。"李白有诗云："花间一壶酒，独酌无相亲。举杯邀明月，对影成三人。"在人生失意之时，看看花、赏赏月、饮饮酒，对于文士，这是不无小补的一种消遣方式。因为，花能怡人眼目，月能柔人性情，酒能润人肺腑。总之，人不能一门心思地沉浸在不如意中，那是一条走不通的死胡同。郑板桥难道不明白这个道理？他明白。但由于他的痛苦来得太尖锐、激烈，任何事物都不能褪其颜色，去其锋芒，令其转移，使其软化。而这种痛苦的名称就叫作"恨"。恨得聚精会神、切髓贯骨。哪怕是春晓的花、中秋的月、甘冽的酒……统统没用。春花是无知的蠢物，秋月是无聊的家伙，美酒是无灵的笨蛋。

"把夭桃斫断，煞他风景；鹦哥煮熟，佐我杯羹。"这才是解除痛苦的最佳方式。先一斧砍断了这棵妖姿艳丽的桃树，再燃上一把大火煮熟了那只喋喋学舌的鹦鹉。"请问郑板桥先生，你这样做是何目的呢？"读者们或许会咋舌惊问。郑板桥则摇头晃脑地笑答："无他，煞他风景，佐我杯羹而已。"这不明摆着是在损害草木、虐杀动物嘛。夭桃何辜，鹦哥何罪，遭尔毒手？

"夭桃"与"鹦哥"，二者或从视觉上，或从听觉上具有讨人喜欢的特点，而但凡讨人喜欢的事物往往巧于逢迎。郑板桥则恰恰相反，逢迎是他最讨厌的一种态度。斫夭桃、煮鹦哥，让我们看到了一个个性鲜明的郑板桥，对于种种浮华虚伪的社会现象，他有一种必欲破除而后快的强烈愿望。

接下来的火药味儿更为浓厚了。"焚砚烧书，椎琴裂画，毁尽文章抹尽名。"诗书琴画，是封建社会读书人修养的标志。然而，哪怕你是诗书琴画四项全能又有何用呢？艺术是美的，挣扎在赤贫线上的生活却一点儿也不美。诗书琴画，在这个世道上已沦为附庸风雅的工具与伪饰。"毁尽文章抹尽名"，郑板桥一语撕破了太平盛世的画皮。

闻一多先生在《死水》一诗中写道："这是一沟绝望的死水，这里断不是美的所在，不如让给丑恶来开垦，看他造出个什么世界。"郑板桥亦在此词中采用了相似的手法。在"毁尽文章抹尽名"之后，他发出了惊世骇俗的大笑："荥阳郑，有慕歌家世，乞食风情。"

"荥阳郑"一语双关，它既是郑板桥的自称，又是唐传奇《李娃传》中的男主角。《李娃传》是这样开头的：河南荥阳郑生，家世高贵、才藻超群，到长安赴试时路经鸣珂曲，与一位"妖姿要妙、绝代未有"的青楼女子李娃一见倾心，为之千金散尽在所不惜。

见郑生金尽，鸨母可是一万个不乐意。狡猾的老鸨借着外出求神之机与李娃跑了个无踪无影。人财两空、走投无路的郑生沦落到凶肆（殡仪馆）

卖唱（为死者唱挽歌）为生。在长安东西市联合举办的挽歌竞赛上，郑生以《薤露》之章而一举夺魁。然而，还没来得及领取最佳新人奖，郑生就被一个人给带走了。原来，就在他上台献唱之际，郑生的父亲恰好在场，与一名老仆同时目睹了郑生秉翣而歌的"风采"，老仆将郑生引至郑老先生面前。郑老先生一时想不开，认为这是奇耻大辱，暴扁郑生一顿后扬长而去。郑生被打成重伤，成了殡仪馆的累赘。挽歌王子就此丢掉饭碗，流落街头做了乞丐。

一个大雪纷飞的天气，饥寒交迫的郑生外出行乞。这一次，他竟遇上了抛弃他的俏冤家李娃。当初抛下郑生原非李娃的本意，这一见面，李娃立即就良心发现了。"幸青娥、俊眼不曾迷，团圆剧。"这位打扮入时的美女毫不迟疑地脱下身上的绣襦，温暖着一身邋遢、冻得半死的郑生回到了她的妆楼。李娃倾注全力资助郑生重习举业，郑生得中进士后娶李娃为正室，妻因夫荣，李娃后来还得到了"汧国夫人"的诰封。

"慕歌家世，乞食风情。"不仅是读者，即使《李娃传》的作者，想必也认定郑生的挽歌乞食是他糟糕透顶的记忆，是他生命中的不堪承受之重。可照板桥先生这么写来，郑生挽歌唱得那么棒，非但无玷于门楣，反倒风情撩人、足可称羡。至于说乞食街头，这也不是什么羞于提起的事。乞食也很好啊，能得到佳人探首相看，绣襦拥归，这叫化子真有能耐、真有艳福。板桥先生说的其实都是反话，嬉笑之中颇见傲骨崚嶒。板桥先生真正想说的是，这个社会对人才的作践是到头了、到底了。然而粗服乱头不掩国色，即使跌入底层，才人依然富有魅力。而这种魅力，也往往是在"抹尽文章毁尽名"后方才发挥得淋漓尽致。

"单寒骨相难更，笑席帽青衫太瘦生。"这是郑板桥的自画像。这样的一幅画像，对于普天之下"有奇志必有奇穷，有奇才必有奇困"的寒士们来说，想必会发出会心的一笑。有什么办法呢，我大概生来就没有富贵之相吧。穷鬼一个，头上戴的是式样老土的席帽（毡制的笠帽，一代词宗陈维崧也曾戴过，称其为"席帽聊萧"），身上穿的是补了又补、洗得发白的青衫。那些富贵之人会为着如何减肥而大伤脑筋，我呢，则因营养不良而面黄肌瘦、影响市容。

"看蓬门秋草，年年破巷；疏窗细雨，夜夜孤灯。"蓬门、秋草、破巷、孤灯，这是多么凄惨的景象啊！就连疏窗细雨，在文人墨客眼中理当诗意可爱的事物，也成了恶劣环境的同伙与帮凶。因为，疏窗细雨会加重他的饥寒之感。而连温饱都不得保障之时还侈谈诗意，岂不是如同掩耳盗铃一样可笑吗？

"难道天公、还钳恨口，不许长叹一两声？"既已沉沦到底，还要保持什么"怨而不怒"的风度？这一句话，妙在指桑骂槐。此句中的"天公"，不单指视听茫茫的上天，其矛头实已指向当时的最高统治者。清朝是个文字狱空前"发达昌盛"的封建社会。文人有恨，也只得打落了牙齿往肚里吞。否则便是惹祸的根苗，没准哪一天会东窗事发。

偏这郑板桥是个不怕事的，他居然还说："癫狂甚，取乌丝百幅，细写凄清。"意思是，我就是要骂，还要把骂的过程用笔墨记录下来，你又能拿我怎样呢？"乌丝"是古代的一种笺纸，上下乌丝织成栏，其间用朱墨分行。"我要取来乌丝百幅，一笔一画地在上面书写我的怨恨、我的凄清。"词至尾声，板桥先生的激昂情怀又化为了一分凄清难说的孤愁。无论恨的浪头有多凶猛、多狂纵，当疲极而落的一刻，终将止于沉默，溶入酸楚。

聚焦洪亮吉
敢捋龙须的翰林编修

〖洪亮吉小传〗

洪亮吉（1746—1809），初名莲，字华峰。乾隆三十七年（1772）改名礼吉，字君直；乾隆四十六年（1781），又改亮吉，字稚存。号北江，晚号更生居士。阳湖（今江苏常州）人。乾隆五十五年（1790）一甲二名进士，初授翰林院编修，充国史馆编纂官，后督贵州学政。嘉庆元年（1796）返京，参修《清高宗实录》。恽敬《前翰林院编修洪君遗事述》："君长身火色，性超迈，歌呼饮酒，怡怡然。每兴至，凡朋侪所为，皆掣乱之为笑乐；而论当世大事，则目直视，颈皆发赤，以气加人，人不能堪。"嘉庆四年（1799）诏求直言极谏之士，洪亮吉"自闻诏后，累月不知寝食。一日奋曰：'吾宁谔谔而死，不能默默而生！'"因上书言事忤怒皇帝获罪，充军伊犁。嘉庆五年（1800）赦还，家居撰述至终。洪亮吉精于史地、声韵、训诂之学，能诗，工骈体文。著有《更生斋诗文集》《更生斋词馀》等书。

掐破碧桃又如何

《菩萨蛮》

玉皇宫殿高无极，东西龙虎更番值。

天上事偏多，仙人鬓亦皤。

麻姑空一笑，偶自舒长爪。

掐破碧桃花，花光照万家。

　　嘉庆四年农历八月二十五日，中秋节刚过了十天，嘉庆皇帝从成亲王永瑆的手中收到了一份奏折，写这份奏折的人名叫洪亮吉，一个正在申请离职的翰林编修。此时离嘉庆亲政仅有半年。作为一名初登政坛的皇帝，嘉庆皇帝曾无比虚心而又客气地颁下圣旨："凡九卿科道有奏事之责者，于用人行政一切事宜，皆得封章密奏，俾民隐得以上闻，庶事不致失理，用付集思广益至意。""朕既令人尽言又复以言罪人，岂非诱之言而陷之罪乎。"广开言路，俨然已是嘉庆新政所打造的重点。几位直言的臣子很快受到了褒奖。一切都在顺利地进行着，一切都在嘉庆皇帝的掌控之中。

　　直到洪亮吉上书，和谐的局面被尴尬地撕裂。洪亮吉的奏折共有六千余字，这么长的一篇奏折都说了些什么呢？其要害处，是在痛陈嘉庆之世的种种不良现象："风俗则日趋卑下，赏罚则仍不严明，言路则似通而未通，吏治则欲肃而未肃……盖人才至今日，消磨殆尽矣。以模棱为晓事，以软弱为良图，以钻营为取进之阶，以苟且为服官之计。"奸臣当道、吏治腐败是洪亮吉文中炮击的重点，就连嘉庆本人也没能免于洪亮吉的口诛笔伐。洪亮吉给嘉庆提意见说："何以言励精图治尚未尽法也？自三四月以来，视朝稍晏，窃恐退朝之后，俳优近习之人，荧惑圣听者不少。"这条意见其实提得有些滑稽，可并没有把嘉庆给逗乐，而是惹得嘉庆龙颜大怒。

不罪言官的表态被嘉庆皇帝抛到了九霄云外，洪亮吉的口无遮拦戳到了嘉庆的痛处。嘉庆皇帝速下谕旨："本日军机大臣将编修洪亮吉所递成亲王书禀呈览。其所言皆无实据，且语无伦次。着交军机大臣即传该员将书内情节，令其按款指实，逐条登答。"

洪亮吉想过会受到这样的对待吗？难道他真的那么天真，以为嘉庆皇帝会对他的尽情直言予以赏识，认为整个社会的风气会因为他的一纸之书而得以改观？明朝的嘉靖皇帝曾经创下了连续二十多年不上朝的纪录，被人议论为极品昏君。当然，嘉靖在世之时，那些议论是以一种较为含蓄、隐蔽的方式进行。由于这个缘故，终日忙于炼丹修道的嘉靖皇帝自我感觉一直相当良好。然而有一次，有个名叫海瑞的官员向他上书，言辞尖刻，说了许多"大逆不道"的话，气得嘉靖皇帝暴跳如雷、七窍生烟："快把这家伙抓起来，别让他跑掉了！"近侍宦官急忙赔笑道："皇爷息怒，海瑞是不会跑的。这人素有痴名，在上书之前便买好了棺材，诀别了妻子，遣散了僮仆，自以为办妥了'杀身成仁'的一切准备。"一听竟有这样的人，嘉靖皇帝顿时傻眼了。又过了几个月，方才撂下一席感叹："这家伙是个当代的比干，寡人我却不是当代的纣王。"难道洪亮吉想重演一出海瑞上书？没这么严重吧，嘉靖固然不同于没心没肝的纣王，御座尚未坐热的嘉庆也不同于老油条兼大懒虫嘉靖。然而，对于上书的风险，洪亮吉不可能没有想过。

　　洪亮吉五岁便失去了父亲。童年的记忆之一是在母亲的织机边咿呀读书，极感疲乏之时，母子二人便微笑着相互对视一瞬，随后又鼓足精神，与一盏暗黄的桐油灯相伴到天明。天道酬勤，他很早便在经史、舆地及训诂、声韵学等诸多领域显露出深厚造诣。然而，这位博学多才的青年学者直到乾隆四十六年（1781）才考中举人，此时他已三十五岁。"子欲养而亲不待"，辛苦了一生的母亲已在几年前去世，中举并未改变洪亮吉依人为幕的寒士生涯。直到九年后，他非但高中进士，且还中的是一人之下、万人之上的榜眼。四十四岁了，洪亮吉终于可以扬眉吐气，不必再为朝不保夕的四处奔波而深深犯愁。他被授以"贵州学政"一职，即清代贵州省的教育厅厅长。由于在贵州政绩赫然，在嘉庆元年（1796），洪亮吉被调回京师，担任皇曾孙奕纯的师傅。嘉庆三年（1798），朝廷就对付白莲教向官员们进行问卷调查。别人都不咸不淡地应付了事，唯独洪亮吉侃侃而谈、锋芒毕露，弄得当朝者狼狈不堪。那一次，洪亮吉险些便引火烧身。适逢其弟病故，他以为弟主丧为由，离开了京都这个虎狼穴。

　　一年之后，在大学士朱珪的推荐下，洪亮吉又回到了京城，参与编修《清高宗实录》。这份编书工作看来也颇为不妥。第一卷完工之后，洪亮吉便有了告归之意。洪亮吉有一颗单纯的心，可他的追求，却不是这样自私而又单一。读书是为了什么？"谢公终一起，相与济苍生。"读书入仕，哪怕坐到了东晋名相谢安那样的高位，也要为国思危，为民请命。那年的八月二十日，洪亮吉本已向翰林院提交辞呈，回家无非是个时间早晚的问题。论理，他该去整整行装，辞辞亲朋。可他却做了一件令人意想不到的事——关在家中埋头码字，写好后"一稿多投"，将这篇奏折分别投向成亲王永瑆、吏部尚书朱珪、左都御史刘权之三名朝廷大员的公文交换箱（洪亮吉的品级尚无资格向皇帝直接进谏）。在归隐之前，他要做最后一搏，他要了却一桩不吐不快的心愿。至于这么做的最坏结果，他或者已经预料到了。知无不言、无愧于心比什么都重要。

在圣旨的"关照"下，洪亮吉被投入了刑部大狱。审问不过走个形式而已，当然是"按款指实，逐条登答"，每一条犯罪事实都得落到实处，审问的强度可想而知。对于这个勇批逆鳞的冒失鬼，刑部以"大不敬"罪名判处"斩立决"。洪亮吉真是条好汉，在这个时候还能口占一绝："丈夫自信头颅好，须为朝廷吃一刀。"

判决书旋即送呈嘉庆。现在，只消他轻轻点个头，洪亮吉很快就会从这个世界上消失。他感到了一丝快意吗？或许是有的。然而，他却撤销了洪亮吉的死刑。"洪亮吉着从宽免死，发往伊犁，交与将军保宁严加管束。"促使嘉庆皇帝这么做的原因，倒不是因为他对洪亮吉忽然有了种重新审视的怜悯，而是他不想让此事成为自己的盛德之累。言官死谏，这在朝野肯定会成为爆炸性的头条新闻，不明是非者会对他大有看法，没准还会让洪亮吉捡个英名。然而，就这样放过了洪亮吉，嘉庆又觉得窝心。在宣判洪亮吉发配伊犁的同时，嘉庆一本正经地声称自己绝无"视朝稍晏"的行为，他将这句评语归结为洪亮吉的"狂谬"，且气势汹汹地对洪亮吉进行人身攻击道："洪亮吉平日耽酒放纵，放荡礼法之外，儒风士品扫地无门。"

八月二十七日，洪亮吉开始了他的流放之旅。经过一百六十一天的长途跋涉，在嘉庆五年的二月十日，终于到达戍所。在伊犁，洪亮吉写了不少诗文，其中，《伊犁日记》与《天山客话》尤为后人称道。也许只有在写诗属文之际才能忘却对故乡亲人的入骨思念与深深歉意吧。"故乡何处是，忘了除非醉！"最怕是醒后的绝望、醒后的怅惘。君恩刻薄，生还故乡微乎其微。从理论上来说，他的流放之旅是无期徒刑。

然而，人生是由一个又一个意外构成的。既有痛苦的意外，也有惊喜的意外。是上天在暗中相助吗？嘉庆皇帝开始反思当年对于洪亮吉的处置，重读洪亮吉言辞激烈的奏折，他不再感到愤怒，而是感到某种难以言说的心虚与悲凉。终于，嘉庆皇帝对洪亮吉的奏折重新评卷说："朕详加披阅，实无违碍之句，仍有爱君之诚。唯言视朝稍晏及小人荧惑等句，未免过激。经王大臣讯问，定以重辟，施恩改发伊犁。然自此以后，言事者日渐其少……岂非因洪亮吉获咎，钳口结舌，不敢复言，以致朕不闻下过，仍壅为害甚钜。洪亮吉所论，实足启沃朕心，故置诸座右，时常观览。"这是个态度上的大转弯，嘉庆皇帝宣布了对洪亮吉的恩旨："洪亮吉释放回籍……留心查看，不准出境。"

四月二十七日，远在伊犁的洪亮吉接到了由无期流放转为无罪释放的特旨，他的第一反应会是什么呢？手舞足蹈、喜极欲狂？从流放到无罪释放，洪亮吉在伊犁整整度过了一百天。这一百天，是他生命中最为难忘的一段经历。这段经历，被史书称为"百日赐环[1]"。

他后悔过吗？如果我们这样问他。我想，他大概会发出一阵豪爽的、洒脱的大笑。他是个豪爽的人，虽然生活对他少有宽厚、少有豪爽。前面曾经说过，经史、舆地、训诂、声韵是其专长，同时，他也以诗名世，并且还是一个很有特色的词人。下面，让我们一起来赏析洪亮吉的《菩萨蛮》。

---

[1]　意即百日赐还。

"玉皇宫殿高无极，东西龙虎更番值。"这很像是玄幻小说的开头。玉皇宫殿，是玉皇大帝的居所。"高无极"一词很神秘，也很有意思，究竟高到了什么地步呢？你想象不出，你感触不到。这三个字，道尽了芸芸众生对于玉皇的敬畏与服从。"东西龙虎更番值"，天宫重地，闲人免进。倘若有人胆敢上前窥探一眼天家威仪，得先问问守卫在皇宫左右的龙兄虎弟再说。汉高祖刘邦曾有歌曰："安得猛士兮守四方！"玉皇的保安都是身怀绝技的真龙活虎啊，比世间帝王所用的猛士可要厉害多了。它们轮流值班，时时刻刻保持着高度的警惕。玉皇宫殿，可以高枕无忧矣，可以万无一失矣。

并非如此。"天上事偏多，仙人鬓亦皤。"词意由此一转。照理说，住在那样一个富贵无以盈之、尊荣无以加之的地方，以玉皇大帝为首的一班仙人应当很开心吧？然而天上也有天上的烦恼，天上也有棘手难办的事务。这不，仙人竟因劳心劳神而早生白发。看来仙人也驻颜乏术呵，天堂的治理也和人间的治理一样大伤脑筋。

就在这时，一个高人挺身而出。"麻姑空一笑，偶自舒长爪。"对于一名女性，"麻姑"似乎不是什么楚楚可人的美名，然而麻姑的形象却真的很美，《神仙传》中说其"是好女子，年十八九许。于顶中作髻，余发垂至腰。其衣有文章，而非锦绮，光彩耀目，不可名状"。可是，这位神仙美少女有个比较吓人的身体特征——鸟爪，令人想起金庸小说《碧血剑》中的苗族女郎"何铁手"。何姑娘容貌极佳，惜乎左手截断，安了一只铁钩，于残疾之美中带了一股杀戾之气。当然这只是我们这些庸夫俗妇的想法，在得道之人的眼中，麻姑的鸟爪不但不可怕，反是一件大有妙用的宝物。一个叫蔡经的道士就曾说过："背大痒时，得此爪以爬背，当佳。"

　　词人却能脱离窠臼出以新意，"掐破碧桃花，花光照万家。"在他的理想中，麻姑的长爪用来给背搔痒可就大材小用了，这样的长爪，正好用来掐破碧桃。你看，她的动作是何其轻灵、何其优美、何其从容、何其自信。仙人们束手无策的难题对于麻姑来说那是再简单不过。她在空中微微一笑，舒爪一掐，一朵奇光异彩的碧桃花立即散作千片万瓣。花光飘落下界，将枯寒贫瘠的大地照得灼然生色、满目芬华。

　　有人说，词中的麻姑是词人自拟。"项庄舞剑，意在沛公"，这首词，在游仙题材下，仍然可见其严肃的政治讽刺功能。"掐破碧桃花"，这看似轻松的举动需要极大的决心与非比寻常的胆色。玉皇会允许天下百姓分享碧桃的光辉与荣耀吗？麻姑擅自做主，会不会受到惩罚？洪亮吉却因之吃了一回苦头。他所掐破的，并非封建王朝的光辉与荣耀，而是光辉与荣耀下所笼罩的丑陋与虚假。但有一点他与麻姑是相同的，那就是——他们都有奋不顾身、造福人间的信念。至于能不能取得花光照万家的效果，麻姑或可预知，他却只能付之一叹了。

　　回到家乡后，洪亮吉不再过问朝政，把全部精力都倾注在了无涯的学海。这个在政治上有些天真、有些愚笨、有些咬死理的骨鲠之臣还有你所不知的狂情纵逸的一面呢。在结束本篇之前，我们再看一首词人奇思纵横的《唐多令》：

真气本无前，豪情忽欲颠。一百番，沉醉酣眠。

乱摘九天星与斗，权当作，酒家钱。

寥廓约顽仙，踏红云种田。待秋成，岁月三千。

拟钓六鳌沧海去，虽不饱，且烹鲜。

印象龚自珍

飞仙剑客，名士风流

【龚自珍小传】

龚自珍（1792—1841），初名自暹，字爱吾；更名易简，字伯定；再更名巩祚，字尔玉，又字璱人，号定庵，晚年号羽琌山民。浙江仁和（今杭州）人。道光九年（1829）进士，官至礼部主事。道光十九年（1839）弃官南归。道光二十一年（1841），任云阳书院讲席，同年八月，暴卒于江苏丹阳县署。龚氏学问宏富，于训诂、地理、经史百家无不通晓，诗词文章更为一世之雄。段玉裁称其"所业诗文甚夥，间有治经史之作，风发云逝，有不可一世之概。尤喜为长短句，其曰《怀人馆词》者三卷，其曰《红禅词》者又二卷，选意造言，几于韩、李[1]之于文章。银碗盛雪，明月藏鹭，中有异境"。此评尚是龚氏少作。龚氏一生究心经世之务，为中国资产阶级改良主义的启蒙思想家。所著颇丰，后人辑为《龚自珍全集》。

[1]　"韩"指韩愈，"李"指李白。

湖山清丽地，香草斜阳里

《湘月》

壬申夏，泛舟西湖，述怀有赋，时予别杭州盖十年矣。

天风吹我，堕湖山一角，果然清丽。曾是东华生小客，回首苍茫无际。屠狗功名，雕龙文卷，岂是平生意？乡亲苏小，定应笑我非计。

才见一抹斜阳，半堤香草，顿惹清愁起。罗袜音尘何处觅，渺渺予怀孤寄。怨去吹箫，狂来说剑，两样销魂味。两般春梦，橹声荡入云水。

壬申夏，是为嘉庆十七年（1812）。那个曾以"九州生气恃风雷，万马齐暗究可哀"的诗句震惊了中国近现代思想界、文化界的龚自珍，此时正当同学年少。壬申夏的龚自珍有如一朵旭日下的新荷，恰值弱冠之龄、双十佳华。

对于我们每个人而言，二十岁都是一个别有意味、牵惹思绪的年龄。哪怕是一颗枯木古井之心，我相信，二十岁也是植于他身体里的一根软肋。无论在什么时候想起它来，总会有不一般的柔软、不一般的沸腾。"留予他年说梦痕"，这是如梦的年龄。如梦的年龄便需如梦的诗句来缠之、绕之，以为他年追想思寻之凭证。

那么，就让我们跟着一代思想与文学宗师龚自珍回到他的二十岁吧，我们将通过这首名为《湘月》的词作来倾听青年龚自珍的心声。

说词之前，先来介绍一下此词的创作背景。那一年的初春，龚自珍的父亲龚丽正由六品京官调任从四品的徽州知府，也就是通常所说的外放。徽州知府的治所在今安徽省的歙县。得此调令，龚丽正即携全家离开京师，重返已阔别十年的江南。同年四月，龚自珍随母亲前往苏州看望外祖父段玉裁。

年近八旬的段玉裁是名扬四海的训诂学家，曾经亲授幼年的龚自珍《说文解字》一书，对这个天资聪颖的外孙有着非同寻常的喜爱。龚自珍的一生中曾屡易名号，然而，龚氏最为我们现代人所知的那个名字"自珍"以及最初的表字"爱吾"，俱是由其外祖父所定。文字学家嘛，取名是其所长。段玉裁曾撰写《外孙龚自珍字说》一文，解释其命名的由来："名曰自珍，则字曰爱吾宜（既然取名自珍，那么就以爱吾为其字较为适宜）。夫珍之训，藏也（所谓的珍，是指珍藏之意）；藏之未有不爱之者也（对于什袭珍藏之物，人们总是十分钟爱）。爱之义，大矣哉（爱的字义实在太宽广了）！爱亲、爱君、爱民、爱物，皆吾事也（爱亲人、爱君主、爱人民、爱物产，都是我们分内之事，也是我们发乎天性之事）。未有不爱君、亲、民、物，而可谓自爱者，未有不自爱而能爱亲、爱君、爱民、爱物（没有不爱君、亲、民、物而所谓的自爱者，也没有不自爱却能爱亲、爱君、爱民、爱物的人）……"洋洋洒洒一大段，尽管中间两句颇有几分绕口令的味道，爱意满满，不厌其烦，贴在网络上怕是要引起一片"我晕"的呼叹。跟段老先生开玩笑呢，绝无藐视老先生的意思。

且说段老先生眼瞅着多年不见的外孙已长大成人，那种欣慰与愉悦自是不在话下。"此乃吾家千里驹也，须得为他好好地配门亲事。"段老先生定是这么想的。可是，谁来配他呢？眼前就有一门好亲。段老先生的次子有一女儿名唤美贞，不但生得美而慧，且与自珍同龄。如此一颗掌上明珠，与其托付给不知根底的外人，还不如来个亲上加亲呢。就这样，由段老先生做主，龚自珍与表妹段美贞喜结良缘。婚后两人回到了杭州老家，二十年前，龚自珍便出生于杭州府仁和县的城东马坡巷。故里风光，别来几度相忆？还识我否，绿柳翩翩如昔。携新婚妻子重游西湖，这对龚自珍而言，当有一番飞扬的喜气。心情一飞扬，词句自然也就飞扬了。这不，且看《湘月》的起句："天风吹我，堕湖山一角，果然清丽。"潇洒灵倩，真神仙之笔。这一笔法，与南朝乐府《西洲曲》的结尾颇有相似处："海水梦悠悠，君愁我亦愁。南风知我意，吹梦到西洲。"所不同者，《西洲曲》中是风吹我梦而至思恋之地，《湘月》里却是天风吹我而至思恋之地。"吹梦"一语，雅则雅矣，丽则丽矣，但龚自珍却能翻出新意，这"吹我"的造语，比起"吹梦"来更显别致颖异。而那一个"堕"字，顿令惊诧欢悦之情几欲跃出纸面。

"曾是东华生小客，回首苍茫无际。"紫禁城的东门称东华门，此处是以东华代指北京城。"生小"即小时候的意思。龚自珍虽生于杭州，可他的一部分童年及大部分少年时代都是在北京度过的。在他五岁时，其父龚丽正因考中进士而被授以内阁中书一职，龚家便由杭州迁往了北京。但在龚自珍九岁时，因其祖父去世，龚丽正丁忧守丧，全家又离京回到了杭州。两年之后，服丧期满，龚丽正复携全家北上续职。从那时起，将近十年光阴都在京华度过了。流光电逝，当年的垂髫童子如今已是弱冠青年。站在夏日的西湖边回思往事，也许唯有用"苍茫无际"一词才能道出龚自珍此时的心情。

在过去的十年，他都做了些什么呢？经过祖父与父亲两代人在科举上的奋发图强（祖父与父亲都中了进士），龚氏亦称得上是诗礼簪缨之族了。龚自珍作为这个家族的长房长孙，更有继往开来、光扬门楣之责任。优裕的家境为他创造了优裕的读书环境，像祖父与父亲一样正途出身、衣锦持笏，是这个家族为他预先拟定的人生目标。然而，年少的龚自珍勤读深思却亦不乏叛逆性格，十年的读书生涯给他留下了什么样的感想呢？他不以为然地说："屠狗功名，雕龙文卷，岂是平生意？"

屠狗语出《史记·樊哙传》："舞阳侯樊哙者，沛人也。以屠狗为事，与高祖俱隐。"樊哙是汉高祖刘邦的亲信大将，在鸿门宴上曾有过极为抢镜的表现。其抢镜之处不仅表现在勇字当头上，樊哙敢出言不逊地数落不可一世的西楚霸王，且骂得对方噤若寒蝉。在应变方面，樊哙更是见解不俗，已如砧板之鱼的刘邦本来还想跟项羽来番虚情假意的道别，是樊哙以"大行不顾细谨，大礼不辞小让"的金石之言劝他当机立断、溜号走人。刘邦没打天下前，不过是一个混混儿而已。而樊哙呢，也好不到哪里去。史书说他"以屠狗为事"，在大街上卖狗肉，真不是爱面子的人所能干得了的技术活儿。

"雕龙"典出《史记·孟子荀卿列传》："谈天衍，雕龙奭。"驺奭这家伙是个文字的粉刷匠，他的修饰之功就好比雕镂龙文，登峰造极、出神入化。南朝刘勰写了部文学理论著作，书名便叫作《文心雕龙》，丰神焕发、令人羡煞。而与刘勰同时的文学家江淹则在其《别赋》一文中写道："赋有凌云之称，辩有雕龙之声，谁能摹暂离之状，写永诀之情者乎？"（哪怕那些拥有凌云辞赋、雕龙辩舌的文字高人，又有谁能描摹出暂离之状，更别说是栩栩如生地体现永别之情了。）

功名者，千秋之宏誉；文章者，不朽之盛事。对于封建社会的人们而言，哪怕拥有其中一项也很够炫耀的资本了。可龚自珍呢，却对这两样人人趋之若鹜的资本嗤之以鼻。照他看来，功名不过是屠狗之戏；文章呢，雕龙小技耳，都不足以鼓动他理想的风帆，不足以诱发他青春的热情。要知道，在一年之前，龚自珍刚刚考中秀才。他中的是副榜第二十八名，也就是说，他这秀才来得很不顺当，是在正榜之外补录进去的。照这个成绩，龚自珍要博取功名还相当吃力，其文卷离雕龙水准可谓相距甚远。既如此，他本该对功名文章顶礼膜拜才是，他应当树立长期奋战、一洗前憾的目标。但问题是，他对功名文章真的没有兴趣，更准确地说，他对那种将功名与文章牢牢挂钩的思想十分反感。那他干吗应试呢？没办法，不应试则不能入仕，而不能入仕则实现不了自己治国平天下的抱负。考中秀才后的龚自珍得到了生平的第一份工作——武英殿校录，在文山牍海的武英殿当了一名校书郎。龚自珍显然是个不安于现状的人，他并不满足于这份在故纸堆中讨生活的工作。"岂是平生意？"此句反问大有狂士之气。段玉裁曾告诫龚自珍要努力为名臣、名儒，勿愿为名士。可惜，外祖父所希望于他的没能实现，所担心于他的却在日后成为了事实。性格决定命运，识见决定前途。年轻的龚自珍在《湘月》一词中已冒露出桀骜不驯的狂士苗头。

但总体说来，二十岁的龚自珍尚无凌厉怪僻的狂士之举，即以此词而言，其表达方式仍是温婉动人的。纵有轻功名、恶藻绘的猖狂，这份猖狂却又巧妙地融入了一句幽默的调侃中："乡亲苏小，定应笑我非计。"苏小即苏小小。"幽兰露，如啼眼。无物结同心，烟花不堪剪。草如茵，松如盖。风为裳，水为佩。油壁车，夕相待。冷翠烛，劳光彩。西陵下，风吹雨。"此诗名为《题苏小小墓》，唐代李贺所作。苏小小为南齐名妓，由于负心郎的薄幸而抑郁早亡，死葬西湖，其凄美痴情的形象历朝以来颇得诗家文士的爱怜。而在明代冯梦龙的话本小说中，还记录过好事者借苏小小的名义所作的一首名为《黄金缕》的词："妾本钱塘江上住。花落花开，不管流年度。燕子衔将春色去，纱窗几阵黄梅雨。斜插犀梳云半吐，檀板轻敲，唱彻黄金缕。望断行云无觅处，梦回明月生南浦。"小小芳魂，令人如此牵情。清代的大名士袁枚曾私刻一印，题曰"钱塘苏小是乡亲"。与袁枚一样，龚自珍也将苏小小认作乡亲。在龚自珍的笔下，苏小小不再是那个独宿孤坟的悲情女郎，而是一个活泼可爱的邻家女孩儿。他幽默地说："我若对功名文章太认真了，只怕我那个漂亮的老乡苏小小会大有意见呢。'你这禄蠹书痴，真是没意思透了。'她若这样挖苦起我来，岂不将我素日的好处一笔勾销，简直把我看得一钱不值了！"

幽默之后却是滔然而来的忧郁，词风至此一转。"才见一抹斜阳，半堤香草，顿惹清愁起。"美人香草，源于楚骚，龚自珍沿用此意，明其志，证其心。他还那样年轻，却对时光的飞驰如此敏感、如此在意。对于那些"春来长是闲，落花狼藉酒阑珊"的享乐主义者来说，莫说才见一抹斜阳，哪怕就是到了世界末日又有什么要紧，"且莫思归去，须尽笙歌此夕欢"。可龚自珍却早早地感到了人生的短促，不恋功名并不意味着他无所追求。事实上，他是别有所恋的，他爱得很深，也爱得很真。斜阳偏怜香草，香草牵引清愁。此愁为谁而起，此心为谁而生？

"罗袜音尘何处觅，渺渺予怀孤寄。"曹子建的《洛神赋》："凌波微步，罗袜生尘。"苏子瞻的《前赤壁赋》："渺渺兮予怀，望美人

兮天一方。"词人睹半堤香草而思翩跹裙幅，思之不得而叹罗袜无踪、音
尘难觅。毫无疑问，这位有影无形的绝世美人正是词人拟待终生追从的理
想。真耶，幻耶，是写境还是造境？王静安先生曾有名言："大诗人所造
之境，必合乎自然；所写之境，必邻于理想。"二十岁的龚自珍已是无愧
此语。对于龚自珍，静安先生其实是有些偏见的。这一偏见来自龚自珍
写过的一首诗："偶赋凌云偶倦飞，偶然闲慕遂初衣。偶逢锦瑟佳人问，
便说寻春为汝归。"此诗颇有笑谑成份。其大意是，有的时候我志向凌云，
有的时候我倦于进取。倦于进取时我就向往起了布衣归隐的生活。在归隐
途中我偶然遇见了一位锦瑟年华的佳人，她若问起我为何弃官不做、铩羽
而归，我会回答她，我是为你而来呢，你这个像春天一样靓丽迷人的小傻
瓜。静安先生深恶此诗，愤然抨击道："其人之凉薄无行，跃然纸墨间。"
静安先生是个过于认真的人，无论做人还是做学问，皆十分用心。可是，
仅凭一首笑谑之作便据以断定作者的文品乃至人品，这对龚自珍又是否公
平？静安先生难道看不出龚自珍在笑谑中的苦闷与无奈吗？真正凉薄的，
是那个吞噬了他凌云之志的社会，是那个让他无所作为的社会。碰上了
这样的一个社会，不摆出一副无所谓的态度，不扮成一个"便说寻春为
汝归"的浪子，怎么安放一颗饱受摧残的自尊心呢？"罗袜音尘何处觅，
渺渺予怀孤寄"，读到这句词时，静安先生会不会发现一个大异其趣、
风标清举的龚自珍？

不但有风标，并且有气骨。"怨去吹箫，狂来说剑，两样销魂味。"
词人的朋友洪子骏评价说："怨去吹箫，狂来说剑。二语是难兼得，未
尝有也。"然而，这箫与剑具体代表着什么呢？洪子骏认为是侠骨幽情。
其赠龚自珍《金缕曲》云："侠骨幽情箫与剑，问箫心剑态谁能画？"

箫与剑至此成为龚自珍诗词中的象征性用语，譬如"来何汹涌须挥剑，去尚缠绵可付箫"。又如"少年击剑更吹箫，剑气箫心一例消"。再如"一箫一剑平生意，负尽狂名十五年"。箫，是含情脉脉之物；剑，是堂堂立身之物。二者刚柔相济，有似山水相映、日月并呈。然而何以怨去吹箫、狂来说剑呢？一腔幽情不得理解，虽托之以箫，其怨也诚然也；有心报国却无计施展，虽请之以剑，其狂也必然也。此二语写尽了少年志士的寂寞，"销魂"一词，则加重了这份寂寞的深度。

"两般春梦，橹声荡入云水。"结句温暖而又惆怅。几点橹声，摇破了词人的沉思。对于年轻的他，箫与剑俱如春梦般惝恍迷离。这个时候的他，感情生活刚刚开始，事业却犹未起步。那么，且释开所有烦恼的意绪吧。天风还我一笑，湖山入我怀抱。绿水溅溅、白云飘飘，何处天地，有此清隽画稿？

2010年6月，借了世博的夏风，终于有幸踏上梦思已久的江南的土地。时值梅雨之季，泛舟西子湖上，对螺黛青山，临苍茫烟水，不禁默诵龚氏"天风吹我，堕湖山一角，果然清丽"之句，指苏小香冢，观保俶塔影，又未尝不起"罗袜音尘何处觅，渺渺予怀孤寄"之思。想起定庵写作此词的年龄，二十初露便已英姿卓异、出手不凡，岂非奇才天纵乎？而我年华蹉跎，寂然无成，吟味此词，徒增迟暮之悲。橹声荡入云水，我心亦随橹声迷不知其所止。

关山起秋声，华年多忧愤

《金缕曲·癸酉秋出都述怀有赋》

我又南行矣。笑今年、鸾飘凤泊，情怀何似？纵使文章惊海内，纸上苍生而已。似春水、干卿何事？暮雨忽来鸿雁杳，莽关山、一片秋声里。催客去，去如水。

华年心绪从头理。也何聊、看潮走马，广陵吴市？愿得黄金三百万，交尽美人名士，更结尽、燕邯侠子。来岁长安春事早，劝杏花、断莫相思死。木叶怨，罢论起。

此词与上篇《湘月》的创作时间仅有一年之隔。一年前的夏天，新婚燕尔的龚自珍还在风光旖旎的西湖边尽情流连，一年之后，又怀着对“屠狗功名，雕龙文卷”的满心厌倦上京应试了。屠狗功名与雕龙文卷并非招之即来。即使你敷衍着它，它也对你不假颜色。据说某次试后，龚自珍的朋友预测他将大魁天下，而龚自珍只是淡然一笑道：“看伊家国运如何。”这样张狂的个性，不知哪朝哪代有福消受？当然这已是后话，是龚自珍在尝尽失败滋味后所形成的一分成熟、一段清醒，以及一种带有自卫性质的老辣。而本词的作者还是一个年方二十一岁的青衿后生，落第之后，他踏上了南归之途。

“我又南行矣。笑今年、鸾飘凤泊，情怀何似？”两年之内，龚自珍这是第二次从北京回到江南。上一次是因龚自珍的父亲由京官出任徽州知府，龚家随之徙往徽州，而这一次，却是词人在参加顺天府（京都所辖地）的乡试落第后再度回归故土。"笑今年、鸾飘凤泊，情怀何似？"今年毕竟不同于去年了。去年的这个时候，词人新婚未久，他眼中的爱妻有如西湖美景，少年爱侣，情深意浓，一旦分别，相思如梦。龚自珍在京城写了好几首与"忆内"有关的咏物词，其《减字木兰花》一阕云："栏干斜倚，碧琉璃样轻花缀。惨绿模糊，瑟瑟凉痕欲晕初。秋期此度，秋星淡到无寻处。宿露休搓，恐是天孙别泪多。"显然，为了求取功名而与爱妻暂别，也让词人情怀郁郁。可为什么在这南归途中，龚自珍仍有"鸾飘凤泊"之感呢？鸾飘凤泊，并不单单意味着夫妻的分离，亦有怀才不遇、身世飘零之喻。词人既已踏上还乡之路，与妻子的会面也就指日可待了，或许，还是飘零不遇之感要强烈一些吧。又或许，是觉得自己愧对妻子，数月的鸾凤异地，只是白忙一场而已。早知如此，不如与闺中人琼窗相守、笑语清和。他却万万想不到，段美贞已于一个多月前病逝。在家等着他的，再也不见结发妻子的含笑桃面，而是尚未去远的一缕香魂与令人心碎的素帷白绫。

几千里外的噩耗此时尚未传来。南行途中的龚自珍是狂中有悲："纵使文章惊海内，纸上苍生而已。""纵使文章惊海内"源自杜甫的七律《宾至》："幽栖地僻经过少，老病人扶再拜难。岂有文章惊海内，漫劳车马驻江干。""纵使文章惊海内"，等于是在公然宣称自己的文章够得上号召海内的标准。

"似春水、干卿何事？"此句典出《南唐书·冯延巳传》："延巳有'风乍起，吹皱一池春水'之句，元宗尝戏延巳曰：'吹皱一池春水，干卿何事？'延巳曰：'未若陛下小楼吹彻玉笙寒。'"冯延巳是南唐词人，元宗即南唐中主李璟。李璟醉心文学，他与冯氏份属君臣而情同文友，两人在一起切磋创作可比商议国事来劲多了。有一次，李璟读到了冯氏的新作《谒金门》。"风乍起，吹皱一池春水"是其点睛之句。以东风忽起，吹得一池春水波纹毕现比拟思妇心湖荡漾，不能自已。李璟对此神往不已，他甚至不无嫉妒地跟冯延巳开玩笑说："我说冯爱卿啊，这春水吹皱与你有何相干呢，谁许你多管闲事？"那冯延巳也是个知情识趣的，他恭维李璟说："比起陛下的'小楼吹彻玉笙寒'一句，我可差得远了。"

龚自珍于此处引用这段趣事，却是十足的愤青口吻。南唐君臣虽以文采风流著称，但在治理国家方面，却是君昏臣暗，低能到令人发指。至南唐后主李煜，其文学才华更是直越其父之上，而其政治上的低能较之其父亦大有"胜出"，最终在他手上断送了四十年来家国、三千里地山河。以此视之，纯粹的舞文弄墨、自命风雅究竟于世何益？文章者，应当立言堂堂，不作吹皱春水之巧态，而为力扛九鼎之英发。然而，我虽以此标准来要求自己，可惜这样的文章却不为今世所重。浮世轻薄、庸人无识，这真辜负了我的青春热血与那一腔涌如大江的才情。

词人怒意骤起，催马向前。"暮雨忽来鸿雁杳，莽关山、一片秋声里。"一场突来的暮雨把这腾腾怒意化为了凄绝幽凉。词人一路独行，现在就连长空中堪慰寂寥的几只鸿雁也被冷雨惊散，不见了形影。天，还在一点一点地暗下去，关山苍莽、秋声四起。行人能走出孤旷的境地，能逃出秋色秋声的围困吗？他并无把握。"催客去，去如水。"他只是加重了挥鞭的力道。

"华年心绪从头理。"原本还不到悲秋的年纪呢。华年二十，为何会有这么多晦暗不平的心绪？"也何聊、看潮走马，广陵吴市？"也何聊即也何愿；广陵吴市即扬州与苏州。龚自珍以广陵吴市泛指江南繁华之地，繁华之地自有繁华的做派。看潮走马，便是那些繁华做派中的两项极具代表性的消遣。可龚自珍却并不愿这样安排自己的生活。"不为无益之事，何以遣有涯之生？"这是清代词人项鸿祚的一句名言。龚自珍却与项鸿祚不同。项鸿祚是个拈花恋月、愁多成癖的富贵公子，龚自珍则以匡时救世为人生的意义所在。他的姿态比项鸿祚放诞，他的理想则比项鸿祚严肃。

当匡时救世的理想不得实现，龚自珍便只能退求其次。他退求什么呢？"愿得黄金三百万，交尽美人名士，更结尽、燕邯侠子。"儒道不行则修侠道，则寻红妆佳人，则觅名士知音。此句气吞云霓，势夺飞虹。三百万黄金，这绝对是个惊爆眼球的数字。如果你有三百万黄金，你打算拿它怎样？"购房买车，周游世界……大搞投资，呼朋唤友与之同享……行善积德，捐助慈善事业以回报社会……"这个异想天开的问题若置于当代彩民中，肯定会收到五花八门的反馈。倘若一个人的回答是，三百万黄金他分文不取，全都留给他人花，你会相信吗？你可能会觉得他是个白痴。但他不是白痴，因为他还有个附加条件，三百万黄金并非漫天乱撒、见者有份，它只对三种人敞开宝藏。这三种人就是：美人、名士以及侠客。美人者，象征高洁之操守；名士者，象征不羁之思想；侠士者，象征勇迈之精神。然而，如果说用三百万黄金来炫惑贪鄙之徒那是门当路对，用在美人名士乃至侠客的身上可就不得要领了，说不定还会适得其反。"世人结交须黄金，黄金不多交不深。纵令然诺暂相许，终是悠悠行路心。"唐朝诗人张谓的这番感慨对于美人名士以及燕邯侠子无疑是极大的侮辱。

而龚自珍词中的"黄金三百万"其实只是一个比喻，词人以此喻示自己贵重的心意与深纯的感情。这份心意与感情唯美人名士、燕邸侠子可堪倾付。

"来岁长安春事早，劝杏花、断莫相思死。"词人更作愤激之语。纵能与美人名士远走高飞弃尘绝俗，纵能与燕邸侠子称情快意于草莽之中，终究冷却不了自己的一片用世报国之心。不知明年此时，能否再来京都？更不知彼时的自己是否仍是一介布衣？杏花者，有飞扬腾达之姿，贵不可言之相。《红楼梦》中的探春掣得一支诗签，上写"日边红杏倚云栽"，众姐妹便打趣探春是个准王妃。而龚自珍此处却是以"杏花"自居。他渴望能够施展才智，情怀热烈不减于怒放在晓日春风中的杏花。只可惜，杏花有意而命运无情，不能在科场胜出则令杏花的愿望无从实现，"断莫相思死"，龚自珍似已猜到了自己再度落第的结果。于是，他苦笑着对自己说："别再总是挂念京都的春事了。那儿的春天并不欢迎你这朵心高气盛的杏花，那儿的春天桃李烂漫，并不在意是否有你来点缀金粉之世的幻象。"

"木叶怨，罢论起。"龚自珍自注，他曾于一旅舍壁间看见"一骑南飞"四字，此正《满江红》的起句。一时感发，续写了多阕《满江红》，名之为《木叶词》。一石击起千层浪，这些有似干将发硎的《木叶词》很快吸引了诸多和作。《木叶词》都写了些什么呢，我们今已不得而知。那些和作又是出自何人之手呢？这也不得而知。然而，从龚自珍的自注中，我们可以推断出，这必是一组忧时愤世之作，和之者定为美人名士、燕邸侠子之辈。未几风吹雨折，知交零落。龚自珍慨然有叹："恐万言书，千金剑，一身难。"从此之后，且默了滔然大论，且寂了清飚高谈。"木叶怨，罢论起。"较之辛弃疾的"却将万字平戎策，换得东家种树书"，内向得多、蓄敛得多。然而内向与蓄敛是龚自珍的性格吗？他真会因此而大隐于市，不问时政？苍鹰击空，岂会遇难而退？热血未凉，青春仍在猛进高歌。

烟芜绣院静，孤花墙角明

《鹊踏枝·过人家废园作》

漠漠春芜春不住。藤刺牵衣，碍却行人路。

偏是无情偏解舞，濛濛扑面皆飞絮。

绣院深沉谁是主？一朵孤花，墙角明如许。

莫怨无人来折取，花开不合阳春暮。

此词作于嘉庆二十年（1815），是龚自珍的早岁之作。读它之前，我们不妨先看龚氏的一首诗《题陶然亭壁》："楼阁参差未上灯，菰芦深处有人行。凭君且莫登高望，忽忽中原暮霭生。"

这是一首令人惊叹的预言诗。"楼阁参差未上灯"，有如张爱玲的小说所描绘的那种画面："楼梯上铺着湖绿花格子漆布地衣，一级一级上去，通入没有光的所在。""菰芦深处有人行"，芦苇与菰叶丛中，还有一个孤独的身影在艰难跋涉。"凭君且莫登高望，忽忽中原暮霭生。"这两句乃诗心、诗魂。菰芦深处的独行者，你还在执着地寻找那失落的光明吗？找不到了，你再也找不到了。玉垒浮云变古今，万方多难此登临。你所能看到的，只是一个暮霭沉沉的中原大地，没有任何惊喜，没有丝毫奇迹。

如果说"楼阁参差未上灯"一诗写的是一个黄昏，这首《鹊踏枝·过人家废园作》写的却是暮春之景。其起句："漠漠春芜春不住。"漠漠，即密布之态。李白《菩萨蛮》云："平林漠漠烟如织，寒山一带伤心碧。"芜，为杂草丛生之势。欧阳修有《踏莎行》词："平芜尽处是春山，行人更在春山外。"李白的"平林漠漠"与欧公的"平芜尽处"极富美学意境，而龚自珍的这句"漠漠春芜春不住"却毫无美感。"漠漠春芜"，一幅春草杂生的画面跃然眼前。"春不住"一词是冷嘲也是热讽。瞧仔细了吧，春天就被这些疯长的杂草给霸占了，杂草们自骄自满，它们多嚣张、多快活。

和杂草一样拥挤纷乱的还有草中的藤刺。"藤刺牵衣，碍却行人路。"北宋词人周邦彦有咏柳佳句："长条故惹行客，似牵衣待话，别情无极。"周词以"牵衣"一语着力打造了柳丝多情的形象，同样用"牵衣"，龚自珍笔下的藤刺却是可厌至极。有过野外游玩经历的朋友们大约会对"藤刺牵衣"留下深刻的印象。藤刺既惹不起也躲不起，一旦沾身，苦恼可就大了。扎得你又痒又疼，抖之不落、拔之不尽。遇上这样的倒霉事儿，你还怎么继续前行呢？"碍却行人路"，藤刺这一招可真够险恶、阴损。

"偏是无情偏解舞，濛濛扑面皆飞絮。"除了春草、藤刺，这里还是飞絮的天下。晏殊《踏莎行》词："春风不解禁杨花，濛濛乱扑行人面。"龚自珍所说的飞絮，亦即晏殊所言的杨花。不同的是，晏殊温柔，龚氏尖刻。飞絮扑面而来，对晏殊是柔情难舍的缠绵，对龚氏却是麻木无情、惺惺作态。

眼中尽是自大自足、虚伪做作。忍无可忍之下，词人扬声一问："绣院深沉谁是主？"庭院的主人到哪里去了呢？遥想当初，庭院何尝没有过丰丽的青春，何尝没有过烂漫的风光？是什么原因使得它变成了今天这座死气沉沉的荒园呢？荒园的主人对此情何以堪？

就在此时，一份意想不到的感动一下子击中了词人的心灵。当他来到一个最不起眼儿的角落，却发现了一朵极是抢眼的孤花。"一朵孤花，墙角明如许。"他的心情随着这一发现而明亮起来。很快地，小花所带来的明亮又被一种忧伤的情绪淹没了："莫怨无人来折取，花开不合阳春暮。"

孤花生错了时代。她若生长在"春风拂槛露华浓"的鼎盛岁月，一定能够艳惊四座，羞落群芳。可惜，在春光即将潦草收场之际，她才展露芳华，她的芳华，阻止不了春光一溃千里的撤退，只能成为令人扼腕的陪葬。

如果说这朵墙角孤花是词人的自拟自状，那么，春芜、藤刺、飞絮以及这座废园又是何物所化呢？漠漠春芜，似在影射庸庸碌碌的人心世态；藤刺牵衣，似在讽喻无心进取、败事有余的顽固势力；濛濛飞絮，似在暗指那些唯风雅是图的休闲文人；绣院深沉，则象征着血管已严重老化的国脉。此词寓深于浅，读者应能读出更多的内容。不过，若说词人以孤花自居，想来不会引发任何异议。记得冰心女士有首小诗："墙角的花儿，你孤芳自赏时，天地便小了。"不知冰心可曾读过龚自珍的这首《鹊踏枝》，拙意以为，冰心是以"五四"之精神重新诠释了定庵词中的孤花形象。然而，定庵词中的孤花果真是孤芳自赏吗？清代有个名叫张问陶的诗人写过八首极好的梅花诗，其中有两句是："老死空山人不见，也应胜似洛阳花。"此语棱角大露，理直气壮。诗人肯定了梅花的处世态度，高秀如梅、清雅如梅，纵使老死空山，也要强于富贵骄溢、风情招摇的洛阳牡丹。

然而，以定庵的性格，他怎甘接受老死空山的命运呢？他不但自珍自赏，更渴望着被他人欣赏。他一直都在努力，一直都在抗争，试图以他全部的力与美去振兴那个衰颓的世界，去照耀那个灰暗的世界。他抨击旧制、呼吁革新，屡屡受挫、处处碰壁，却勇往直前、不改初衷。当然，他也有伤感脆弱的时刻，即如此时的"莫怨无人来折取，花开不合阳春暮"。又如彼时的"莫怪怜他，身世依旧是落花"。但在更多的时候，他仍是那个英气飙发、咄咄逼人的龚自珍。他敢放豪言："叱起海红帘底月，四厢花影怒于潮。"他痴情不讳："落红不是无情物，化作春泥更护花。"

一朵孤花，有着玉女的容颜、斗士的灵魂。美丽与刚强的结合，孰能屈之，孰可战胜？

笛吹五湖秋，玉人在兰舟

《浪淘沙·书愿》

云外起朱楼，缥缈清幽。笛声吹破五湖秋。

整我图书三万轴，同上兰舟。

镜槛与香篝，雅憺温柔。替侬好好上帘钩。

湖水湖风凉不管，看汝梳头。

本词的副题为"书愿"。何谓书愿，书写愿望也。人生的愿望有许多种，然而最真、最纯的愿望，一定与爱情相关；人生的理想也有许多种，然而最高层次的理想，定然与事业相关。对于一名有志之士来说，当他青春鲜洁一如芙蓉出水之时，内心最重要的位置常常是被理想所占据。《红与黑》的作者曾经说过一句话："一个人在二十岁的时候，他对世界的看法以及他对他将在这个世界上产生影响的看法，胜过其余的一切。"然而，一个人不可能总是停留在二十岁，当青春的理想受到岁月风雨的连番痛击与无情摧折，你还能保持气吞万里的豪迈吗，你还能继续我行我素的闯劲儿吗？

被现实所深深挫伤的心灵希望找到一个可以疗伤的地方。这个时候，对自我生活的关注逐渐取代了改造世界的雄心宏愿。龚自珍的这首《浪淘沙·书愿》，应当算是词人在理想失意后倾向于情感生活的转型之作吧。龚自珍是个志向极高且又自视极高的人，其《己亥杂诗》有云："眼前二万里风雷，飞出胸中不费才。枉破期门伏飞胆，至今骇道遇仙回。"他说自己势挟风雷，不但胸有奇才，并且艺高胆大。"期门"为汉宫侍卫的官名，"伏飞"则是汉代掌弋射的武官官名。"枉破期门伏飞胆"，龚自珍试图将一腔热情与热血荐于君王之前，但那些以"期门"与"伏飞"为代表的迂腐官僚却把持着言路不放，以致龚自珍的真知灼见不能到达圣听，而那些奸计得逞的官僚们是怎样评价龚自珍的？"至今骇道遇仙回"，今天这是碰上了哪路大仙，口气这么狂，胆色这么壮。怎能让这样的家伙冲进朝堂胡言乱语呢？若是因此吓到了皇上，我们可要吃不了兜着走了。

艺高胆大并没有为龚自珍带来升迁之机，反倒因此霉运连连。龚自珍的仕途十分不顺。在第六次参加会试之后，他才取得了进士资格，随后做了内阁中书这一七品微官，并且一做就是十几年。这当中，由于不识时务、畅所欲言，他已成为权贵们"黑名单"上的人，理想之道固然已是寸步难行，并且就连人身安全也岌岌可危。在这种情势下，词人不免暗生归隐之意。当然，他这归隐并非孑然独归，而是与一位温心可意的人一起。

"云外起高楼，缥缈清幽。"此真飞仙语也。高楼嵯峨，立于云间。若隐若现，迥异人间。白居易的《长恨歌》写临邛道士在多方探求杨玉环的居处未果之后，终于得到了一条很有价值的信息。"忽闻海上有仙山，山在虚无缥缈间。楼阁玲珑五云起，其中绰约多仙子。"而龚自珍亦有《美人》一诗云："美人清妙遗九州，独居云外之高楼。"这云外高楼，真有一种横空出世的清奇妙丽。

"笛声吹破五湖秋。"笛声嘹亮，惊动五湖秋色。这一句话，却从天上回到了人间。此座高楼，并非起于海上仙山，而是筑于烟波浩渺的五湖之畔。春秋时代，吴越争霸。吃了败仗的越王勾践派人勤搜苦求，终于在苎萝山中觅得了一位秀色掩今古的浣纱女郎，将她作为奇珍异宝进献吴王夫差。"风动荷花水殿香，姑苏台上宴吴王。西施醉舞娇无力，笑倚东窗白玉床。"在西施的歌舞声中，夫差从此荒疏国政。卧薪尝胆的勾践东山再起，给了他致命的一击。吴国灭亡后，灭吴的隐形杀手西施就像空气一样蒸发了。有人说，她与越国的大夫范蠡早已两情相悦、誓同生死，当初为了国家的利益，这对璧人只得牺牲了个人的幸福洒泪而别。而当国事已定后，还有什么能阻止这对"信是南山松柏，无心恋别人"的仙侣佳偶呢？二人一合计，连越王勾践的封赏都不要了。双双乘舟遁入五湖，过起了隐居生活。

"朝来风色暗高楼，偕隐名山誓白头。好事只愁天妒我，为君先买五湖舟。"民国时，放荡不羁的作家郁达夫爱上了一位名叫王映霞的杭州姑娘，在姑娘尚且芳心徘徊之际，热情如火的郁达夫写下了这首极具煽动力的诗篇。"为君先买五湖舟"，你可愿像西施伴随范蠡一样伴在我的身边？别笑我痴，别笑我傻。幸福就在你的一念之间。请把你的命运放心地交给我来安排吧。无须名车豪宅，只要小舟一叶，我就能把你带到一个完全不同的新世界。你愿意吗？偕隐名山、放歌五湖，这样的好事就要到手，恐怕老天爷也会嫉妒得发狂吧？

郁达夫虽然娶到了心爱的姑娘，却终未能实现偕老五湖的梦想。在与王映霞离异后，他十分伤感地写道："自剔银灯照酒卮，旗亭风月惹相思。忍抛白首名山约，来谱黄衫小玉词。"责怨王映霞用情不专，抛弃了当日的白首名山之约。感情的谁是谁非仅凭他的一面之词又怎能说清呢？曾经如影随形的两个人终于劳燕分飞，究竟是因为达夫太过多疑，还是映霞果有失检言行？

然而，做过"为君先买五湖舟"这般轻灵美梦的，肯定不止郁达夫一个人，词人龚自珍也曾有过相似的梦境。"整我图书三万轴，同上兰舟。"他的梦境比起郁达夫来更为阔气。除却小舟一叶，还得把三万轴图书都搬向五湖。丈夫拥书万卷，何假南面百城。当然，有了三万轴图书，怎能少得了一位添香伴读的佳人呢？词人邀其同上兰舟，眉梢眼角是难掩的欣赏与欢喜。

"同上兰舟"中省略了的宾语足以引起我们读者的好奇。她是谁呢？能令才大如海、拥书万卷的词人如此浓情相邀、深情相待？"镜槛与香篝，雅澹温柔。"词人不直接写恋人的容貌装扮，只以其闺阁之物从旁渲染，其敬之也诚，其爱之也真。镜槛者，镜台也；香篝者，熏笼也。镜台易解，指的是与镜相连的妆台，张若虚《春江花月夜》有云："可怜楼上月徘徊，应照离人妆镜台。"熏笼在我国古代宫廷或富贵人家常见,是由熏炉和罩在熏炉外的笼子组成的一种器具,用以熏香或烘干衣物。"红颜未老恩先断,斜倚熏笼坐到明。"白居易的《宫词》中便曾写到过它。周邦彦在《花犯·梅花》一词中亦有"更可惜、雪中高树,香篝熏素被"之精美描摹。龚自珍乃飞仙剑客之品,不同于周邦彦这个以雕饰功夫见称的人间琢玉郎。对于镜槛与香篝的具体形貌,龚氏断乎不肯透露,仅以"雅憺温柔"加以总括。而这"雅憺温柔"所评的对象又何止是镜槛与香篝呢?无有镜中的容华、熏笼上的云裳,这雅憺温柔从何说起?雅憺温柔,实是由她而来,为她而生。

"替侬好好上帘钩。"箫心剑气的定公,其柔情款款的一面真是像足了一个初恋的少年。卷上帘钩做何用呢?"湖水湖风凉不管,看汝梳头。"凝观心爱之人梳头,成了他在世上的第一要事。深秋的五湖其实并非宜游宜赏的季节,但有玉容相伴,纵使湖水浸骨、湖风凉透又其奈他何呢?在爱人的同时也被人所爱,在彼此的注视中忘却了世界、忘却了时间,还有什么幸福能够比这更为动人,还有什么幸福比这更加值得拥有?然而,上哪儿去找到这样一位"同上兰舟""雅憺温柔"的佳人呢?毕竟,这是与世隔绝的幽居啊。有哪位佳人真能看破三春浮华、红尘滚滚,来与词人那种孤芳致洁的寂寞结为知己、相守相依?

道光十九年(1839),龚自珍辞官南归。在南归途中邂逅了一位名叫灵箫的风尘女子,龚自珍惊喜赋诗:"天花拂袂著难销,始愧声闻力未超。青史他年烦点染,定公四纪遇灵箫。"

"天花拂袂著难销"用的是唐代僧人皎然《答李季兰》一诗的典故。李季兰为唐代诗妓,才貌皆为一时之选,有一日不知出于何等心机,竟对皎然和尚眉传目动、频频放电。无奈皎然是个得道高僧，眼观鼻、鼻观心地婉拒李季兰说："天女来相试，将花欲染衣。禅心竟不起，还捧旧花归。"李季兰碰了一鼻子灰，懊恼不已地"还捧旧花归"，白白被人笑话一场。但在同为诗妓的灵箫面前，龚自珍却欣然举起了降旗。是他的道行不及皎然和尚呢，还是灵箫的魔力比李季兰更胜一筹？总之一见到灵箫，龚自珍就被迷住了，于是有了："青史他年烦点染，定公四纪遇灵箫。"

灵箫究竟有何魔力，能令定公定力尽失、心折不已？你瞧，一提起灵箫来，定公便眉飞色舞、滔滔不绝。"对人才调如飞仙，辞令聪华四座传。"这是夸奖伊人的锦心绣口；"眉痕英绝语谡谡，指挥小婢带韬略。"这是激赏伊人的英姿秀出；"绝色呼他心未安，品题天女本来难。"这是礼赞伊人的容华绝世。更重要的是，她与定公极为知心。一般人说到中意的女子，无非说她是红颜知己，而定公却对灵箫许以"金闺国士"之名。红颜知己之于金闺国士，其轻重深浅真不在同一层次。

既已遇到了这样一位千载难逢的金闺国士，定公很自然地产生了偕其归隐、不问世事的念头。他有一首人气极旺的诗："风云才略已消磨，甘隶妆台伺眼波。为恐刘郎英气尽，卷帘梳洗望黄河。"记得旧小说中写到某某先生倾心于某某女士，很要命的一句话是"拜倒在石榴裙下"，这句话对于一个思想独立、颇具丈夫气概的男子而言，是否暗含取笑轻视之意呢？此时的龚自珍大约并不反感这一说法，因为他已醺醺然地"堕落"到了"甘隶妆台伺眼波"的地步。那么，他的恋人又是否对其甘隶妆台、伺候眼波的忠心深表高兴呢？这并不符合她的愿望。"为恐刘郎英气尽，卷帘梳洗望黄河。"刘郎即三国时的刘备。有个不大常见的成语髀肉之叹，便是出自此人。"髀"为大腿，刘备是感慨自己因久不骑马而使得大腿上的赘肉猛长，喟叹功业不建而老之将至。曾与曹孟德煮酒论英雄的刘皇叔也有神颓气黯、不思进取之时啊，这个时候的刘皇叔就需要一个人来提点一下了。跟刘皇叔一样状态低迷的定公也急需提点，我们来看灵箫的手段。她借梳洗之际卷帘眺望，帘外波涛连天、壮哉黄河。美人之巨眼、美人之深虑，怎不令人肃然起敬！她是在以此举动来唤醒定公的雄才大略、英雄气概。"我不要一个只知围着我的妆台转的情人，我要的是那个振荡风云、心系社稷的定公！"

"湖水湖风凉不管，看汝梳头。"龚自珍于《浪淘沙·书愿》一词所抒发的喃喃梦语，竟然不可思议地在现实中有了着落。若是硬要指出现实与梦语有何差异，那么只能说，现实中的灵箫颇显刚健大气，而梦语中的伊人则在雅惜温柔的装束下不可窥知其性格棱角。比较起来，还是有血有肉的灵箫可爱得多啊。

然而，尽管找到了那个在精神与情感世界中堪称天造地设的她，跟郁达夫一样，龚自珍并没有从此过上"偕隐名山誓白头"的生活。"撑住东南金粉气，未须料理五湖船。""牡丹绝色三春暖，岂是梅花处士妻？"龚自珍有率性的一面，也有理智的一面。在短暂的相知、相恋后，龚自珍并没有选择与金闺知己灵箫一道远遁江湖，避世幽居。他曾予以她的允诺"整顿全神注定卿"，终以不了了之收场。

与灵箫别后一年，龚自珍猝然身死。五湖秋、木兰舟，如烟往事空缱绻；镜槛与香篝，多少新愁压旧愁？美丽不凡的灵箫，是否仍飘荡无主，又是否会想起那段碰出火花的奇遇？定公若早知其生命已行至最后一程，纵有天大的理由，还舍不舍得与爱人黯然分手？

好梦最难留，天涯何处是归舟？

幽光聚灵气，兴亡成古今

《台城路》

赋秣陵卧钟，在城北鸡笼山之麓，其重万钧，不知何代之物。

山陬法物千年在，牧儿叩之声死。谁信当年，楗椎一发，吼彻山河大地。幽光灵气，肯伺候梳妆，景阳宫里。怕阅兴亡，何如移向草间置？

漫漫评尽今古，便汉家长乐，难寄身世。也称人间，帝王宫殿，也称斜阳萧寺。鲸鱼逝矣，竟一卧东南，万牛难起。笑煞铜仙，泪痕辞灞水。

此篇《台城路》作于龚自珍逝世前一年，称得上是龚自珍倚声填词的收山之作。晚年的龚自珍颇呈意气消沉之态，即使是其金闺国士灵箫，以世所罕见的"卷帘梳洗望黄河"的聪俊与气势，也未能将龚自珍的奋进之心恢复到当年。龚自珍《采桑子》云："沉思十五年中事，才也纵横，泪也纵横，双负箫心与剑名。春来没个关心梦，自忏飘零，不信飘零，请看床头金字经。"定庵老矣，无论从身体上还是精神上，再也无复"结客五陵年少，脱手黄金一笑，霹雳应弓弦"的英姿勃发。不可一世之才只换得绝世凄凉之泪。箫心剑名，一场空梦而已。当春天再度到来之时，竟连一个可以稍稍寄托一下希望、开解一下愁绪的春梦都懒得去做了。剩下的岁月怎么度过呢？只有跟床头的一卷《金字经》长相厮守、不离不弃。

不知是否因为这样一种万念俱灰的心绪在作祟，道光十九年（1839），龚自珍辞官离京。对于年近五旬的龚自珍而言，这一走，就意味着他的仕途已结束。从二十岁开始担任武英殿校录，二十九岁任职内阁中书，四十四岁就任宗人府主事，四十六岁当上礼部主事，仕途上的龚自珍显然不是一个可造之才。武英殿校录是没有品级的，内阁中书仅为从七品，宗人府主事与礼部主事均为正六品，奋斗了大半辈子仍停留在中下级官秩，这份仕途，对龚自珍其实早已味同鸡肋。

"浩荡离愁白日斜，吟鞭东指即天涯。落红不是无情物，化作春泥更护花。"真是到了离别之际，心中仍有万分不舍与不甘。以定庵孤高的心性，在年纪极轻之时便发出了"雕龙文卷，屠狗功名，岂是平生意"的不平之声，然则，又何以淹顿官场蹉跎半生呢？于公而言，是"位卑未敢忘忧国"；于私而言，是要以一番作为来成就自己的人生。为此，他屡屡越级上书，抨击朝政、疾呼变革，开启了清末维新思潮的先风。然而，对一个日薄西山的王朝来说，在傍晚之时见到朝阳升起，这比接受黑夜的侵袭更感痛苦，也更感不适。这是一个无望的社会，这是一个无救的时代。南归后的龚自珍心境萧然。他曾出游南京（即小序中所称秣陵），在鸡笼山上见到一只"年月不详"的巨型卧钟，为此写下了《台城路》一词及其小序。

"山陬法物千年在，牧儿叩之声死。""山陬"，山体的一隅，一个不被注目的角落。"法物"为帝王的祭祀器具。作为庙堂重器的秣陵卧钟竟然出现在了城外鸡笼山的荒草丛中，无论调皮的牧童怎样敲打，它却发不出音响。究竟经历了什么样的变故，才使巨钟沦落至此、沉默如斯呢？

"谁信当年，椎槌一发，吼彻山河大地。""椎槌"为钟鼓的别称，与钟鼓相比，"椎槌"一词颇能给人一种浑身是劲之感。定庵为卧钟力辩，你们谁能想象得出呢？这只卧钟当年曾爆发出震荡山河、摇撼大地的吼叫。巨钟不是天生的懒骨头、无情物，它有着光辉的历史，并且还极富个性。

"幽光灵气，肯伺候梳妆，景阳宫里。"幽光，是幽邃的光芒；灵气，是灵颖的智慧。巨钟的幽光灵气令它胆识出众，其自尊与自傲皆足称道。巨钟只为圣朝而鸣，其吼彻山河大地的能量是向着那些英气焕发的时代释放，而在错误的时间、错误的地点，它宁可装聋作哑、默然以对。譬如说，在亡国之君陈后主的景阳宫中，当隋朝大军兵临城下，陈后主正与宠妃张丽华、孔贵嫔言笑旖旎、神魂颠荡。"妖姬脸似花含露，玉树流光照后庭"，一曲风情张扬的《玉树后庭花》既唱出了后主的心声，更唱出了后主的得意。谁知未待曲终，隋朝猛将韩擒虎已攻入龙楼凤阙，惊破月明花灿。仓皇失措的陈后主急携二妃投身井底避难，最终仍被隋兵搜出。堂堂君主，身辱名败，而这口倒霉透顶的井却由此得到了"胭脂井"的戏称。当初陈后主修建景阳宫时，大概没预料到自己会是如此收场吧？"雷霆乍惊，宫车过也；辘辘远听，杳不知其所之也。一肌一容，尽态极妍，缦立远视，而望幸焉。"按照陈后主的理想，景阳宫被建成了一个粉黛云集、争媚竞宠的乐园。须作一生拼，尽君今日欢。在那样一个穷奢极欲的乐园，除了低眉垂首地为轻歌曼舞伴奏，巨钟还能派上什么用场呢？要么跟昏君妖妃一起堕落，要么孤身远引趁早离开。巨钟选择了后者。

"怕阅兴亡，何如移向草间置？"从来亡国破家，遭殃的不仅是人，还会株连于物。西晋之时，洛阳宫门外有两座铜驼，夹道相向，威风无比。及西晋将亡，大将军索靖曾指着这两座铜驼叹道："会见汝在荆棘中耳！"此话果在日后应验，铜驼在晋灭后被当成废物扔到了荆棘丛中。巨钟比铜驼更有先见之明，不忍亲见亡国破家的惨剧，主动藏身民间、闲居草丛。

风流总被，雨打风吹去。虽与铜驼遭遇相似，然而一个被动，一个主动，巨钟的境界比起死守愚忠的铜驼不知要高出多少。可惜虽有先见之明，巨钟又怎能摆脱兴亡之叹、盛衰之感呢？怕阅兴亡，偏偏还是阅尽了兴亡；怕说盛衰，终究阻止不了盛极而衰。

"漫漫评尽今古，便汉家长乐，难寄身世。"闲居草丛的日子漫长而又沉闷，巨钟只能依靠回忆来打发光阴。它所经历的时代与变故实在太多了，究竟它是始于何时，起于何地呢？有人曾试探着问它："古老的巨钟，你资历再深，也比不过长乐宫中的那只祖母钟吧？刘邦的夫人、心狠手辣的铁娘子吕雉曾在那里斩杀了足智多谋的淮阴侯韩信。如果你是长乐宫中的那只祖母钟，你能说出当年的那段历史吗？"巨钟不置可否、微笑而已。这更加增添了巨钟的神秘感，其身世由来也越发显得高深莫测、扑朔迷离。

"也称人间，帝王宫殿，也称斜阳萧寺。"巨钟既在庄严宏丽的帝王宫殿里有过一席之地，也在斜阳昏黄的冷清寺庙中待过。还有什么样的热闹、繁华它不曾见识，还有什么样的孤独、寂寞它不曾体验呢？以巨钟的胸怀，容纳了多少世事沧桑与朝代起落。

"鲸鱼逝矣，竟一卧东南，万牛难起。"所谓"鲸鱼"，指的是鲸鱼状的钟槌。钟槌居然做成了鲸鱼状，巨钟的体形可以想见。当今之世，敲击巨钟的钟槌不知流落到了哪里，仅凭无知牧童那几下不得法的胡敲乱打，又怎能敲醒刚烈的钟魂呢？一卧东南，万牛难起，不是因为廉颇已老、能力衰退，实是因为心灰意懒。卧又如何，起又如何？既然无人过问，不如保留一双无情有恨的冷眼，静观时过境迁、风云变幻。

"笑煞铜仙，泪痕辞灞水。""铜仙"为金人捧露盘的简称。"欢乐极兮悲情多，少壮几时兮奈老何！"雄心勃勃的汉武帝为求长生不老，特地制作了一只以仙人捧露为造型的铜盘，以期收集到天上仙人所赐的玉露。然而生老病死的规律并没有将这位不同凡响的人间君王放过，武帝仍以自然死亡的方式结束了他多姿多彩的一生。曹魏篡汉后，魏明帝命人到长安迎取该物，大概他也想长生不老。由于铜盘的体积较大，运走时须进行分拆。不料拆盘之时，却发生了一件灵异之事。铜盘上的仙人竟满面悲戚、泪如雨下。他是在为改朝换代而悲伤吗？灞水又称灞河，在陕西西安城东。河上架有一桥，名为灞桥。"魂一去兮欲断，泪流颊兮成行。"灞桥送别是古都长安最让人魂牵梦萦的景致之一，当金人捧露盘从此经过，想到从此不复见故国与故主，其泪如雨下的一幕跟我们当今的灵异片镜头倒是不谋而合。龚自珍笔下的巨钟却不要这种软弱痴愚的怀旧之情，"笑煞铜仙"四字隐含一股图穷匕首见的反意与揭竿而起的郁勃之气。龚自珍借巨钟之笑表达了对于末代王朝的极端鄙夷与憎恶，巨钟为何而笑呢？它笑铜仙对旧朝的恋恋不舍是毫无必要。天下者，有德有能者得之，无德无能者失之。为无德无能者失去天下而泣，是为大不智。彼既形同朽木，何妨取而代之？

写下这首词时，龚自珍的生命已进入倒计时，中国封建社会的寿命亦进入倒计时。

龚自珍以其远见卓识为中国的封建末世提前敲响了丧钟，没有同情，没有留恋，只有洞彻一切的了悟与冷酷。那卧于荒草丛中的巨钟，它是数千年来英才俊杰的化身。人才得用，则治世可期，"揵槌一发，吼彻山河大地"；人才被弃，则衰世危困，"竟一卧东南，万牛难起"。不得不佩服龚自珍啊，在临当离世之际，这位先知先觉者以其宏声巨嗓精准地预报了一个时代不可挽救的沉落。尽管他还来不及呼唤一个新的时代，但那风采焕然的新时代毕竟已在铁血苍烟的裹挟中艰难起步、含笑而来。

第三章

皎皎名臣心

按语：检点清代名臣，倚声高手不为少数。然以词唱和能感天动地者，除他二人孰能当之？本章的入选者为道光年间的钦差大臣林则徐与两广总督邓廷桢。入选理由：林则徐"天下谁人不识君"的销烟盛举与伟岸气概，邓廷桢肝胆相照的承担与支持，荣辱共、生死同，林、邓二人的诗词唱和、互诉心曲不独为千古知音绝唱，同时也为清末的历史画卷增添了悲壮浓丽、不可或缺的一笔。

钦差林则徐

虎门销蛮烟，青史留壮举

【 林则徐小传 】

林则徐（1785—1850），字元抚，又字少穆，晚号俟村老人。福建侯官（今福建福州）人。嘉庆十六年（1811）进士，改庶吉士，历任翰林院编修，江西、云南乡试考官，以及江南道监察御史、浙江杭嘉湖道、江苏按察使、河南布政使、两江总督、湖广总督等职。道光十八年（1838），授钦差大臣，前往广东禁烟。与两广总督邓廷桢查缉鸦片，虎门销烟，整顿海防，加强战备。道光二十年（1840），因鸦片战争失利被诬革职，遣戍伊犁；道光二十五年，复起为陕甘总督；道光二十七年（1847）升云贵总督；道光三十年（1850），再授钦差大臣，赴广西镇压农民起义，途中病逝。著有《云左山房文钞》《云左山房诗钞》等。

春雷荡尽蜃楼气

《高阳台·和嶰筠尚书前辈韵》

玉粟收余,金丝种后,蕃航别有蛮烟。双管横陈,何人对拥无眠? 不知呼吸成滋味,爱挑灯,夜永如年。最堪怜、是一泥丸,损万缗钱。

春雷欻破零丁穴,笑蜃楼气尽,无复灰燃。沙角台高,乱帆收向天边。浮槎漫许陪霓节,看澄波、似镜长圆。更应传、绝岛重洋,取次回舷。

本章词话专讲清代道光年间的两位名臣——林则徐与邓廷桢。林、邓二人的词章唱和被奉为清代大臣词的"双璧",被目为鸦片战争时期的巍峨"词史"。此词的副题为"和嶰筠尚书前辈韵",邓廷桢字嶰筠,为什么称其为前辈呢?这是因为,无论从年龄还是科名,邓公都比林公遥遥领先。就连同一词牌的《高阳台》,也是邓公首唱,林公继之。可惜,邓公的原唱过于朦胧晦涩,笔者以此舍了邓公而独推林公。

"玉粟收余,金丝种后,蕃航别有蛮烟。"此句交代了鸦片传入中土的由来,其正常顺序应为"金丝种后,玉粟收余,蕃航别有蛮烟"。林则徐自注,"吕宋烟草曰金丝醺",吕宋即今菲律宾吕宋岛,此地盛产烟草。吕宋烟为叶子烟,它被引进中国是在明末,要早于鸦片烟的引入。

"玉粟收余"则轮到鸦片登场了。鸦片又称苍玉粟,另外,它还有阿扁、阿片、阿芙蓉、藕宾等曾用名。鸦片的前身是一种唤作罂粟的美艳绝伦的植物，原产于南欧与小亚细亚地区。南欧的希腊人最早将罂粟榨汁入药，并以"阿扁"为其药名。公元六世纪，阿拉伯商人将鸦片带入波斯境内，波斯人把"阿扁"念作了"阿片"。一个世纪之后，"阿片"由印度等地传入中国，其读音再次发生变迁，由"阿片"变为"鸦片"。

"蕃航别有蛮烟。""蕃"通"番"，蕃航蛮烟意指鸦片烟为舶来品。尽管早在十七世纪，中国已有吸食鸦片者，但那时的鸦片，还是以药用为主。鸦片横行当是清朝中期以后的事了。毒性巨大、充满魅惑的鸦片逐渐取代吕宋烟，成为外烟市场上的"新宠"，而取得这一"骄人战绩"的，则是一个名为英吉利的遥远的国家。

自 1773 年，英国东印度公司装运第一箱鸦片发往中国，这个古老帝国苦心经营了数千年而缔造起的强大自尊与骄傲就开始遭受到前所未有的威胁与破坏。我们今天的生意场中流行"双赢"一词。所谓双赢者，是说买卖双方都是赢家，各得其所。可就清政府而言，鸦片贸易却是一场只赔不赢的交易。人民羸弱、白银外流，解决鸦片之祸，在道光年间已是迫在眉睫。道光时的鸦片现状究竟如何呢？请看这段文字资料，出自蒋湘南的《禁烟论》："今之食鸦片者，京官不过十之一二，外官不过十之二三，刑名钱谷之幕友，则有十之五六。"

读者诸君万勿看低这些数据。"京官不过十之一二，外官不过十之二三"，似乎总体形势还是不错，抽鸦片烟的京官不过也就是 10% ～ 20% 的比例，地方官的觉悟比起京官又要略逊一筹，占到 20% ～ 30% 的比例。那"刑名钱谷之幕友"又是何指呢？刑名幕友指的是官府中主办刑事案件的幕僚，而钱谷幕友则指的是主办钱谷事务的幕僚，此处以"刑名钱谷之幕友"作为官府幕僚的总称。同京官、地方官相较,幕僚吸食鸦片的比例有了明显上升,"有十之五六",几乎占了一半之上。再到豪门富室、小康之家、市民阶层,鸦片的普及程度及其后患只能用"可怕"一词来形容。道光皇帝面临着空前严峻的形势。为道光皇帝颁布禁烟令起到一锤定音作用的,是时任湖广总督的林则徐的一封奏折。林则徐在奏折中说:"若犹泄泄视之,是使数十年后,中原几无可以御敌之兵,且无可以充饷之银。"

而在此之前,清政府一直在进行弛烟论与禁烟论的大讨论。禁烟论无须解释,弛烟论莫不是指对鸦片大开方便之门?提出这一新奇建议的是太常寺少卿许乃济。在他看来,鸦片屡禁无效,愈禁愈烈,要解决这一问题,不如采取变通的法则。他的主张是"准令夷商将鸦片照药材纳税,入关交行后,只准以货易货,不得用银购买",让外国的鸦片贩子按药材类交税,而中方买入者只能用货物抵购,不能以白银直接支付。这样一来,既防止了白银外流,还能以征收进口税的方式赚得外汇,实在是一举两得。他还主张:"民间贩卖吸食,一律勿论,只禁文武员弁士子兵丁等吸食。"老百姓抽两口烟可以不必管他,只要公职人员、士绅阶层以及帝国士兵弃之不顾则万事大吉。当然,跟洋人做交易总归是有伤国体的,基于这一考虑,最好的方式莫过于禁绝鸦片进口。可是已经许诺了老百姓吸烟自由,不进口的话,这鸦片又从何而来呢?许乃济更有"绝招","今若宽内地民人栽种罂粟之禁,则烟性平淡,既无大害,且内地之种日多,夷人之利日减,迨至无利可牟,外洋之来者自不禁而绝。"如果让咱大清国的人民放开手脚栽种罂粟,实现鸦片自产自销,那么洋商就会牟利减少直至无利可图,鸦片进口这件令人头疼的大难事不就圆满解决了吗?以今天的视角看来,许乃济的"高见"真是荒谬至极、糊涂之至,但是别忘了时代的局限。笔者相信许乃济并非故意祸国殃民,他只是对鸦片的危害认识不足,且对禁绝外烟的前景不感到乐观,故而才出此下策。

幸好,虽有时代的局限,朝中仍然不乏深谋远虑的大臣。以朱嶟、袁玉麟、黄爵滋、林则徐等人为代表的禁烟派与之针锋相对,展开了激烈的辩论。林则徐对鸦片的认识是警醒的,是深恶痛绝的。我们继续读词:"双管横陈,何人对拥无眠?不知呼吸成滋味,爱挑灯,夜永如年。"双管横陈,活活捕捉到两个大烟鬼横躺在烟榻上,手持烟枪欲仙欲死的镜头。这一镜头,只是一个缩影。当今天下,究竟有多少人沉迷于此无法自拔呢?这究竟是怎样的一群人?他们可以忘掉社会、忘掉家庭、忘掉责任,甚至忘掉自我,却将灵魂与躯体听命于一种虚幻的欲望,不惜为之彻夜癫狂。"不知呼吸成滋味"源于李商隐的"不知腐鼠成滋味"。那些吸食鸦片之人,在那微如磷火的烟灯下漫不经心地消磨着岁月与生命。

"最堪怜、是一泥丸,损万缗钱。"倘若只是少数一部分人堕落倒也罢了,然而鸦片的流毒就如瘟疫的散播一样汹涌。每一个烟鬼都在浪费着国家的财力。这些钱都到哪里去了呢?统统落入了外国烟贩的腰包。这些钱都换得了什么呢?就是那些泥丸式的"引人入胜"的烟膏。禁烟,只有无条件地禁烟,才能彻底改变这种受制夷敌、戕害国民的状况。此时不戒,更待何时?

道光十八年(1838)十一月十日,湖广总督林则徐被召入京。道光皇帝与之密谈八日后,正式任命林则徐为钦差大臣,前往广东查办鸦片。第二年的四月二十二日,虎门销烟正式启动。从四月二十二日至五月十日,共有两百三十七万六千二百五十四斤鸦片被挫骨扬灰,悉数销毁。

　　然而，这场扣人心弦的较量刚刚开始。狡诈贪婪的英商并不甘心他们的失败。在这之后，英国战舰曾六次向虎门发动侵犯挑衅，皆因我方设防严密、将士同心而节节败退。"春雷欻破零丁穴，笑蜃楼气尽，无复灰燃。沙角台高，乱帆收向天边。"此二句情绪饱满、顾盼昂扬，大有苏轼《念奴娇·赤壁怀古》一词中"羽扇纶巾，谈笑间，樯橹灰飞烟灭"之英气豪情。

　　"欻"为突然之意。零丁穴即零丁洋，在广东珠江口外，为珠江最大的喇叭形河口湾。春雷欻破打响了零丁洋上的第一枪。战斗过程词人叙说得相当简略，以一虚一实两种写法表达了对英国奸商兼战争贩子的极度蔑视。虚写为"笑蜃楼气尽，无复灰燃"。蜃楼者，古人以为是蜃（一种双壳类软体动物）吐气幻作的楼阁。此处将来犯的敌舰比为蜃楼，且是"蜃楼气尽"，意谓一场荒唐的闹剧就要收场，连死灰复燃都无可能。实写为"沙角台高，乱帆收向天边"。沙角即沙角山，在虎门海口外。清嘉庆五年（1800），沙角山顶始建炮台，而到了鸦片战争前，此处已成为防守虎门的第一重要门户。指挥沙台战役的是广东水师提督关天培，此人有勇有谋、恪尽职守，林则徐在给道光皇帝的奏折中言其"数月以来，常驻虎门二十里之外沙角炮台巡防弹压，间赴三十里外之穿鼻洋面来往稽查"。既有战备到位的阵地，又有精忠报国的良将，焉得乱帆不收向天边？这"乱"字与"收"字堪称传神之笔，敌军的一溃千里宛然在目。

　　"浮槎漫许陪霓节，看澄波、似镜长圆。"虎门销烟，不仅倚重关天培这样的良将，更是钦差大臣林则徐与两广总督邓廷桢通力合作的结果。"浮槎"为林公自谓，浮槎是传说中往返于海上与天河之间的木筏。林则徐被道光皇帝从京都派往两广禁烟，"浮槎"之语，一可见其神速，二可昭显皇命尊崇。而"霓节"则是对邓公的誉称了。装饰华丽的符节是古代使臣必执之物，作为两广总督，邓廷桢担负着为朝廷总理广东、广西两省军民政务的重任，其所执霓节不但是朝廷予以他的凭信，同时也是所肩重任的象征。我们看，林公此句写得是何等光明正大、气宇轩昂，并且他又很谦虚，将禁烟的成果归于邓公名下，而他不过是个陪衬人。正因为身为两广总督的邓廷桢太能干、太强势了，才使他这个浮槎而来的钦差大臣不辱使命、大功告成。

结句为："更应传、绝岛重洋，取次回舻。""绝岛重洋"谓英国为一远洋岛国，与我中华大地素无渊源。若非彼国兴风作浪，双方本当各保平安。"取次回舻"中的"取次"有草草、仓皇之意，用来讥讽侵略者丢盔弃甲之状真是再生动、贴切不过了。林公放出话说，心怀不轨的敌夷，速速逃回你们那个远隔重洋的岛国吧。请尔等记取今日教训，休再遗我伤天害理之烟，休再犯我堂堂中华之民。

总督邓廷桢

上马击狂胡，下马度清曲

【邓廷桢小传】

邓廷桢（1776—1846），字维周，又字嶰筠，江苏江宁（今南京）人。嘉庆六年（1801）进士。选庶吉士，授翰林院编修。嘉庆十五年（1810）起，历任宁波、延安、榆林、西安诸知府。嘉庆二十五年（1820），擢湖北按察使。道光六年（1826），升安徽巡抚。道光十五年（1835）任两广总督，与钦差大臣林则徐勠力合作，查禁鸦片，整顿海防，六挫英军战船挑衅，终其任不得入虎门。道光十九年（1839）十二月调云贵总督，旋改两江总督，未到位，又改调闽浙总督。鸦片战争失利后，与林则徐同戍伊犁。道光二十三年（1843）召回，官至陕西巡抚，1846年卒于官。著有《双砚斋词钞》《双砚斋诗钞》等书。谭献评其词："忠诚悱恻，咄唶乎骚人，徘徊乎变雅，将军白发之章，门掩黄昏之句，后有论世知人者，当以为欧、范[1]之亚也。"

---

[1]　"欧"指欧阳修，"范"指范仲淹。

三人对影玉盘中

《月华清》

中秋月夜,偕少穆、滋圃同登沙角炮台绝顶晾楼,西风泠然,月轮涌上,海天一色,极其大观,辄成此解。

岛列千螺,舟横万鹢,碧天朗照无际。不到珠瀛,那识玉盘如此。划秋涛,长剑催寒;倚峭壁,短箫吹醉。前事,似元规啸咏,那时情思。

却料通明殿里,怕下界云迷、蜃楼成市。诉与瑶阍,今夕月华烟细。泛深杯,待喝蟾停。鸣画角,忍惊蛟睡。秋霁,记三人对影,不曾千里。

这是一首中秋之词,词牌也很切题。小序中的少穆与滋圃分别是林则徐与关天培。林则徐字少穆,关天培字滋圃,古人以字、号相称,于风雅之中可见交情。当然除了林则徐与关天培,小序中还另有一个人物,这就是作者本人。这三个人在中秋之际同登沙角炮台的绝顶晾楼(晾楼即望楼)赏月,这是不期然的邂逅吗?当然不是。我们先来了解一下他们三人当时的身份。林则徐是钦差大臣,关天培是广东水师提督,而邓廷桢则是两广总督。用通俗的话说,两广地区的军政大权就掌握在这三人的手中,道光皇帝所寄予厚望的禁烟运动成功与否,就要由他们的集体表现来说了算。再来看他们的年龄。林则徐此时五十四岁,关天培此时五十八岁,邓廷桢此时六十三岁。从年龄结构讲，俱已有英雄迟暮的趋势。"烈士击玉壶，壮心惜暮年。"道光皇帝没有看错他们。四个月前的虎门销烟以及随之而来的抗击英船入侵斗争，不仅见证了他们三人的同心同德，更让世界见证了中华民族的气节。

历史不容忘却，这是一个应当被我们每个中国人藏入记忆的中秋。道光十九年（1839）的中秋，既是鸦片战争的前夕，也是中国封建社会的最后一个月圆之夜。

"岛列千螺，舟横万鹢，碧天朗照无际。"第一句便使用了两个颇为别致的意象。一是以螺髻来喻岛屿。唐代诗人皮日休在《缥缈峰》中曾有佳句："似将青螺髻，撒在月明中。"第二个意象则是以鹢鸟借指船只。鹢为古书中的一种水鸟，常被绘于船头。"舟横万鹢"，这里的船只并非游山玩水的画舫，而是准备就绪、随时待命的战船。因为就在同一天，林则徐曾在他的日记中写道："午后制军[1]来，即同舟赴沙角，在关提军[2]舟中查点日来调集兵勇各船册籍，计前后排列兵船、火船共八十余只。"逻辑思维严密的读者可能会觉得邓公未免言过其辞了。林公在日记中不是写得清清楚楚吗，"兵船、火船共八十余只"，怎么到了邓公的笔下却号称"舟横万鹢"？将八十余只船说成上万只船，这海口也夸得太大了。然而，富有文艺细胞的读者自能欣然领会。未必真有上千个岛、上万只船，只为壮我声势，如此说来又有何不可呢？

"不到珠瀛，那识玉盘如此。""珠瀛"即珠江，而"玉盘"则是"碧

[1] 指邓廷桢。
[2] 指关天培。

天朗照无际"的那轮明月。"那识玉盘如此",词人慨叹,自己从未像今晚一样大饱眼福,看到过如此晶莹美丽的月色。这是珠海上的明月,他陡然生出一种强烈的自豪之情,同时也深知肩上的重任。全天下的目光都聚焦于这片领域,不可有负天下人的冀望。

"划秋涛,长剑催寒;倚峭壁,短箫吹醉。"秋涛是词人足下的江水,词人以长剑划击江水,未尝不感到战斗的艰险与难以预期。但艰险与难以预期并没有令他退缩,傲倚峭壁,他乘醉吹箫,大敌当前之际,真好一派儒将风范。

而这派儒将风范是有源可溯的,请看邓公的用典:"前事,似元规啸咏,那时情思。"东晋名臣庾亮字元规,史称其"巍然自守,风格峻雅,时人惮其方严"。庾亮的形象太正派、太严肃了,令人望而生畏、不敢近前。而"元规啸咏"则出自《世说新语·容止》篇:"庾太尉在武昌,秋夜气佳景清,佐吏殷浩、王胡之之徒,登南楼理咏,音调始道,闻函道中屐声甚厉,定是庾公。俄而率左右十许人步来,诸贤欲起避之,公徐云:'诸君少住,老子于此处兴复不浅。'因便据胡床与诸人咏谑。"这段话的大意是,当年庾亮镇守武昌时,有一夜秋景清佳,属吏殷浩、王胡之等人乘兴登楼,吟风弄月正是声情并茂的当儿,却听到有木底鞋的响声从楼道传来,听鞋知人,这定是庾公大驾光临了。这班文人雅士顿时犯起别扭来,当着老领导的面,一个个惶恐不已地打着哈哈说:"惊动了您真是大不应该……""不惊动我才是大不应该呢。难道老夫是个不解风情的木头吗?你们联诗缀文怎可没有我的份儿呢?"庾亮说着便在胡床上坐了下来,谈笑风生,一座皆欢。邓公此处,是胸有成竹地以庾亮自拟。"唯大英雄能本色,是真名士自风流。"文武之道讲究的是一张一弛,邓公是个很懂生活情趣的人，正因为此，在这样一触即发、剑拔弩张的局势下，他仍有赏月的清兴。

"却料通明殿里，怕下界云迷、蜃楼成市。"词人忽由珠江之月想到了京华之月。通明殿为道家语，"上帝升金殿，殿之光明照于帝身，身之光明照于金殿，光明通彻，故为通明殿。"此处是将通明殿比为九重天子处理政务的朝堂。天子垂衣南面、端坐龙庭，虽以一颗光明之心去治理万物，却未必如其所愿，所谓天高皇帝远，鸦片泛滥的重灾区在远离京华的岭南、两广一带，"下界云迷、蜃楼成市"是天子最焦虑、最放心不下的事情。

"诉与瑶阍，今夕月华烟细。"词人仰望京华，向道光皇帝整襟遥拜，庄重陈辞。"瑶阍"即天门，这与"通明殿"是同一手法，这里是以天门喻示紫禁城的宫门。拜罢帝京，便当临风赏月、对酒而歌了。"泛深杯，待喝蟾停。鸣画角，忍惊蛟睡。""蟾"是蟾蜍的简称。倘若我们不读诗词，对于"蟾蜍"一词，是难以产生美感的。然而诗词的美化功能是无所不至的，古人说："寻常一样窗前月，才有梅花便不同。"诗词便是映在我们窗前的梅花，点石成金、化腐朽为神奇。传说月亮中不仅有嫦娥、玉兔、桂树、吴刚，还有蟾蜍。在民间，蟾蜍被称为癞蛤蟆，而到了月亮里，诗人词客则将它称为玉蟾、冰蟾、清蟾、素蟾……横竖一个原则，怎么美就怎么称呼。"泛深杯，待喝蟾停。"这句话是说，我们要斟满了美酒，频频痛饮，要叫月亮为了这团圆之夜而永驻天际。但在纵情欢庆之中，词人却又保持着高度的清醒。因此他接着又说："鸣画角，忍惊蛟睡。"画角为军中的乐器，其音洪亮高亢，有鼓舞士气的作用。画角长鸣，则虽在良夜佳辰，亦警戒自重，而休憩于大江之底的蛟龙不免为此惊醒，一个"忍"字，于不经意处流露了将军的恻隐之心。

这是一个多么重要的夜晚啊，这个夜晚，注定要被写入史册。又是一个多么难忘的夜晚啊，这个夜晚，属于邓廷桢，属于林则徐，属于关天培。是他们以如山的豪情、如海的沉勇，以及团结一心的意念守护了中国封建社会的最后一个月圆之夜。理想属于他们，热血属于他们，光荣属于他们。

"秋霁，记三人对影，不曾千里。"为了纪念这个中秋之夜，林则徐写有一首同调的《月华清·和邓嶰筠尚书沙角眺月》，全词如下：

> 穴底龙眠，沙头鸥静，镜奁开出云际。万里晴同，独喜素娥来此。认前身、金粟飘香；拼今夕，羽衣扶醉。无事，更凭栏想望，谁家秋思？
>
> 忆逐承明队里，正烛撤玉堂，月明珠市。鞅掌星驰，争比软尘风细？问烟楼，撞破何时？怪灯影，照他无睡。宵霁，念广寒玉宇，在长安里。

这也是一篇上佳之作，与邓公可谓旗鼓相当。"鞅掌星驰，争比软尘风细？""鞅掌"出自《诗经·小雅·北山》一篇的"王事鞅掌"，意即忙于国事，有失常态。林公是说，自从出任钦差大臣，到广东禁烟以来，无一日不是在宵衣旰食的繁忙中度过的，哪能再像从前一样，在天子脚下的软红尘里中秋赏月、与民同乐。而"问烟楼，撞破何时？怪灯影，照他无睡"一句则又表达了作者深深的忧虑。根深蒂固的陋习不可能在一时间消灭殆尽，与鸦片作战的过程或许会很久。居于深宫的皇帝对此了解多少呢，他是否会给予自己始终如一的支持？"宵霁，念广寒玉宇，在长安里。"唯有祈愿圣心如明月不变，照耀禁烟运动深入龙潭虎穴，以成万世之功。

明月不变而圣心易变。几个月后，鸦片战争爆发，中国由数千年的封建社会沦为半殖民地半封建社会。"书生胆小当前破"，道光皇帝或许不是胆小书生，而是一位和平的爱好者，为将战火迅速扑灭，他"急中生智"将林则徐、邓廷桢撤职查办，并把他们先后流放伊犁以示惩处。而关天培则在与英军的激战中壮烈殉国，为守卫虎门炮台流尽了最后一滴血。

1842年的中秋，独在伊犁的邓廷桢写下了一首名为《壬寅伊江中秋》的七律：

> 今年绝域看冰轮，往事追思一怆神。
> 天半悲风波万里，杯中明月影三人。
> 英雄竟污游魂血，枯朽空余不死生。
> 独念高阳旧徒侣，单车正逐玉关尘。

"英雄竟污游魂血，枯朽空余不死生。"此句写的是关天培壮烈殉国，而自己则徒留枯朽戴罪之身。"高阳旧徒侣"指好友林则徐，"单车正逐玉关尘"是说林则徐正向着关外赶来，与自己会合。虽然先后被流放伊犁，但是这两个情倾意投的高阳酒徒却并没有在伊犁重逢。一年之后，林则徐从玉门关迁往伊犁邓廷桢居所，而邓廷桢已于一个月前蒙恩赦还。这年的中秋轮到林则徐独在伊犁了，反复吟诵着邓廷桢的《壬寅伊江中秋》，百感交集的林则徐写下了好几首和诗，其中有一首是这样写的：

"三载羲娥[1]下阪轮，炎州回首剧伤神。招魂一恸登临地，投老相看坎壈人。玉宇琼楼寒旧梦，冰天雪窖著闲身。麻姑若道东溟事，莫使重扬海上尘。"

一百六十年的时光飞逝而过，曾经的耻辱与苦难恍若一枚书签、一朵逝波。又值中秋，"升平早奏韶华好"，在这样的夜晚想起林公的名言"苟利国家生死以，岂因祸福避趋之"，想起近代史上那些浩气如虹的英雄志士，此际玉宇无尘、清风穆然，我把炽热的思念托付给大海。

遥思珠瀛波渺渺

《换巢鸾凤》

少穆留镇两粤，而余承乏三江，临行赋此。

梅岭烟宵，正南枝意懒，北蕊香饶。甚因催燕睇，底事剩鸿遥？头番消息恰春朝。蓼汀杏梁，青云换巢。离亭柳，漫绾线、系人兰棹。

思悄，波渺渺。箫鼓月明，何处长安道？洗手谘姑，画眉询婿，三日情怀应恼。新妇无端置车帷，故山还许寻芳草。珠瀛清，者襟期，两地都晓。

《换巢鸾凤》是个不大常见的词牌，为南宋文士史达祖所创。史达祖在词中有"天念王昌忒多情，换巢鸾凤教偕老"之语，撷之以为

---

[1] 羲娥即太阳之母羲和与月亮女神嫦娥，此处为日月的代称。

词牌，别具温柔且又极尽嫣丽之致。王昌为魏晋时的美男子，是年轻姑娘心目中的如意郎君。词人希望他笔下的那位姑娘能与心上人早成眷属，就像觅得新巢的鸾凤为自己找到一个满意的归宿。为什么历代以来，选用这个词牌的作者不是很多呢？因为此词不但曲调较长，并且用韵严苛，这就好比是考场上的偏题。偏题能吓退外强中干的考生，却难不倒具有真才实学的高手。邓公便是这样一位高手。此词由邓公制来，于雍容和雅中极尽缠绵悱恻之致，宛似牡丹丛中之姚黄魏紫，引人注目，令人陶醉。

邓公在词前的小序中写道："少穆留镇两粤，而余承乏三江，临行赋此。"小序交代了词作的产生背景。道光二十年（1840）元旦，有两道圣旨同时颁下。一道圣旨是让钦差大臣林则徐（少穆）代替邓廷桢就任两广总督，另一首圣旨则将邓廷桢调任两江总督，即小序中所书"少穆留镇两粤，而余承乏三江"。这里稍作一些解释。按照《汉书·地理志》的说法，三江为南江、中江、北江的统称，其流域贯穿江苏、安徽、江西三省。清代设两江总督管辖此三省的政务，为什么不称三江总督而称两江总督呢？这是因为清初的江苏、安徽两地同属江南省，以后尽管江苏与安徽从江南省分离了出来，却一直沿用了两江总督这一称呼。"承乏三江"中的"承乏"一词颇费思量。其原意是指某个职位告缺，由某人暂时充任。我们可不可以理解为这是邓公的谦称，声称两江总督暂无合适人选，朝廷便临时派他去救急？然而，倘若真是应急的话，皇帝尽可挑个职位清闲的官员，而他邓廷桢，此时正战斗在两粤禁烟运动的第一线，这可是大清帝国当年的头等大事。道光皇帝为何要临阵换师呢？邓公满心的惊诧、委屈、失落，都在"承乏"一词中隐隐流露出来。

从表面看来，道光皇帝并没有亏待他。至少就官衔而言，"两江总督"是与"两广总督"不相上下的封疆大吏，其管辖范围为江南富庶之地。换了别的官员，即便对此嘴里不言，心中怕已念佛千遍。据此也能看出道光皇帝对邓廷桢的信任与重视。只不过，这种信任与重视却是换了一种方式。中国的君臣关系历来都微妙得很。在上篇的中秋词中，邓廷桢曾写下自己的忧思："却料通明殿里，怕下界云迷、蜃楼成市。诉与瑶阊，今夕月华烟细。"而林则徐亦有相似的心情："宵霁，念广寒玉宇，在长安里。"他们一方面对远在通明殿的天子表呈丹心；另一方面，又"窃恐皇穹不照余之忠诚"，对君恩圣意捉摸不定。

道光皇帝也在捉摸他们的心思。在听到英国兵船被击退的消息后，道光皇帝一度拍案叫好，欣然谕示："既有此举，不可再示柔弱。不患卿等孟浪，但戒卿等畏葸。"然而随着敌船挑衅次数的增多，朝中妥协求和派势力的抬头，以及一些不利于邓、徐二人的谣言汹汹流传，道光皇帝不能不有所顾虑了。坐在错综复杂的棋局前，经过一番苦思冥想，他将一枚棋子向上挪动，另一枚棋子则移入了刚刚被挪走的那枚棋子的地盘。向上挪动的那枚棋子，正是调任两江总督的邓廷桢，至于另一枚棋子，则是被任命为两广总督的林则徐。

他移动的哪里只是两枚棋子啊，是两棵合抱的苍松被猝然分开了。在他们曾共同植根、挺身迎立的上空，雷霆更猛、风雨更重，那棵被移往异地的苍松能够做到潇洒一别、了无牵挂吗？我们且来听听他的心声吧。

"梅岭烟宵，正南枝意懒，北蕊香饶。"梅岭地处江西与广东两省的边境，本名大庾岭，因岭道两旁多种梅树，又称梅岭。唐朝诗人宋之问因阿附女皇武则天的男宠张昌宗、张易之，在二张失势后被贬往泷州（今广东省罗定市），路经大庾岭时写了一首诗，诗云："度岭方辞国，停轺一望家。魂随南翥鸟，泪尽北枝花。山雨初含霁，江云欲变霞。但令归有日，不敢恨长沙。"整首诗无精打采、其气不扬，像个嘟囔的怨妇。想起宋之问的为人，也是自取其辱、罪有应得。从人品上、从心境上，邓公当然跟宋之问毫无相同之处。那么，邓公在此词的开端想要表达一种什么样的情绪呢？他说，梅岭烟霏初散，景致明秀。你看，那向南的枝头，梅花已开得寥寥落落、懒懒洋洋；而那向北的枝头，却开得纷纷繁繁、奇香如潮。"南枝意懒，北蕊香饶"非但为实景写照，亦且有很强的寓意。词人由两广总督改任两江总督，梅岭以南为两广地区，梅岭以北则是两江所辖。此句妙在以梅花的兴衰消长喻示职位的变换。词人藏忧于喜，做出一副兴冲冲准备北上的姿态，尽管南枝已无可留恋，北蕊却犹有可期。

但从内心的角度，邓公并不情愿。他不无郁闷地叹息道："甚因催燕睇，底事剩鸿遥？""甚因"与"底事"是为什么的意思，此句直译即为："为什么燕子要对我紧盯不放，为什么我要像征鸿一样飞往他乡呢？"这里以燕子影射朝中那些有如赵飞燕一样工媚善谗的宠臣小人。这些宠臣小人基于猜忌之心而在君王面前信口开河，终令君王疑心大起，将他如征鸿一样调离了两广。

"头番消息恰春朝"，接到调令是在元旦新春，这本来是个喜庆的日子，"蓼汀杏梁，青云换巢。"工作的调动亦是在应景应节中进行。"蓼汀"即长满了蓼草的小洲，其所结之花或如雪白，或为淡红，煞是好看，《红楼梦》中有一匾额便题作"蓼汀花溆"。而"杏梁"则是以银杏之木建成的房宇，司马相如《长门赋》有赞："饰文杏以为梁。"新春新气象，青云换巢，不过是换了个地方做官，于仕途全无影响。然而，这又是多大的意外啊。

"离亭柳，漫缩线、系人兰棹。"自道光十五年就任两广总督，他在这里一干就是五年。正与林则徐精诚合作，将禁烟运动推进到一个只许胜利、不许失败的节骨眼儿上，自己却要抽身而去了，这怎么对得起两广父老的期望呢？往后，重任就要落到林则徐一人身上了。兰舟催发，行客暗伤。那植于驿亭两侧的依依垂柳，犹自吐出长长的碧丝，试图以此系住行船、留住行人，"触我春愁偏婉转，撩他离绪更缠绵"。然而，离别的时刻仍旧无法阻止地来到了。船与岸，在彼此的视线中渐渐模糊、遥远。

"思悄，波渺渺。"俯视渺渺波光，词人不由得思绪沉沉。他在想些什么呢？"箫鼓月明，何处长安道？"长安为汉唐的都城，气象雄丽、冠绝百代。初唐诗人卢照邻有首《长安古意》，以俊逸神飞、奢华浪漫的文笔描写了国都长安奇情充盈、异彩纷呈的生活。"长安大道连狭斜，青牛白马七香车。玉辇纵横过主第，金鞭络绎向侯家。龙衔宝盖承朝日，凤吐流苏带晚霞。百尺游丝争绕树，一群娇鸟共啼花。"清朝的都城在北京，邓廷桢此处却以"长安"代指。这是古典诗词的传统，古都长安有着远比北京更为悠久、更为辉煌的历史。"长安"一词要比"北京"更能唤动我们厚重、深沉、眷恋的感情。在邓廷桢的回忆中，京城箫鼓动地、明月当空，有着一言难尽的繁华与富足。"何处长安道？"难道词人在临行前喝得酩酊大醉吗，竟然弄不清京城的具体位置了？不，纵然再是醉得深些，也抛不开、忘不掉。有此发问，是因为他太难过了。他觉得自己与皇帝实在相距太远，这种距离不是时空，而是心灵的隔阂、谣言的困扰所造成的。对于这种隔阂之情，邓公有生动的比拟："洗手谙姑，画眉询婿，三日情怀应恼。"

"洗手谙姑"这一典故出自《新嫁娘》诗："三日入厨下，洗手作羹汤。未谙姑食性，先遣小姑尝。"一个聪慧的新娘子，刚刚过门三日便面临着主持中馈的考验。她的厨艺能得到婆婆的好评吗？事关新媳妇的"前程"，此举能否取得开门红可是至关重要啊。可是，对于婆婆的饮食偏好，她却一无所知。怎么办呢？别急，新娘子自有妙计。她做好了菜肴，先请小姑品尝，味道是浓是淡、可口与否，只要通过了小姑那一关，长期与小姑吃住在一个屋檐下的婆婆自然也不在话下了。

"画眉询婿"这一典故出自《近试上张水部》："洞房昨夜停红烛，待晓堂前拜舅姑。妆罢低声问夫婿，画眉深浅入时无？"诗中的新嫁娘既感到幸福羞涩，同时又有几分忐忑不安。她一心想要博取夫婿的欢心，然而古人往往是先结婚后恋爱，对于这个刚刚识面的新郎以及他的家庭，她还了解得太少。他会不会喜欢自己呢？要怎样装扮才能令他心生爱悦？踌躇良久，她终于鼓起勇气试探着问道："郎君可知道今年流行什么样的眉妆啊？你看我是画得深一些好，还是画得浅一些好？"

邓公并非那个幸福羞涩的新嫁娘，他的不安与郁闷绝不是通过"洗手谙姑，画眉询婿"的旁探侧问所能豁然开解的。"三日情怀应恼"，入仕已经三十余年，道光皇帝的真实意图还是那样扑朔迷离。对他来说，皇帝永远都是一个高高在上的婆婆、一个喜怒难猜的夫婿，这样"见外"的君臣关系怎能不令人忧心忡忡、不胜烦恼？

"新妇无端置车帷，故山还许寻芳草。""无端"一词极见怨嗔之意。

李商隐诗："无端嫁得金龟婿，辜负香衾事早朝。"此处亦然。"无端"，并不是无缘无故，而是作者不能言又不得不言，只得推到"无端"身上。读者有心，自可从无端中读出有端来。

"故山还许寻芳草"却是本词最美的一抹亮色。邓公是江宁人，江宁乃在两江的画卷内。李叔同曾作《归燕》歌云："雕梁春去梦如烟，绿芜庭院罢歌弦。乌衣门巷捐秋扇，树杪斜阳淡欲眠。天涯芳草离亭晚，不如归去归故山，故山隐约苍漫漫。"其实就私心而言，比起官于两广，邓公宁归两江。何处的风物能比故乡更牵系人情呢？除却故山芳草，又有谁能温暖垂老游子的怀抱？

词人的一腔怨意因之暂得舒缓。但在片刻之后，波光动荡之中，他似又见到了好友林则徐的面容。坚毅如他，亦不禁泪雨纵横。"珠瀛清，者襟期，两地都晓。"他终归还是放不下两广，这片与林则徐共同战斗过的热土，即使故山芳草也无法取代。"宦海沉浮何须计较，"邓廷桢目送逝波，暗暗祝祷，"只望珠海安宁，天下太平。少穆，你我之愿皆莫大于此吧。"

百五佳期更忆君

《酷相思·寄怀少穆》

百五佳期过也未？但笳吹，催千骑。

看珠澥盈盈分两地。君住也，缘何意？侬去也，缘何意？

召缓征和医病至。眼下病，肩头事，怕愁重如春担不起。

侬去也，心欲碎；君住也，心欲碎。

　　这也是一首赠别之词，赠别的对象同上篇《换巢鸾凤》相同，邓廷桢再次对好友林则徐唱起了骊歌。此词的写作时间比《换巢鸾凤》略晚一些。从《换巢鸾凤》的小序中我们知道，邓公已接到调任两江总督的圣谕，不料圣谕很快有了变化。先是改调邓公为云贵总督，接着又改调闽浙总督。邓公并未去成两江，"故山还许寻芳草"的自我慰藉就此落空。为何圣谕连加两道，一变再变呢？对于邓廷桢的任用，道光皇帝还真费了些心思，从中可见他的举棋不定与纠结。

　　《酷相思》这一词牌最初的作者是南宋的程垓，《词苑丛谈》言其由来："程垓与锦江某妓感情甚笃，别时作《酷相思》词。"兹录原作如下：

月挂霜林寒欲坠。正门外，催人起。

奈离别如今真个是。欲住也，留无计；欲去也，来无计。

马上离魂衣上泪。各自个，供憔悴。问江路梅花开也未？

春到也，须频寄；人到也，须频寄。

哀艳绵丽、一唱三叹，词后或许藏有一段中国版的《茶花女遗事》，可惜我们已无法深入探微。邓公的这首《酷相思》同样是言情之作，所言却非儿女之情，而是挚友良朋的惜别之情，以及对于国事日蹙所怀抱的深切忧虑。从这个意义上说来，它与《诗经》中的《黍离》有类同之处。在《黍离》一篇中，周大夫路经长满了黍稷（谷物）的旧都镐京，睹宫室毁没，顿生失家亡国之悲，仰天发出了"知我者，谓我心忧；不知我者，谓我何求"的痛呼浩叹。邓公此词亦可称为大夫之词，其拳拳爱国之心，与千载之前的周大夫何其相近又何其相似。我们且来读词。

"百五佳期过也未？"这是此词的开场白。"百五佳期"即寒食节，在旧历冬至后的一百零五天。古人设立这个节日是为了纪念晋国的介子推。介子推曾追随落难的晋国公子重耳四处流亡，历经磨难与考验。有一次，当重耳快要饿死时，介子推竟然割下了自己大腿上的肉煮成汤让重耳充饥。重耳感动得不得了，发誓一旦得志，定要对介子推予以重谢。机会终于让他等到了，这个东躲西藏达十九年之久的流浪汉重返故土，登上了一国之君的宝座，后世称之为晋文公。江山到手后的晋文公正应了那句老话"贵人多忘事"，在论功行赏时居然把介子推给漏掉了。人们都替介子推叫屈，介子推却一笑置之，跑到深山做起了隐士。就在这个时候，晋文公偏又把介子推给想了起来。思旧心切的晋文公采取了一个极其愚蠢的做法。他下令烧山，以为有此一举，介子推必会立即露面。谁知大火烧尽也没见到介子推出来，他与老母抱着一棵枯柳树被活活烧死了，宁肯被活活烧死也不愿下山受封。大恸之下，晋文公将介子推烧死的那天定为寒食节。在这一天，举国禁火禁烟以为悼念。《唐诗三百首》中有一首名为《寒食》的七言诗："春城无处不飞花，寒食东风御柳斜。日暮汉宫传蜡烛，轻烟散入五侯家。"尽管这首诗七岁幼童皆能背诵，但年轻的朋友可能会对这个节日无甚兴味。一则这个节日在当代已是名存实亡，二则因为"寒食"之名过于低调，烟火俱灭，在尚未通电的古代该是何等惨淡难挨。然而，这只是我们现代人所想象的寒食。在古代（尤其宋代），寒食人气极旺，寒食节的内容可谓丰富多彩。扫墓、荡秋千、踏青、蹴鞠……那是个充满了情趣的节日，"百五佳期"，盖非虚言。

然而，身为"鞅掌星驰"的大臣，邓公何以会对"百五佳期"的寒食如此恋恋于心呢？这其实不难理解。一个热爱生活的人，越是公务烦冗，越是渴望得到生活的滋润与欢乐。但他能够得到吗？"但笳吹，催千骑。"因为忙碌，他不知错过了多少个寒食节。而今年的寒食节，又将在笳声呜咽、马鸣萧萧中度过。这是马背上的寒食节，是漫漫征途中的寒食节。

"看珠澥盈盈分两地。"在这个初春时节奔赴闽浙之任，嘶骑渐遥、征尘不断，他又想起了远在广东的林则徐。"珠澥"即珠江，清亮的江水犹如两人的心意，心融一江，人分两地；盈盈欲语，奈何别离。"君住也，缘何意？侬去也，缘何意？"此句与程垓词中的"欲住也，留无计；欲去也，来无计"一何相似，而意义迥然有别。程垓纯是一副你侬我侬的儿女之态，邓公则言有所托。"你被留在广东，这是什么造成的？我被遣往外地？这又是什么造成的？"这是痛心之问，是不平之问。而要回答这两个问题，我们不妨回到上一篇《换巢鸾凤》中的提示："甚因催燕睇，底事剩鸿遥？"

是因为朝中有小人作祟，更兼流言可畏，才让曾经支持他们、赞赏他们的道光皇帝改变了初衷，将他们分开。

"召缓征和医病至。"就在几个月前，对于禁烟御侮，道光皇帝尚有乐观期待。他将力主禁烟的林则徐召入京师，八天之内连续召见十九次，其重视程度可见一斑。据《左传·成公十年》记载，当年晋景公病笃，秦桓公曾派了一个名叫缓的医生去给晋景公诊治，他留下了"病入膏肓"的准确判断。另据《左传·昭公元年》记载，秦景公曾派了个名叫和的医生去给晋平公治病，他有条不紊地分析了"阴、阳、风、雨、晦、明"六气皆可致病的根源。召缓征和，觅求医国能臣，这在大清帝国走向没落之际已是刻不容缓。道光皇帝在连续召见林则徐后，命他以钦差大臣的身份前往广东查缴鸦片，这体现出来的，正是一种根除痼疾的决心。

然而几个月之后呢？无论是虎门销烟的壮举还是屡次击退敌船来犯的胜利，始终驱散不了那越来越近的战争阴影。1840年3月24日，载有44门大炮的英舰"德鲁伊德"号抵达澳门海面，道光皇帝的这个百五佳期注定过不安生了。他谕示林则徐："是鸦片务须杜绝，边衅决不可开。"他终于还是露怯了。邓公并无怯意，林则徐也并无怯意。"眼下病，肩头事，怕愁重如春担不起。"遇此空前危难，身受国恩、仕宦于朝，他们能够为国做些什么呢？这就要看皇帝的旨意了。他们所共同担心的，是皇帝半途而废，不继续施行延医治国的良方，那样的话，便真的病入膏肓了。愁重如春，非为伤春之愁，而是忧国之愁，荡然而起。

"侬去也，心欲碎；君住也，心欲碎。"写到这里，此阕《酷相思》可谓曲尽其致矣。

百五佳期之后，清政府便再无佳期可言了。1840年6月，英国远征军以 16 艘军舰、4 艘武装汽船、27 艘运输船的"强大"阵容集结于广东海面，并于 28 日宣布封锁珠江口。英军因见邓、林二人在广东一带早已做好严密部署，只得放弃广东北上。7 月，远征军拿下了定海，战火的蔓延令道光皇帝再也坐不住了，他派出近代史上臭名昭著的琦善与敌斡旋。在与英人进行了一番"娓娓洽谈"之后，琦善自作聪明地告诉道光皇帝，这事谁也怪不着，坏就坏在邓廷桢与林则徐二人对待外商过于粗暴无礼。把人家漂洋过海运来的优质鸦片一把火烧光了不说，连个赔偿道歉都没有，叫人家怎肯咽得下这口气呢。为今之计，只有将邓、林二人从重查处，则敌夷解恨矣，万事大吉矣。道光皇帝也真是病急乱投医了，竟对琦善的鬼话大为动心。他下旨严遣邓、林二人"在粤办理不善，转滋事端"，并将他们同时革职。革职当然没能革掉英军的进攻"激情"。（1841）的早春二月，琦善擅撤沿海兵备，虎门炮台失陷，关天培战死。随后，英军以破竹之势一路进逼，直抵南京城下。七月，《南京条约》签订，文明古国的文明之梦从此灰飞烟灭。

邓廷桢与林则徐成了承担战败责任的替罪羊，两人皆被遣戍伊犁。对道光皇帝而言，他做出这样的"圣裁"也于心不忍。君王掩面救不得，弃卒保车"明智"而又"必要"。满嘴谎言、欺君误国的琦善也未能保全自身。夺职、抄家、被判"斩监候"，比起他那死有余辜的罪状，这样的判处已是轻如浮云了。

在伊犁，邓廷桢、林则徐仍多云唱雪和之作。道光二十四年（1844），是邓廷桢的七十大寿，这一年也是林则徐的花甲之岁。已于 1843 年蒙恩赦还的邓廷桢忆及仍在天山之下饮风餐雪的林则徐，不免心潮涌动，一连写下了四首《寿星明》，为林则徐祝寿，兼且表达自己的深挚祝福。

其第二首云："冷暖襟情，悲欢景况，不是同心不许谙。"邓、林二人一生的交情，岂是一个"可歌可泣"所能概括？笔者于第三首喜之尤甚，且整顿精神，燃起心香一炷，就将此词端正抄起，以表达对邓、林二公这段"酷相思"的高山仰止之情：

> 珠海余生，西指天山，相从荷戈。看伶仃雪窖，鸿泥同印；纵横沙迹，雁帛谁过？盾鼻书成，刀头唱彻，收拾苍凉入剑歌。邓与蟨[1]，有霜催鬓短，酒助颜酡。
>
> 玉关先走明驼，似苏李河梁别泪多。便欣逢马角，我闻如是，偶逢羝乳，于意云何？壮志依然，华年未老，听说秋来肺病瘥。为公寿，祝黄羊手炙，且宴头鹅。

---

[1] 蟨，即传说中的邛兽，与传说中的蟨兽相为依存。蟨兽以甘草供给邛兽，遇难时邛兽背负蟨兽而逃，有比肩兽之美称。邓公用"邛与蟨"之典，以比拟与林公唇齿相依、患难相共的战友之情。

第四章

幽幽青衫泪

按语：青衫司马，平生心事付琵琶。红豆泪洒，绵绵此恨哪有涯？本章的入选者有"乾隆六十年间，论诗者推为第一"的黄景仁与"咸丰兵事，天挺此才，为倚声家杜老"的蒋春霖。入选理由：黄景仁与蒋春霖皆年少成名。而前者因贫病交加逝于壮年，后者因穷途末路而服药自尽（一说投水自尽）。黄景仁生于乾隆盛世，蒋春霖则身逢咸丰乱世。无论盛世、乱世，一样是才高如山，一样是命薄如纸。黄景仁与蒋春霖，他们的背影是我国几千年封建社会无数青衫士人的浓缩，他们的眼泪或许只是那些青衫士人滔滔泪海中的两颗珍珠，但其独特的光芒却惊心动魄。

寒士黄景仁
来自乾隆盛世的咽露秋虫

【 黄景仁小传 】

　　黄景仁（1749—1783），字汉镛，一字仲则，号鹿菲子，阳湖（今江苏常州）人。十六岁应郡县试，于三千童子中拔第一。此后屡应乡试不中。《清史稿》载："朱筠督学安徽，招入幕。上巳修禊，赋诗太白楼。景仁年最少，著白袷立日影中，顷刻成数百言，坐客咸辍笔。时士子试当涂，闻使者高会，毕集楼下，咸从臾童乞白袷少年诗竞写，名大噪。尝自恨其诗无幽、并豪士气，遂游京师。高宗四十一年东巡，召试二等。武英殿书签，例得主簿。陕西巡抚毕沅奇其才，厚赏之，援例为县丞，铨有日矣，为债家所迫，抱病逾太行，道卒。亮吉持其丧归，年三十五。"名以诗著。吴嵩梁《石溪舫诗话》云："仲则诗无奇不有，无妙不臻，如仙人张乐，音外有音；名将用兵，法外有法。"包世臣《齐民四术》称："乾隆六十年间，论诗者推为第一。"著有《两当轩集》《竹眠词》。

惊才绝艳，卿何薄命

《沁园春·壬辰生日自寿》

苍苍者天，生我何为，令人慨慷。叹其年难及，丁时已过；一寒至此，辛味都尝。似水才名，如烟好梦，断尽黄斋苦笋肠。临风叹，只六旬老母，苦节宜偿。

男儿堕地堪伤。怪二十，何来镜里霜？况笑人寂寂，邓曾拜衮；所居赫赫，周已称郎。寿岂人争，才非尔福，天意兼之忌酒狂。当杯想，想五湖三亩，是我行藏。

1783 年四月下旬，山西解州运城，河东盐运使沈业富官署。温风骤起，飞花如雨，不多工夫已织成一幅凄艳的红锦地衣。春光正当盛时，芳菲正当浓处，然天不作美，竟过早地显露出一派衰飒气象。

药罐的苦味充盈了内院深室。病榻上躺着一个气息奄奄的男子，双目微闭，两颊蜡黄。岁月虽已在他的五官刻下沧桑印迹，但这仍是一张经得起端详的脸。他眉目如画，神凝和田之玉，薄薄的棉被遮不住瘦弱的身形。年轻时，一定是个儒雅斯文的美男子。如今，日益加重的疾病使他显得既苍老又憔悴。虽说他的实际年龄还不到三十五岁，但不用请教医生也看得出来，他的一生就快走到尽头了。

"仲则，该喝药啦。"他的妻子双手捧牢一个青花瓷碗，先搁在旁边的梨木几上，温柔而又有些吃力地扶他坐起身来。

"阿娘呢？"

"为你上香祈福去了。为表心诚，去了个最远的庙观，叫什么灵安寺的。她老人家要晚些时候才回来。"

"生死无常，你劝阿娘看开些吧。只可惜我黄门人丁单弱，兄长早亡，阿娘白养我这个儿子了！"

眼前，仿佛回到了三十年前。还不满四岁，他就失去了父亲。除了一个哥哥外，别无叔伯亲戚，贫门寒户就靠着母亲屠氏一人支撑。母亲兼具慈爱与严厉两种性格。抚育他成长，无微不至；敦促其功课，一丝不苟。"娘，长大了我会让你享福，我会成为你的骄傲。"仰脸望着母亲那张愁苦中不失英勇的面容，他郑重地说。

那年，母亲也不过才二十有余吧，鬓发间却已夹有银丝。听了他的话，母亲欣慰一笑。

"我会考上状元！为你，也为死去的爹爹扬眉争光。"

"好孩子，有志气。有你这句话，娘预先为你埋下一坛状元红。"

三十年过去了，直到现在，他也没能喝上一口醉人的状元红。喝药，倒是成了他的日常。就着妻子的双手，黄仲则费力地啜进一口苦药，他的眉头越发皱紧了。

"苦得很？"妻子细心地用一方丝巾为他拭去嘴边的药汁，"良药苦口，你忍耐一些。"

"我倒没什么，"他深深地凝视着她，那眼神，是平生未曾有过的温存，"只怕今后，要苦了你了。

"仲则……"她几乎泣不成声。

如果生于当代，也许他会脱口而出："我现在才知道，你对我有多重要。你是上天对我的恩赐，但愿我们永远不要分开。"但他不是。古代的文人，无论笔下怎样情深似海，在生活中，当着自己的妻子，又怎能抛开那份习以为常的缄默？

何况，她并非他最初的爱人。

> 几回花下坐吹箫，银汉红墙入望遥。
>
> 似此星辰非昨夜，为谁风露立中宵？
>
> 缠绵丝尽抽残茧，宛转心伤剥后蕉。
>
> 三五年时三五夜，可怜杯酒不曾消。

一组深得李义山《无题》神韵的《绮怀》见证了黄仲则的初恋。那一年，他十七岁，与爱情一样清新稚嫩。然而，彩云易散琉璃碎，无论爱得多深，他终于明白，今生无缘携手。

作为孝子，他不能拒绝母亲的安排。十九岁，娶了一位姓赵的姑娘。在烛光下低眉端坐的妻子，说不上来，他对她是否有过爱情。也许在最开始的时候，爱情便以亲情的模式进入了他们的婚姻。她很婉顺、很贤淑，一个在品行上无可指摘的女子，然而，对他的精神世界却知之甚少。

"自从嫁吾家，釜甑常生尘。门户持女[1] 手，何以能支振？"有道是秀才人情纸半张，这就是他写给她的诗。枯瘦涩暗，谈不上任何文采，令人难以相信竟是出自像他这样的才子。

---

[1] "女"通"汝"。

可是，这却是他的妻子所过的真实生活。因他长年在外游幕，母亲与妻儿都留在故乡。侍候婆母，照顾幼子，在三餐难继的陋室中日夕操劳，赵氏默默地为丈夫做着一切。直到几年前，他托朋友卖掉了老家的半亩田地、三椽破屋，才将他们接到了京城。团圆是甜蜜的，甜蜜的代价却令他无力承受。在京都的最后几年，他已落魄到粉墨登场，与伶人同台献艺以养家糊口。"排遣中年易，支撑八口难"，由于债台高筑无力偿还，他只得携妻带子"潜逃"出京，去投奔远在西安的陕西巡抚毕沅。来到西安后，爱才如命的毕沅慷慨捐资为其谋得候选县丞一职。几个月后，黄仲则重入京都，等候补缺。然而，京中的"葛朗台"们并不打算放过这个即将否极泰来的苦主，而是将催债行动进行得越发声势浩大。黄仲则不堪其扰，只得再往西安投奔毕沅。

入陕之前先要入晋，"北上太行山，艰哉何巍巍！羊肠坂诘屈，车轮为之摧。"当年志吞中原的乱世枭雄曹操在率领大军经过太行时，曾写下一首令人色变神沮的《苦寒行》。而黄仲则，这位体质羸弱的文人终于没能战胜太行的苦寒，"茂陵秋雨病相如"，在解州运城，他不得不停下了奔波的脚步。

"仲则，你不要急。这里很安全，他们不会追来。待你身体好些，我们再上路。"赵氏握着他的一只手，悄声安慰说。

"我黄仲则怎会落到了这个田地？'十有九人堪白眼，百无一用是书生。'七年京华，自食苦果，谁能比我更窝囊，谁能比我更失败？"仲则手捶床沿儿，显得十分激动。

"仲则，你不要这么说。你写了那么多诗，你还有我们。"赵氏在急切间按住了丈夫的手。

他的诗，她或许从未懂得；然而，听到这样善解人意的话，他却不禁潸然泪下。光芒如日的帝都，在任何时代都有着吸引人才的强大磁力，可它却很难成为诗人的福地。一名诗人若想在京城过上像样的生活，除了作诗，还必须精通其他门道。他呢，不知是对此一无所长还是一意孤行，"半生蹭蹬因能达，百样飘零只助才。"在京城数年，他只做了一件事——作诗。别人的诗，是才人之诗、学人之诗。因为，那是一个政治高压的年代，以诗逞才，以诗治学，没有比这更符合一位盛世君主的期许与口味。而他的诗，却是诗人之诗，幽苦寒涩一如舞风病鹤、咽露秋虫，这是盛世的不谐之音。他是一个异端，他是一个另类，然而，他更是一个倚才拔地的天才，一个被赞为"乾隆六十年间，论诗者推为第一"的诗人。《沁园春·壬辰生日自寿》是黄仲则在度过人生中的第二个本命年时所写的一首词。

"苍苍天者，生我何为，令人慨慷。"二十四岁的青年，如果不是在"为赋新词强说愁"的话，以这样一种悲愤难抑的语气来表达心绪，实在太令人惊愕了。二十四岁，这是幸福的年龄，是含苞待放的花期，然而二十四岁的词人却感叹苍天生我无用。这真是黄仲则式的慨叹，一个天才早熟却又贫无立锥之地的盛世狂生。

"叹其年难及，丁时已过；一寒至此，辛味都尝。"我最好的年华早已飞逝，少壮之日不可追回。黄仲则的诗文辑作《两当轩集》，关于这个名字的由来，人们有许多猜测。有人认为，两当轩者，是指诗人家居局促，一间屋子既当书房又当卧室；也有人认为，两当轩者，是取自"饥以当食，寒以当衣"之意；还有人认为，两当轩系诗人自嘲，因为诗人常于当铺进进出出……形形色色的猜测，大多围绕"贫"字展开。贫寒选中了黄仲则为代言人，贫寒使得二十四岁的诗人尝尽了世间辛酸。

"似水才名，如烟好梦，断尽黄齑苦笋肠。"黄仲则有神童之誉，年方九岁，便写出了"江上一夜雨，楼头五更寒"这样成熟的诗句。十六岁时更是一鸣惊人，在常州府三千名考生中脱颖而出，夺得童子试头魁。然而自此之后，在连年的科考中，他都大败而归，始终没能迈过"秀才"这一初级台阶，而迈不过这一台阶，他就不能改变"辛味都尝"的困境。虽然，困境之中有两样事物曾给他以喜悦，给他以动力。这两样事物，一为才名，二为好梦。但才名与好梦终将如水东流，如烟散尽，它们无法代替生活。"断尽黄齑苦笋肠"，这才是生活的本质。黄齑为咸菜，黄齑苦笋是炊金馔玉的反面，如果说炊金馔玉代表着穷奢极欲的富贵，黄齑苦笋则将文人的酸苦一言概尽。

"临风叹，只六旬老母，苦节宜偿。"一个人活在世上，不只是为自己，更多的时候，是为了养育我们、爱护我们的亲人。黄仲则的母亲青年守寡，这位柔弱的女性在先后失去了丈夫与长子之后，以坚强的毅力将唯一的爱子抚育成人。其志刚，其节苦，其心悲，其希望之所钟，安慰之所集，均系于仲则一身。让母亲无忧无虑地安度晚年，是仲则的责任之所在，但他却负不起这个责任。不是无心为此，而是力不能及。二十四岁的黄仲则，他那单薄的肩胛已承受不起生活的重担。

"男儿堕地堪伤。怪二十，何来镜里霜？"在古代，一个家族添了男丁，这可是件极隆重的喜事，而黄仲则却说自己堕地堪伤，这个人莫非天生就有厌世倾向？其实他的这句话，更多的是表达了一种对于生命价值的疑问。黄仲则出生于一个寒微的书香之家，祖父为常州府高淳县的县学训导，父亲为县学生。当这个家庭的第三代，一个名叫黄景仁的男婴呱呱坠地时，人们肯定在他身上寄托了重振家声的厚望。厚望催生了压力，随着父亲、祖父、长兄的相继去世，仲则成了这个家中硕果仅存的男性，一跃而为家庭的第一主角。然而，这一角色是他不能胜任的，这一地位是他不配据有的。是男儿，既不能以显耀的功名告慰祖辈父兄的在天之灵，又不能报答生母的养育之恩，此不堪伤，何可堪伤？忧伤过度，这位二十出头的年轻人竟已霜发频添。可怜未老头先白，临镜自照，他不得不责怪霜发来得太急、太早了。

"况笑人寂寂，邓曾拜衮；所居赫赫，周已称郎。"此二句看似大俗，似乎有着一种"人比人，气死人"的攀比心态。"邓曾拜衮"中的主语是邓禹。衮是古代君王或三公的礼服。邓禹是东汉人，位列光武中兴"云台二十八将"之首。据《后汉书·邓禹列传》记载，邓禹十三能诗，二十四岁即被汉光武帝拜为大司徒，黄仲则想象邓禹初拜大司徒时的风采，衮衣绣裳，气场超强。"周已称郎"中的主语则是三国的周瑜，他在二十四岁时被吴主孙策封为建威中郎将，"曲有误，周郎顾"，周瑜雄姿英发且雅善音韵，吴人给了他一个极妙的昵称——周郎。

为什么说这两句看似大俗呢？因为就表面讲，比来比去的无非是人家在二十四岁时已当了高官，着了华服，住了豪宅，有了排场。真是这样的攀比，黄仲则哪里还会有作诗的心思呢？从此致力于升官发财之道，也不至于活得一贫如洗啊。不，这不是黄仲则的本意。黄仲则真要攀比的，在于理想，在于事业，而不在于权势地位。二十四岁的黄仲则，不是没有凌云高飞的壮志，可也要有不拘一格识拔人才的朝廷啊。千古以来，不缺邓禹，不差周瑜，只少了令邓禹、周瑜之辈施展抱负的时机。

出名要趁早，否则来不及了。即便风光如邓禹、威赫如周郎又能怎样？"寿岂人争，才非尔福，天意兼之忌酒狂。"邓禹与周瑜均未享高寿。尤其是周瑜，在三十六岁时便遽然逝世。有才未必有寿，有才未必是福。福寿双全，常人争之不得，全在上苍的一念之间。然而，天道荒荒，天意惘惘，与其向上苍祈求，不如纵酒清狂，且趁这青春热血尚未冷却，预支了未来岁月的一切叹息、所有忧伤。

"当杯想，想五湖三亩，是我行藏。"仲则醉矣，杯前酒底，却仍自难忘。在那浩瀚的太湖边，有老屋几椽、薄田三亩，是其儿时的家园、心灵的屏障。天涯游子，胡不还乡？

悲情蒋春霖
明珠的葬礼

【蒋春霖小传】

蒋春霖（1818—1868），字鹿潭，江苏江阴人。幼随父蒋尊典在湖北荆门直隶知州任所读书。父亡，家道中落，奉母归京师，屡试不中。赴扬州，咸丰二年（1852），任富安场盐大使。咸丰七年，母死去官，移家东台。咸丰十年，先后入乔松年、金安清幕。乔、金调任后，失所凭依，仅赖盐商数家，分粟供养。同治七年（1868），去浙江衢州投靠友人，过吴江垂虹桥，仰药舟中而卒。谭献《箧中词》称："水云楼词，固清商变徵之声，而流别甚正，家数颇大，与成容若、项莲生[1]二百年中，分鼎三足。咸丰兵事，天挺此才，为倚声家老杜[2]。而晚唐两宋一唱三叹之意，则已微矣。"其词辑为《水云楼词》《水云楼续词》。

---

[1] "成容若"指纳兰性德，"项莲生"指项鸿祚。

[2] 指杜甫。

夜泊秦淮闻楚歌

《木兰花慢》

泊秦淮雨霁，又灯火，送归船。正树拥云昏，星垂野阔，暝色浮天。
芦边，夜潮骤起，晕波心、月影荡江圆。梦醒谁歌楚些？冷冷霜激哀弦。

婵娟，不语对愁眠，往事恨难捐。看莽莽南徐，苍苍北固，如此山川！
钩连，更无铁锁，任排空、樯橹自回旋。寂寞鱼龙睡稳，伤心付与秋烟。

此词的副题为"江行晚过北固山"，意为在夜间行船时路过北固山。
据《二十一史方舆纪要》一书记载："北固山在镇江城北一里，下临长江，
三面滨水，回岭斗绝，势最险固。"梁武帝曾御笔亲题"天下第一江山"。
南宋词雄辛弃疾与之也是素有渊源，辛弃疾曾出任镇江知府，写下过《南
乡子·登京口北固亭有怀》与《永遇乐·京口北固亭怀古》两首苍凉慷慨、
极负盛名的词作。

北固山在镇江城北一里，镇江的本意是镇守江防之地，这是一座久经
战火洗礼的军事名城。唐朝的杜佑在《通典》一书中写道："京口因山为
垒，缘江为境，建邺之有京口，犹洛阳之有孟津。自孙吴以来，东南有事，
以京口为襟要。京口之防或疏，建邺之危立矣。六朝时以京口为台城门户
锁钥，不可不重也。"书中的"京口"，即镇江的古称，"建邺"为南京
的别称之一。南京号称六朝古都，而位于南京西面的镇江则是屏护台城（在

玄武湖南岸，为南京宫城之俗称）的锁钥。对于进攻的一方来说，要占领南京首先便要夺取镇江；对于防守的一方来说，丢失了镇江就等于输掉了南京。而作为帝王之都的南京是输不起，也输不得的。可以说，镇江因南京而名重，南京亦因镇江托以"身家性命"。

"泊秦淮雨霁，又灯火，送归船。"词人从水路经过南京，他的下一站便是镇江。秦淮河是南京的代表性元素之一，六朝风致，尽在这一河两岸；万方繁华，无不消融入涛声缱绻。秦淮河上的灯火是非常有名的，如果是在升平之世，那流动的灯光夜色里不知会演绎出多少绮丽浪漫的风情。然而到了一夕数惊的乱世，则另当别论了。

"烟笼寒水月笼纱，夜泊秦淮近酒家。商女不知亡国恨，隔江犹唱后庭花。"当年有着"小杜清狂"之称的诗人杜牧夜泊秦淮时，曾作歌悲惜即将进入暮景凋年却浑然不觉的唐王朝。而蒋春霖所处的时世，更非小杜可比。在小杜的诗中，商女还能以隔岸观火的闲适弹唱前朝遗曲，到了蒋春霖写作此词的年代，则连隔岸观火亦不可得了。

"正树拥云昏，星垂野阔，暝色浮天。"灯火下的秦淮，风雨后的秦淮，是这么一派残败凄怆的场景。树木被昏黑的云层紧拥，星星似乎即将坠落于广阔的荒野，暝色如同一个漂浮不定的幽灵。

"芦边，夜潮骤起，晕波心、月影荡江圆。"芦边潮起，这个夜晚不会再有安详，不会再有宁静。与汹涌的夜潮形成对比的，是倒映入水的一轮明月。居然是一轮饱满的、生动的明月，她灿烂的光华在波心轻盈地跳荡。可惜，选错了夜晚，选错了观众，也选错了心情。

"梦醒谁歌楚些？冷冷霜激哀弦。"圆月令人想起从前，而从前是个烟花般易于凋零的美梦。此时此刻，梦已惊破，月为谁圆？"楚些"即楚声，

"些"音 suò，为楚人常用的语气助词。"四面楚歌"是个无人不知的成语，其产生背景是在楚汉相争的决战阶段。项羽的军队听到汉营中楚歌大作，以为汉军已尽得楚地，汉营中的楚国俘虏已多得拥挤不堪，丧失斗志的楚军就此作鸟兽散，最终输掉了这场战争。楚歌，是失败者的泣血哀歌。这样的歌，独唱的效果当然不及合唱的效果。四面楚歌，则大势已去、群情惊惶，是不可逆转的大悲剧。与楚歌相应相和的，还有清霜覆盖下的水流呜咽。

"婵娟，不语对愁眠，往事恨难捐。"唱罢楚歌，在绝望的压迫与侵扰下，词人唯有"不语对愁眠"。那么，在这个失眠之夜，他都想到了什么呢？"往事恨难捐"，这往事，不是个人的恩怨，而是家国深仇。

词人的记忆越过秦淮之水来到镇江的地界，那是在道光二十二年（1842），在吴淞、宝山、上海相继失陷后，英国海陆部队抵达镇江城下，7月21日，英军开始攻城。当时镇江的守将为京口副都统海龄，尽管在他的指挥下，镇江军民英勇奋战拼尽了全力，终因寡不敌众，仅过两天，镇江便落入敌手，海龄引火自焚，壮烈殉国。英军攻克了镇江，更加肆无忌惮，8月5日，他们到达南京江面，一筹莫展、方寸大乱的清政府求和心切，只得含羞忍辱与英军签订了城下之盟。

镇江是南京的屏障。如果不是镇江失落得那样仓促、那样突然，清政府岂会在南京不战而降、低头认输？"看莽莽南徐，苍苍北固，如此山川！""南徐"者，南朝刘宋时对镇江的称呼，吴伟业在《满江红》一词中就曾用到了这一称号，"沽酒南徐，听夜雨、江声千尺。"而北固山在镇江城北，与金山、焦山呈掎角之势，如同威武的战神驻守着整座镇江城，苍苍北固，何其巍峨！然而，有如此巍峨的后盾与秀奇的山川，竟然仍不免地动山摇，被外来的侵略者肆意践踏，我们往昔的民族骄傲与历史自豪感至此荡然无存了！

"钩连，更无铁锁，任排空、樯橹自回旋。""铁锁"一典，出自《晋书·王濬传》。晋武帝咸宁五年（279），大将王濬率领七万大军从益州（成都）出发，欲为西晋王朝剪灭东吴，完成统一中国的大任。兵来将挡，吴国是怎么接招的呢？吴人以铁锁横截，自以为计出万全。哪想到王濬更有高招，他用灌了麻油的火炬将铁锁烧得毫无招架之力，整个战局很快呈一边倒的趋势。"王濬楼船下益州，金陵王气黯然收。千寻铁锁沉江底，一片降幡出石头。"可怜吴人俯首称臣，以亡国告终。

这个典故展现了攻守双方的智勇对决。只不过，一千多年前，是西晋与东吴两个敌国的对决；一千多年后，是我泱泱中华与英国侵略军的对决。东吴虽说以亡国告终，但在败亡之前尚有积极备战之举。而清政府呢，一副绝对不抵抗的柔媚姿态，在英军进逼南京七天之后便忙不迭地与敌人商谈"化干戈为玉帛"的赔款割地事宜。谈判的过程是艰难的，不过，比起战争的艰难还是省事了许多。"任排空、樯橹自回旋"，南京江面，英军的舰队在升帆荡橹、耀武扬威。而我们的舰队、我们的将士呢，在本该守卫家国的时刻，他们都到哪里去了？

"寂寞鱼龙睡稳，伤心付与秋烟。"词中的"鱼龙"有隐射清廷君臣之意。自鸦片战争以来，镇江失守、南京屈膝，这是不容否认的国耻，是不可遮掩的家丑。即使是普通老百姓，尚且为此痛心疾首，而清廷君臣却在吃了这么一个大亏之后仍不思作为、得过且过。"寂寞鱼龙睡稳"，这样的政府与朝廷还能指望什么呢？一片伤心无处诉说，深秋的寒烟不仅向着词人扑袭而来、更向着这个国家的前途卷噬而来。

长安落日泣哀蝉

《渡江云》

燕台游迹，阻隔十年。感事怀人，书寄王午桥、李闰生诸友。

春风燕市酒，旗亭赌醉，花压帽檐香。暗尘随马去，笑掷丝鞭，摄笛傍宫墙。流莺别后，问可曾、添种垂杨？但听得、哀蝉曲破，树树总斜阳。

堪伤。秋生淮海，霜冷关河。纵青衫无恙，换了二分明月、一角沧桑。雁书夜寄相思泪，莫更谈、天宝凄凉。残梦醒，长安落叶啼螀。

"燕台"，在此指北京。词人蒋春霖的大部分青年时代是在北京度过的，他留在北京最主要的目的是为了谋仕。所谓"燕台游迹"，是在谋仕之外的消遣与散心。友人宗源瀚说他："少负隽才，不拘绳尺，屡不得志于有司。"蒋春霖的谋仕手段很单一，不走后门，埋头苦干，参加科举考试。可他又十分不屑于这种应试制度对于真才实学的捆绑与扼杀，其坚持自我、独树一帜的试卷得不到考官们的另眼相看，所以蒋春霖始终没能有金榜题名时。

好在，年轻没有失败。蒋春霖并不太看重这个。生活在别处，年轻人是不难找到乐趣来占据他的注意力、来丰满他的人生的。京华岁月虽说是不得志的岁月，可是因为它属于青春的范畴，青春是无所不美的，因此他说："春风燕市酒，旗亭赌醉，花压帽檐香。"

燕市，是古之义士荆轲与高渐离一见订交之地。两人在燕市相对痛饮，高渐离为荆轲慷慨击筑，荆轲为高渐离引吭高歌，浑不把瞠目结舌、大惊小怪的路人放在眼里。燕市，它代表着一种侠义精神、高尚情怀，是热血男儿向往的地方。

"旗亭赌醉，花压帽檐香。"旗亭即酒楼。旗亭画壁，这可不是游侠之士的风流，而是文人阶层所独有的风流。

唐代传奇小说《集异记·王之涣》篇讲了个有趣的故事。开元年间，某日天寒微雪，诗人王昌龄、高适、王之涣一行走进了一家酒楼，恰好碰到一班梨园弟子在演习乐曲。王昌龄一时兴发，提议道："我们都是名声在外的诗人，今天且别自恋自夸。谁的诗能被当场演唱，谁的诗演唱率最高，谁就是诗坛的老大。"当第一名歌伎唱到"洛阳亲友如相问，一片冰心在玉壶"时，王昌龄起身在墙壁上得意地画号为记，口称："这一票是投给我的。"当第二名歌伎唱到"夜台何寂寞，犹是子云居"时，高适也站起身来，在墙壁上留下了记号，口称："这一票是投给我的。"接着，第三名歌伎唱起了"奉帚平明金殿开，且将团扇暂装回"，王昌龄在壁间再画一记，且作自我陶醉状："又是我的诗！老天有眼，难道我是诗坛的老大？"这时一直默然无语的王之涣张口了："你们先别高兴得太早，这些人中长得最美的姑娘还没露上一手呢。她若不唱我的诗，我从此不敢与你们称兄道弟。她若唱了我的诗，尔等须得磕头礼拜、奉我为师。"终于轮到第四名歌伎了。当她启朱唇、发皓齿地唱出"羌笛何须怨杨柳，春风不度玉门关"之句时，王之涣自是不胜之喜，他戏嘲另外两名同行说：

"怎么样，是我的阳春白雪厉害，还是你们的下里巴人厉害？"三人的欢声笑语惊动了自娱自乐的伶人们。当他们得知这几位观众竟是天下知名的诗人时，纷纷向着偶像敛衣下拜，口称："俗眼不识神仙，敬请三位移就上座，赐给我等一个伺候酒席的机会。"旗亭赌酒，以鹿潭之才，在京城的文友聚会时肯定是像王之涣一样大大地出过一番风头。

"花压帽檐香"亦是文士的风流。古人不分男女，皆有簪花之好。然而，男子中宜于簪花者，肯定不是那些燕颔虎须的武将，而是气度雅逸的书生。北宋词人黄庭坚有首《鹧鸪天》，便专讲的是这簪花之乐，词曰："黄菊枝头生晓寒，人生莫放酒杯干。风前横笛斜吹雨，醉里簪花倒着冠。身健在，且加餐。舞裙歌板尽清欢。黄花白发相牵挽，付与时人冷眼看。"喝醉了酒，冠帽戴反了也浑然不觉，只是下意识地扶了扶簪在冠帽上的黄菊，一味傻笑着问："这花好看吗？我这样子好不好看？"黄花白发，原本不甚协调，黄庭坚这个老男孩儿真是俏皮得很，经他这么一打趣，不甚协调的搭配也变得绝配了。然而，要说到养眼，簪花这样的举措还是由小青年来做方才妥当。试想那花压帽檐的若是一个嵇康般玉树临风的美男子，不知会迷倒多少个秋波流慧的女粉丝？

目授心与，少年情事翩然而来。"暗尘随马去，笑掷丝鞭，撅笛傍宫墙。""笑掷丝鞭"，这究竟是蒋春霖的亲身所历呢，还是属于其同游诸友？暗尘随马去，一切已变得不甚明了。除了燕市赌酒、旗亭论诗、帽檐簪花、掷鞭情探外，"撅笛傍宫墙"也是"燕台游迹"中很重要的一项内容。这个典故，出自唐代元稹的《连昌宫词》："李谟撅笛傍宫墙，偷得新翻数般曲。"据元稹自注，唐玄宗某夜在上阳宫让人试唱新曲，第二天便发现新曲已泄露到了宫外。皇家立即展开调查，且将嫌犯缉拿归案。

嫌犯是长安城中的一位少年，擅长吹笛，名叫李谟。唐玄宗亲自审问，李谟很快供认不讳，自己是在天津桥上赏月时听到了宫中所奏新曲，在桥柱上插谱记之，故而一字不差地做了个盗版。

"撷笛傍宫墙"，莫非鹿潭与友人们也曾于某日某夜窃听过皇家秘曲？他们中的一位也像李谟一样富有音乐天才，记谱精准、盗亦有道？当然不是此意。撷笛或许有之，盗曲则未必有之。比较合理的解释应为，在某个风清月白之夜，鹿潭曾与友人在紫禁城一带流连忘返，吹笛到天明。

"流莺别后，问可曾、添种垂杨？"对于青春时代以及那些与自己一起度过青春的友人，鹿潭一直难以忘怀，他以"流莺"比喻青春的短暂与飘忽，以"垂杨"比喻思忆的葱郁与绵长。那段岁月，是他生命中的华彩乐章。

"但听得、哀蝉曲破，树树总斜阳。"这是此词的转折点，亡国之音怆然而起。离开京城后，蒋春霖回到了江南。从京城传来的消息是一年不如一年、一天不如一天。南宋被金所灭后，遗民王沂孙写有《齐天乐》一词，这是一首咏物词，咏的是秋蝉："一襟余恨宫魂断，年年翠阴庭树。"在《齐天乐》中，王沂孙将秋蝉比作一位含恨而死的王后，回想前生与故国，"独抱清商，顿成凄楚"。词中且有"病翼惊秋，枯形阅世，消得斜阳几度"之语。从此，秋蝉唱晚成了人所熟知的亡国意象，蒋春霖化用此典，他身后又是怎样的时代背景呢？

咸丰十年（1860）七月，英法联军占领了大沽炮台，一时间朝野震动，人心惶惶。咸丰皇帝一方面掷地作金石声地表示将"亲率六师直抵通州，以伸天讨而张挞伐"；另一方面却派出大臣火速议和。和谈不成，英法联军在同年九月攻陷通州，北京是他们的下一个目标。咸丰皇帝再也喊不出御驾亲征的响亮口号，九月二十二日，他匆匆逃往热河行宫，并为这次逃亡冠以一个体面的借口"巡幸木兰"。到木兰围场干什么？当然是打猎。问题是，早不打猎晚不打猎，敌人一来就以打猎为开溜的借口，将社稷苍生置于何地？

同年十月，英法联军攻入北京。不知道此时的咸丰皇帝在木兰围场是否战果累累？英法联军的围场比他可要气派得多，因为他们的围场是整座北京城，以及位于北京西郊的圆明园。于是，一把冲天大火烧了三天。烧掉了中国最后一个封建社会的良辰美景，当然，也烧毁了咸丰君臣的侥幸之心与微弱斗志。十月二十四日，《中英北京条约》签订。条约声明，以天津海口作为通商之埠，将粤东九龙割让给大英帝国，中方赔款八百万两白银……法国人当然也没空手而归，十月二十五日，《中法北京条约》签订。紧接着，十一月十四日，《中俄北京条约》出笼……心神昏耗、老态毕露的中国，已是饥狼饿虎们餐桌上亟待瓜分的食物。

颇有意思的是，英国人在欲望满足之后，居然不无殷勤地表示，愿意对清政府镇压太平天国运动出手相助。那么，此时的太平天国运动已经进行到了什么程度呢？请看下阕。

"堪伤。秋生淮海，霜冷关河。"至咸丰十年（1860），太平天国定都金陵已达七年。这七年之中，太平军除了实施以西征、北伐、东进为特色的多点进攻战略，在淮河两岸更是全面开花，九江、南昌、苏州、常州、杭州等淮海流域重要城市一度为太平天国长期占据。蒋春霖在咸丰初年曾任两淮盐大使之职。"秋生淮海，霜冷关河"，此句非但气势磅礴，且节奏激越。曾经富饶的淮河两岸，曾经壮丽的统一山河，如今却在战事的摧毁下呈现出无比凄凉的颜色。山河何罪，遭此蹂躏！生民何辜，受此荼毒！

"纵青衫无恙，换了二分明月、一角沧桑。""青衫无恙"，鹿潭以此告诉京城的友人，你们不必为我担心，我虽穷困潦倒，犹能保住残生；我所深恨者，乃群凶裂国土，万姓以死亡。"换了二分明月、一角沧桑。"词人以扬州为例，通过审视一座城市的兴衰从而反映出一个朝代的兴衰。那座曾经分得了天下月色三分之二的时尚之都、魅力之城已被"一角沧桑"所完全淹没，可见其蒙难遇劫之重。但词人以一介青衫之微，又如何能替一座城市、一个国家挡住祸乱？

"雁书夜寄相思泪，莫更谈、天宝凄凉。"词人由自己又想到了京城的友人。还能"雁书夜寄"，至少说明这些友人亦与自己一样青衫无恙。词人在南方经历了太平天国的冲击，友人们则在北方经历了英法联军的入侵。南北相阻，不得相见。相思牵挂之情，唯有通过鸿雁传书来互达。天宝为唐玄宗统治期间的第二个年号，时间跨度是742—756年。正是在此时期，大唐遭遇了安史之乱，盛极而衰，跌入谷底。前世之鉴，后世之影。清王朝从康乾盛世到道咸衰世，前后也不过数十年。道咸衰世与唐王朝的天宝末年何其相似。以往日的青春之国对照而今的疮痍世界，哪堪重想，哪堪再提。

"残梦醒，长安落叶啼螀。"此时的京都，寒蝉凄切，啼遍了每一片落叶。人间有我，残梦初醒，在那片殷红如血的帝国斜阳之下，唱一曲痛彻心肺的挽歌。

朱楼春尽莫卷帘

《浪淘沙》

云气压虚栏，青失遥山。雨丝风絮一番番。

上巳清明都过了，只是春寒。

花发已无端，何况花残。飞来蝴蝶又成团。

明日朱楼人睡起，莫卷帘看。

蒋春霖是个心细如发、情致深婉之人。凡敏而多感者，在抒写春悲秋恨方面先就具备了一段天赋，再加以后天的"重点栽培"，时世与个人遭际的交互激发，偶然与必然的两相结合，一位抒情圣手就此应运而生。

本篇《浪淘沙》为伤春感时之作，将一己之孤寂融入了对一国命运的忧戚。

"云气压虚栏，青失遥山。"起句大有山雨欲来之势，令人窘急，令人窒息。眼睁睁地看着乌云向着栏杆俯冲而来，栏杆几欲为其压折，凭栏人的脚底似乎失去了根基。而刚才还是郁郁勃勃的青山此时已望而不见了，青山已被乌云完全吞没，连一抹微乎其微的翠色也没能留住。

"雨丝风絮一番番。"根据往常的经验，又要刮风下雨了。雨丝风絮为春天的劲敌，柔情似水、佳期如梦的春天怎经得起雨丝风絮的连番进攻呢？

"上巳清明都过了，只是春寒。"上巳本意是指农历三月上旬的第一个巳日，早在汉代之前，上巳已成为法定节日，魏晋之后将此节日锁定在每年的三月初三。佩兰祓禊（佩戴兰花在水边进行消灾祈福的祭礼）、临流举觞乃上巳节的主要内容。清明则不必多说了，直至今天，我们仍很重视这一节日。上巳虽与清明相隔不远，但就上巳而言，是在春光最为兴盛的阶段，杜甫的诗可以为证："三月三日天气新，长安水边多丽人。"而清明的到来则预示着春色将暮，吴文英的词可以为证："听风听雨过清明，愁草瘗花铭。"雨丝风絮如果仅仅出现在清明之时，还不足为怪，所谓"清明时节雨纷纷"，大自然在用眼泪为春光送行。然而雨丝风絮居然从上巳以来便连绵不断，整个春天因之而白白葬送，这就太不正常、太不应该了。

"花发已无端，何况花残。飞来蝴蝶又成团。"这是伤心语，更是悲愤语。花为谁开，又是为谁憔悴了晔晔芳颜？终于，在雨丝风絮的夹击下，在成团蝴蝶的起哄中，即将离去的春天不可能再有一丝回暖的迹象了。难以抑制的寒冷，从身体发肤蔓延到了流血的心田。"明日朱楼人睡起，莫卷帘看。"那位高卧朱楼、一枕酣眠之人，可知道他的花园已变得狼藉不堪？也许，在他的梦中，春光仍是一位明妆丽服的锦绣佳人，为他舞低杨柳、歌尽桃花。醒醒吧，你这即将一无所有的贵公子。然而这时才醒，不亦太迟？如果你不想看到心碎的场面，那么，就用伴睡的姿态来继续麻痹自己吧，且莫卷起珠帘，不要接近你无法承受的残酷现实。

谭献《箧中词》有言："此词本事，盖感兵事之连结，人才之惰窳而作。"此言良是。词中的雨丝风絮，不难在兵事连结中找到本源；而飞来蝴蝶之属，亦不难在人才惰窳中找到寓意。至于那位神秘娇贵的朱楼之主，那些为雨丝风絮所摧残的盈盈春花，读者也都心知肚明了吧？可怜花开，可怜花残，可怜岁月，可怜江山！

飞絮浮萍总是愁

《卜算子》

燕子不曾来，小院阴阴雨。

一角阑干聚落花，此是春归处。

弹泪别东风，把酒浇飞絮。

化了浮萍也是愁，莫向天涯去！

历代以来歌咏杨花的长短句，若论著名程度，自应首推苏东坡的《水龙吟·次韵章质夫杨花词》：

似花还似非花，也无人惜从教坠。抛家傍路，思量却是，无情有思。萦损柔肠，困酣娇眼，欲开还闭。梦随风万里，寻郎去处，又还被、莺呼起。

不恨此花飞尽，恨西园、落红难缀。晓来雨过，遗踪何在，一池萍碎。春色三分，二分尘土，一分流水。细看来，不是杨花，点点是离人泪。

东坡的这首词，名义上为次韵之作，意即按照原作者的韵脚来唱和。真不知道古人是怎么鼓捣出"次韵"这种高难度的文学对唱的，是为了表达对原作者的心悦诚服呢，还是为了炫耀唱和者戴着脚镣、手铐翩翩起舞的技艺？才高如东坡，貌似更接近这后一种情况。王国维曾在《人间词话》中称叹："东坡杨花词和韵而似原唱，章质夫词原唱而似和韵。才不可强也如是。"其实章质夫的原作也写得很是不错，可惜跟东坡一比，就露了怯意，落了下风。东坡此词，好在何处？好便好在其娟巧也动人思致，其缠绵也消人魂魄。针对杨花似花非花的这一特点，东坡在闺情内外游刃有余。他表达了一种婉转的执着，看似柔弱，但却强烈持久。这份执着与坚忍由那些深陷情网的痴男怨女读来固然别是一番滋味，普天之下有所追求又求之不得的人们读来又何尝不是别有滋味呢？杨花不是轻薄物，杨花总为浮尘误。

　　自东坡之后，杨花词从来不曾冷场。在那继之而起的百媚千红中，清代张惠言的《木兰花慢》亦可称为个中翘楚。其词如下：

　　　　尽飘零尽了，何人解、当花看。正风避重帘，雨回深幕，云护轻幡。寻他一春伴侣，只断红相识夕阳间。未忍无声委地，将低重又飞还。

　　　　疏狂情性算凄凉，耐得到春阑。便月地和梅，花天伴雪，合称清寒。收将十分春恨，做一天、愁影绕云山。看取青青池畔，泪痕点点凝斑。

试以现代散文诗的形式来诠释此词：

　　就这样渐飘渐远，渐飘渐尽，谁能读懂你的心事与感怀？

杨花，春天里的最后一场花事，即将谢幕的冉冉芳华。

在东君即将远行之际，

重重帘幕隔断了风寒，连绵雨雾退回了长空，温柔的云彩守护着美人头上的袅袅春幡。

多少珍重，多少留恋，君须记取，也只得这片时迁延。

冥冥迷迷，风又起，雨又至，云又暗。

繁华洗尽，向何处寻找昔日的青春同伴？

只剩了零红断粉，在风雨之后的夕阳中凄然对视，容颜惨淡。

似曾相识，旋即永诀，

杨花孤孤单单，强自挣扎着不肯堕地，已被吹远又极力回转。

如果不是生就了一副疏狂狷傲的性格，

倘使易折易碎有如零红断粉那般，

杨花怎会为春天留下这最后一场浪漫的、悲壮的花事，

拼尽全力、费尽精神，终究不能将青春的盛景重现。

只留下一段凄凉的记忆，

与雪地里、明月下的梅萼诉说理想的纯洁、人生的苦寒。

春天酝酿了多少清愁、多少幽恨，

都化为杨花万朵，叠作重重云山。

有谁知道杨花的去向呢？

请看青青池畔、盈盈波光，那是杨花的泪点。

张惠言的这首词，大有将杨花引为同道、惺惺相惜之意。"我看杨花

多寂寞，杨花看我又如何，又如何？"现代人有着与张惠言相似的心声。只不过，张惠言的寂寞已不再是失意于儿女之情而生出的寂寞，却是因理想困顿、韶华成空而生出的寂寞。

现在该说到蒋春霖的这首《卜算子》了。

"燕子不曾来，小院阴阴雨。"开场已令人黯然伤怀。燕子，那是春天的信使。北宋的陈尧佐在跻身相位之前曾写下一首《踏莎行》，以此鸣谢自己的引荐人："二社良辰，千秋庭院，翩翩又见新来燕。"同样有过相位之尊的北宋词人晏殊也是一位写燕的高手，在晏殊的《珠玉词》中，燕子灵倩的身影随处可见："小阁重帘有燕过，晚花红片落庭莎。""无情一去云中雁，有意归来梁上燕。"以及我们即使在睡梦中也不会背错的佳句："无可奈何花落去，似曾相识燕归来。"蒋春霖也是一位爱燕之人，燕子是《水云楼词》中的常客："东风燕子朱门，年年灯影黄昏。""欲拾断红怜素指，卷帘呼燕子。""燕子归来，淡烟微雨，寂寞画春愁。"

将上面三位词人的咏燕秀句略加比较，我们发现，陈尧佐词中的燕子最为健康可人；晏殊的燕子，则在喜悦的感动中带些轻愁；而蒋春霖的燕子更将轻愁染作了浓愁。在那样一个郁郁不乐的春日，蒋春霖站在空落落的院子里，以萧瑟的阴雨天为背景。这一站，仿佛已是一生半世；这一站，仿佛已有千载万年。等不到哪怕一只燕子的出现来温润他的世界，来点亮他的视线，但他依然保持着守候的姿势。他的心灵，怎可没有芳约佳会？他的人生，怎能容忍春天的缺席？

"一角阑干聚落花，此是春归处。"栏杆的一角，那些狼藉横陈的落花仿佛在向他哀哀哭泣。别再等了，别再等了。难道你真的不知道，你所寻觅的春天只是一具生气俱消的残骸？难道你真的不知道，你所寻觅的春天只是一个繁华散尽的废墟？

"弹泪别东风，把酒浇飞絮。"蒋春霖静悄悄地斟满了一杯酒，静悄悄地自眼角弹落了几滴泪珠。引杯至唇，忽然，他改变了主意。与其用这杯酒来送别东风，还不如用这杯酒来送别飞絮。东风至少可以与春同归，而飞絮，那些曾被称作"水性杨花"的飞絮，她们最终的归宿会在哪里？

"化了浮萍也是愁，莫向天涯去！"这是郁塞之后的爆发，是怨怒交加的控诉。不是说任何事物都有一个归宿吗？柳絮既为水性，宜其入水化萍，以为一生之结果。然而，这算什么结果呢？改变的不过是形式罢了，纵使身化浮萍，柳絮也还是脱不了一个"飘"字。要飘到何时为止啊，要飘到何处为了啊？天地苍苍，尘海茫茫。柳絮与我两相若，卿须怜我我怜卿！

杨花词中，将浮萍与柳絮联系到一起的大有人在。就以前面的两首杨花词为例。东坡说是"晓来雨过，遗踪何在，一池萍碎。"张惠言说是"看取青青池畔，泪痕点点凝斑。"蒋春霖在比喻方面袭旧而无新意。再就杨花词中常用的几种物象而言，莺燕、落花、风雨，蒋春霖也未能突破这一传统视野。何况，苏、张二人写的是长调，描摹功夫深得精微幽窈之致，蒋春霖虽有裁云缝月的手段，限于小令，十分功夫只能施展出三分五分。以此看来，蒋春霖要想在"杨花"一曲上取胜岂非大难？但他仍有苏、张二人不及之处，仍有千古独绝之处。"化了浮萍也是愁，莫向天涯去！"试问千古杨花词中，有此别开生面的警句否，有此沉重透彻的伤心否？陈廷焯评曰："鹿潭穷愁潦倒，抑郁以终，悲愤慷慨，一发于词，如《卜算子》云云，何其凄怨如此！"

天际归舟谁为偶

《琵琶仙》

五湖之志久矣，羁累江北，苦不得去。岁乙丑，偕婉君泛舟黄桥，望见烟水，益念乡土。谱白石自度曲一章，以箜篌按之。婉君曾经丧乱，歌声甚哀。

天际归舟，悔轻与、故国梅花为约。归雁啼入箜篌，沙洲共漂泊。寒未减、东风又急，问谁管、沈腰愁削？一舸青琴，乘涛载雪，聊共斟酌。

更休怨、伤别伤春，怕垂老心期渐非昨。弹指十年幽恨，损萧娘眉萼。今夜冷、蓬窗倦倚，为月明、强起梳掠。怎奈银甲秋声，暗回清角。

《琵琶仙》为南宋词人姜夔的自度曲。所谓自度曲，即词、曲均系作者原创。能自度曲者，一定是深谙音乐之道，要达到这个标准是非常不容易的，即以我们当前而言，有几个人能将歌词与歌曲的创作权揽于一身呢？而在古代，要像姜夔那样将词写得这么雅，曲谱得这么美，似这般人才，那真是打着灯笼都没处找。就连北宋数一数二的大词人东坡居士，也不免为讥讽所伤，所谓"苏东坡词，人谓多不协律"。尽管转述这句讥讽的人又很快为他打了个圆场："然居士词横放杰出，自是曲子中缚不住者。"圆场固然打得漂亮，真若词不协律，对听觉的吸引肯定是要大打折扣了。可惜宋词的曲律多已失传,我们怕是没法用听觉来验证东坡之词是否宜于歌唱了。不过,从现存的宋词来看,东坡集里是找不到自度曲的,这也就是说,东坡很有可能不会作曲,可姜夔的词集中却有数支自度曲。纵然姜夔在宋词中的地位不在金字塔的顶端,单就这自度曲而言,也似乎可以称得上是宋词中的无冕之王了。

姜夔非但精于自度曲,且精于为词作序。其《琵琶仙》的词序为:"春游之盛,西湖未能过也。己酉岁,予与萧时父载酒南郭,感遇成歌。"序文交代了《琵琶仙》得以产生的背景,是在某次春游时感遇而成。感遇何事呢,姜夔在词之开篇给出了解释:"双桨来时,有人似,旧曲桃根桃叶。"原来,是有两名女郎乘船而来,在春天的西湖与姜夔的船只霎时相遇。那两位女郎长得很像姜夔从前在合肥所结识的恋人,一双美丽的姐妹花。"旧曲桃根桃叶",她们是青楼中人,而非大家闺秀或小家碧玉。在另外一首名为《解连环》的词中,姜夔称赞她们"为大乔能拨春风,小乔妙移筝。"姐姐是琵琶仙子,此之谓"大乔能拨春风",而妹妹呢,当然就是妙移筝的小乔了。《琵琶仙》,这个优雅入骨的词牌中蕴藏着一段怎样情根深种的故事?我们无法猜出它的细节,但我们却知道,一生飘零、四方寄食的姜夔最终没能与他的合肥恋人修成正果。姜夔有词为证:"春未绿,鬓先丝,人间别久不成悲。谁教岁岁红莲夜,两处沉吟各自知。"在繁灯开似红莲的元宵之夜,他想着她,她也想着他,然而却已天各一方、永难相见了。

无论是经历还是性格,鹿潭与姜夔都极为"投缘",而两人的词作则更为神似。《清史稿》中这样评价鹿潭的词:"彷徨沉郁,高者直逼姜夔。"由姜夔首创的《琵琶仙》纪念的是一段不能忘却的爱情,那么鹿潭的这首

《琵琶仙》呢，且让我们从词序读起。

"五湖之志久矣，羁累江北，苦不得去。岁乙丑，偕婉君泛舟黄桥，望见烟水，益念乡土。谱白石自度曲一章，以箜篌按之。婉君曾经丧乱，歌声甚哀。""五湖之志久矣，"这里的"五湖"并非为五湖四海之泛指，而是指太湖一带，它是越国的范蠡与西施私奔后筑巢之地，但在太湖边，云深不知处。归隐五湖是历代文人名士的绮梦，龚自珍就曾说过："五侯门第非侬宅，胜可五湖同去。"像五侯那样的豪屋靓宅有什么稀奇的，我只愿回到五湖做一介逍遥平民。蒋春霖为江苏江阴人，太湖乃在江阴之南，"五湖之志久矣"，是说自己早想回到故乡江阴。作此词时，词人在江北的东台县（今为江苏省东台市）。由于太平天国战乱，他滞留东台已有八年，若从最后一次见到故乡算起，却又不止八年之长。

"岁乙丑，偕婉君泛舟黄桥，望见烟水，益念乡土。谱白石自度曲一章，以箜篌按之。婉君曾经丧乱，歌声甚哀。"乙丑即同治四年（1865），在上一年，太平天国溃败，清廷收复了南京。然而战火并没有全面停息，否则鹿潭也不会有"羁累江北，苦不得去"之叹了。序文写到此处，总算出现了琵琶仙的身影，"偕婉君泛舟黄桥"，黄桥位于今江苏省泰兴市，鹿潭是与一位名为婉君的女子同游黄桥。两人望见烟水苍茫，更加思念仅有一水相隔的故乡。鹿潭触动愁肠，便按照白石道人（姜夔的号）的自度曲填了这支《琵琶仙》，用箜篌将其弹奏出来。婉君为之倾情而歌，由于她曾经历过丧亡乱离，她的歌声与蒋春霖的词章可谓丝丝入扣，极相契合。

"天际归舟，悔轻与、故国梅花为约。"起句犹如一声深沉的叹息。

泛舟江上，在极远的天边，那儿似乎也有一只小船。天边的小船一定不同于我们所坐的这只吧，那是一只归船，正了无阻碍地驶向故乡。想起了故乡，又怎能不想起故乡的梅花？当初我曾与她有过约定，要与她相守在明月窗前、冰雪净土。如今我负约未归，不知故乡的梅花是否躲过了战火的侵袭，是否仍然记得我的那个许诺、那个约定？悔不该，轻易相许；悔不该，轻易相约。一别经年，生死难猜，何若当初长相聚首、寸步不离？这一段，鹿潭以辜负心爱的梅花来引出乡愁之浓、乡情之重，笔墨之间满是对动荡局势的隐忧。

"归雁啼入筼篌，沙洲共漂泊。"筼篌为古乐器，与琴瑟相类。遥见天际归舟本已归心似箭，而此时此际，耳畔偏又传来了归雁欢喜的啼声。细细听之，却不是真正的归雁，而是筼篌所模拟出的归雁之声。这声音好叫人向往，这声音好令人怅惘，因为雁儿尚有家可归，而我们的故乡、我们的家园呢，在度过了那样一段悲惨岁月后可会安然无损？漂泊在沙洲之上的你我，是一对失去了故乡的可怜人。

"寒未减、东风又急。问谁管，沈腰愁削？"看看已是春天来到了，酷寒却是分毫未减，甚至可以说，东风带来了更多的寒冷与凄楚。如今的我，愁苦憔悴好似南朝的沈约，"沈郎多病不胜衣"，人们说起他时总是充满了同情与怜惜。可又有谁来同情我、怜惜我；有谁来在意我、抚慰我呢？

"一舸青琴，乘涛载雪，聊共斟酌。"我的世界有你一人足矣！你就像那传说中的仙女，陪我走过惊涛如雪的岁月，在此艰难时世，相依为命。

词的上阕由天际归舟联想到故乡的梅花，又由雁鸣转向弹奏筼篌的伊人。几种意象并无特别之处，但其内在的牵系却如玉连环一般精雕细琢，实在很考验作者的笔力。至于情韵幽咽、吞吐有致，又更在笔力之上。

词的下阕也很出色。"更休怨、伤别伤春，怕垂老心期渐非昨。"是伊人的一个眼神愈发勾动了词人的九曲回肠吗？那是什么样的眼神呢？责怪、不满、失望抑或还有不屑，与适才"聊共斟酌"的相濡以沫之情判若两人。

你一定在想，除了写些伤别伤春的无益之词，你所托付终身的这个男人可谓一无可取。你说，你再没有从前的心情。你忘记了我们在一起互诉心曲、琴箫和鸣的时光。那些旧日的好时光都到哪里去了？如今的你，更多的时候是用一种漠不关心的眼神看着我，看着这个垂垂老去、一事无成的贫士。你的目光不再因我而温暖，你的琴声不再因我而悠扬。你不再为我而歌，却时常因我而泣。

"弹指十年幽恨，损萧娘眉萼。"这十年来，你为衣食不继而忧，你为辗转奔波而愁，你担惊受怕，你备尝辛苦。这十年来，你曾舒眉几番，欢笑几回？互诉心曲、琴箫和鸣，无非是苦中作乐啊。时至今日，却连苦中作乐亦不可得了。站在十年光阴的尽头，我已垂垂老去，你也全然不似当初的玉润花娇。这十年幽恨，是谁人酿就；这十年幽恨，该如何弥补？

回天无力，弥补乏术。你不再相信，或者说不再期望从我这里得到什么。"今夜冷、篷窗倦倚，为月明、强起梳掠。"你飘离的眼神让我感到，这又将是一个多么冷寂难挨的夜晚。我满面倦容地独倚篷窗，凝望那一弯寂寞如我的江月。至少江月仍肯为我而来，为了不负明月的盛情，我会用心地整衣梳妆，要让明月看到我振作的模样。

"怎奈银甲秋声，暗回清角。"再好的明月又怎能照进伤感的心灵呢？苍凉的秋声从你的银甲素指间迸流而出，凄哀入骨如荒城清角。你我相聚相知却又相隔相怨，你我同舟共寒却从未真正地靠近。

鹿潭以"青琴""萧娘"二词称呼《琵琶仙》中的女主人，"青琴"有飘然若仙之美，"萧娘"则是极尽温柔亲昵之态。在一个男子的心中，一个女子如果能同时具备世外仙姝的气质与体贴可意的情态，这样的女子应当是个理想的伴侣吧。难怪他如此爱恋。然而令人不解的是，在爱恋与称赏之外，我们不是听不出另一种声音，一种含蓄的哀怨，一种茫然无措的焦虑。这是因何而起呢？《琵琶仙》中的女主人，亦即序文中的婉君，她与蒋春霖之间究竟有着一段怎样的情缘？

鹿潭的发妻已去世多年，"露幂闲阶、微凉自警，无人泥问添衣"，这是鹿潭追忆发妻的词句。古往今来，妻子对于丈夫最体贴的问候，大抵都浓缩于"嘘寒问暖"一词中。"天冷了，可要多添一件衣服？"亲切的唠叨，最是平常不过。这样的唠叨随着妻子的去世而不再响起，做丈夫才明白从前的自己是何等幸福、何其幸运！《琵琶仙》词序中既称婉君为姬人，很显然，她不是以三书六礼之仪聘娶的蒋夫人，而只是词人的妾室。鹿潭的发妻不曾留下自己的姓名，同历史上众多的贤妻良母一样。倒是一些风姿秀雅的青楼女子在鹿潭的词集里时露芳名，有位名叫顾莺的女郎，似乎尤得鹿潭钟情，在其病亡后，鹿潭以一曲《莺啼叙·哀顾莺》的长调献给她，表达自己对其未断相思之情。

婉君既为姬室，其出身想亦不高。周梦庄《蒋鹿潭年谱》中有句话对我们猜知婉君的身份不无帮助："鹿潭善品箫，每得新词，即命婉君歌之。"这句话很容易令人想起姜夔与小红。小红原为南宋诗人范成大家中的歌伎，范成大激赏姜夔的才华，遂以小红赠之。然而清代的豪门富室已无蓄养歌伎的风气，婉君擅歌，这样的特长一般不会用来夸赞良家女子，则婉君的身份极有可能肖似病亡的顾莺。

冒广生在《小三吾亭词话》中的一段文字更为我们的这一猜想增加了砝码："鹿翁尝有所昵者黄婉君者，聚散离合，恩极怨生，鹿翁卒为婉君而死，婉君亦以死殉鹿翁。""所昵者"一词从本意上是指所亲近的人，然而这种亲近并非由于互敬互爱而产生的亲近，而是比较随便甚至是带有戏谑色彩的亲近，因此"所昵者"一词往往用于不同等级的人之间，比如君王之于伶人、官员之于僮仆，还有就是文人之于娼家。尽管冒广生在文中使用"所昵者"一词对婉君明显是缺乏敬意的，却为婉君曾经隶籍娼门提供了又一例证。

但在鹿潭的心中，婉君之于他，早已超越了"所昵者"这一轻浮的概念。"一舸青琴，乘涛载雪，聊共斟酌。"这样的词句本当用在司马相如与卓文君之类的神仙眷属身上啊，可知婉君之于鹿潭是何等重要，鹿潭对于婉君又是用情何深！而据"弹指十年幽恨"推算，他们两人的结识至少也有十年之久了，足见情真缘长。那么他们之间究竟发生了什么，使得这首《琵琶仙》含有如此丰富幽微、欲说还休的情感？冒广生一言概之："聚散离合，恩极怨生，鹿翁卒为婉君而死，婉君亦以死殉鹿翁。"

这句话揭示了婉鹿之恋的结局，二人都是因为对方而非正常死亡。其具体原因，周梦庄的说法是：鹿潭在妻亡后娶婉君为妾，婉君有鸦片烟瘾，而鹿潭在失去盐大使这一微官后，居住在东台，仅仅依靠几家盐商的施舍过活。由于穷，用不起仆人，而他本人又放不下自尊，只得每月都由婉君到盐商家索要生活费用，日子一长，婉君就与某户盐商家的账房先生发生了暧昧关系。鹿潭察觉后，立即携婉君离开东台去投奔苏州的故人杜小舫。但不知是杜小舫的门人从中作梗还是杜小舫故意拒绝，总之鹿潭没有见到杜小舫，又转赴浙江投奔他的另一个朋友宗湘文。行至吴江时，婉君鸦片烟瘾发作，鹿潭无钱购买，遂投水而亡。这就是冒广生所谓"聚散离合，恩极怨生"。鹿潭死后，婉君不仅继续与盐商家的账房先生保持暧昧关系，并且准备重回青楼。后来，鹿潭的好友陈百生知道了此事，在他的胁迫之下，婉君终于"从容就绝"，以殉鹿潭。

周梦庄的说法来自朋友的转述，照此记载看，鹿潭是投水身亡。而在另一位作者张孟劬的《蒋春霖遗事》中，蒋春霖被杜小舫拒见后，"既失望，归舟泊垂虹桥，夜书冤词，怀之，仰药死。"则蒋春霖死于吞药自尽。

无论以何种方式结束自己的生命，这似乎是一出不能避免、无法阻止的悲剧。我们难以想象，那个泊于垂虹桥的夜晚是个怎样绝望的夜晚。爱侣的背叛、朋友的漠视、贫无所依的生活，连同这片残破苦难的山河，是它们联手将蒋春霖推向了绝境。在其死后，婉君被逼以身相殉，"而鹿潭愈足伤矣"，鹿潭在死前本拟投奔的另一朋友宗湘文如此感叹道。也许鹿潭到了宗湘文那里，会是另外一种结果。然而，这就是命运，命运杜绝了另一种可能。

蒋春霖魂断垂虹桥是在 1868 年，距离他与婉君泛舟黄桥、创作此首《琵琶仙》只有三年的时间。

垂虹桥上，仿佛还回荡着蒋春霖所深为景慕的词人姜白石的吟唱之声："自作新词韵最娇，小红低唱我吹箫。曲终过尽松陵路，回首烟波十四桥。"然而他的小红呢，那个名叫婉君的女子已不堪生活的重负而移情他人。于是，他在这无情的世间，再无留恋。

就像一颗明珠坠入夜的深渊，谁来为他举行葬礼？葬礼上，应有天际归舟的呼唤、故国梅花的哭泣。

第五章

蛾眉正奇绝

　　按语：鉴湖女侠秋瑾曾有名句："肮脏尘寰，问几个男儿英哲？算只有蛾眉队里，时闻杰出。"此言虽不无过激，然而即使在那个"深锁春光一院愁"的年代，仍有才情奇绝的蛾眉敢露头角，与男儿抗衡。本章的入选者有来自绡山的村姑贺双卿，有长于商人家、嫁作商人妇的吴藻，还有灰姑娘顾春。入选理由：贺双卿以村姑之微而"负绝世才、秉绝代姿"，吴藻"前生名士，今生美人"之俊逸做派，顾春从灰姑娘到王妃，又从王妃到荆钗布裙的经历，蛾眉传奇足以永载词史。锦瑟凝弦，知音有待，且让这三位身世迥异的如花美眷带你领略清词中别具风味的似水流年。

绡山红泪
一个女孩名叫双卿

【 贺双卿小传 】

　　贺双卿（1715？—1735？），字秋碧，江苏丹阳（一说金坛）人。史震林《西青散记》仅称双卿，黄燮清《国朝词综续编》始称"贺双卿"，《丹阳县志》亦称贺双卿，而董潮《东皋杂抄》则云其姓张氏，名庆青。历史上是否确有其人，至今仍为学界悬案。据《西青散记》记载，双卿为农家女，适绡山佃户周氏，姑恶夫暴，劳瘁以死，所作诗词多以粉笔书于花、芦、竹叶上，故多散佚。《国朝词综续编》评曰："双卿词如小儿女，哝哝絮絮，诉说家常。曲曲写来，头头是道。情真语质，直接三百篇之旨。岂非天籁，岂非奇才？乃其所遇之穷，为古才媛所未有，每诵一过，不知涕之何从也。"其词仅存十四首，后人辑为《雪压轩词》。

寒雨焰如萤，膏尽仍芳心

《凤凰台上忆吹箫·残灯》

已暗忘吹，欲明谁别？向侬无焰如萤。听土阶寒雨，滴破残更。独自恹恹耿耿，难断处、也忒多情。香膏尽，芳心未冷，且伴双卿。

星星，渐微不动，还望你淹煎，有个花生！胜野塘风乱，摇曳渔灯。辛苦秋蛾散后，人已病、病减何曾？相看久，朦胧成睡，睡去还惊。

本篇残灯词的作者，有着"清代第一女词人"之称。清代是个才女如林的朝代，而倚声之道又是检验才学的一项重要指标。清初文学家李笠翁就曾振振有词地说过："蓬心不称如花貌，金屋难藏没字碑。"没字碑又称无字碑，意即不刻字的石碑。中国历史上独一无二的女皇武则天的墓碑就没有刻字，其含蕴之深，有似希腊神话中的斯芬克斯之谜，古往今来竟无人彻悟、无人猜透。然而笠翁所说的没字碑却是另一层意思，用以讽刺那些欠缺文化修养的女性。倘若一个女孩子一字不识，纵然她有如花似玉的容貌，也没资格收藏在金屋里，与她的夫君共享"弄笔偎人久，描花试手初"的闺房之乐。搁在当时，这话说得有些前卫，但已预示着一种观念的转型。随着时代的推移，徒有美容而无美才的女性开始面临被淘汰出局的危险。清代女学之盛，为历代未有，红装词客中更是不乏隋侯之珠、和氏之璧的人物。而"清代第一女词人"的头衔，却并非本篇残灯词作者的专属，另一位女词人也享有相同的美誉，那便是曾经身历嘉、道、咸、同四朝的满族女词人顾春。

对于残灯词的作者与顾春一同荣膺"清代第一女词人"的佳号，笔者很有一番感慨。这番感慨从何而来呢？残灯词的作者，论其身份仅为乡间一名含辛茹苦的卑微农妇，而顾春却是名满京华的矜贵王妃。不但身份不敌，生命的长度与作品数量也大不相称。残灯词的作者在双十年华即已辞世，而顾春却活到了耄耋之龄。残灯词的作者只留下了十四首词作，而顾春的词作却多达三百篇以上。一个生长乡间、年约二十的女孩子，凭着十四首词作就摘取了"清代第一女词人"的桂冠。这是怎样的一个女子呢？她创造了怎样不可思议的奇迹！

后世的人们称其名为贺双卿。然而，这个名叫贺双卿的女词人却是个"寻去疑无，看来似梦"的人物。细心的读者大概已从词人的小传中发现了蹊跷之处。首先是词人的生卒之年，竟然连用了两个问号，并且就连贺双卿这个姓名，也充满了疑点。最初，她被唤作双卿，然后被冠以"贺"姓。再然后，又有人说她既不姓贺，名字也不叫双卿，而是姓张，名为庆青。就情感而言，比起张庆青，我们当然更愿意接受贺双卿这一芳名。张庆青何其通俗平淡，而贺双卿，既娇美，又悦耳，一个人如其名的文艺女子，就像卓文君、苏若兰、步非烟、关盼盼……华音袅绕，流响千年。

《诗经》云："蒹葭苍苍，白露为霜。所谓伊人，在水一方。溯洄从之，道阻且长；溯游从之，宛在水中央。"如烟如画的伊人，如梦如幻的思量。景致唯美，意蕴浪漫。可惜，这却并不适用于谜一样的贺双卿。欲说双卿，还得先从一个人、一本书说起。

此人姓史，名震林，字公度，号梧冈，江苏金坛人。乾隆三年（1738）

进士。著有《西青散记》一书，成为研究贺双卿的重要资料。

在《西青散记》一书中，从头到尾，史震林均以"双卿"呼之，虽然后来的《国朝词综续编》与《丹阳县志》均将"双卿"写作"贺双卿"，可它们对双卿生平事迹的叙说，皆不如《西青散记》来得款款切切、细致有情。

"双卿者，绡山女子也。世农家。双卿生有凤慧，闻书声即喜笑。十余岁，习女红异巧。其舅为塾师，邻其室听之，悉暗记。以女红易诗词，诵习之。学小楷，点画端研，能于一桂叶写心经。"这是《西青散记》中一段优美动人的文字，这段文字也暗示了人物日后的悲剧。

绡山是《西青散记》的作者史震林初遇双卿之处。与双卿这个名字一样，其具体位置已难以考证。有人认为，绡山在江苏丹阳，也有人认为是在江苏金坛。然而无论双卿是哪里人，生于农家却为所有的版本所公认。这个可爱的农家女孩儿"闻书声即喜笑"，与读书实在太有缘了。但在那个女子教育被视为旁门左道的年代，即使富贵人家也不见得会为女儿延师求学，"蓬门不识绮罗香"的小双卿又哪有读书识字的机会？然而，命运要成全一个人的时候真是无所不能。由于双卿的舅舅是个乡村教师，其授课的地点又离双卿家很近，一切就顺理成章了。双卿不但偷听舅舅授课，并以一手好针线向乡间小贩换取诗词读物。功夫不负有心人，光阴荏苒，双卿终于成为一名品学兼优的才女。

女作家萧红曾经说过："女性的天空是低的。"那么双卿的天空便是低无可低。虽说步入清代中叶以后，以袁枚为代表的一批思想开明的文士已有了鼓吹女学之举，《西青散记》的作者史震林也明显受到了这种思潮的影响，但那毕竟是局部的，是"一小撮人"离经叛道的狂想。以讲求实际的目光看来，才女就是那种愁风叹月的女人。若是大家小姐，也只好睁一只眼闭一只眼地由她干些装点门面的高雅行当，可做了深山村姑还显摆斯文，那就未免东施效颦不自量力了。

十八岁的双卿嫁给了一个姓周的佃户。就经济条件看，这是一门般配的婚姻。然而，就文化程度而言，这却是一门错得离谱的婚姻。自学成才的双卿有着极高的文学素养，而她丈夫却是个标准的文盲，这样一对夫妻在精神上相隔有多远，恐怕是计算不出的。对于自己不了解、不熟悉的事物，有的人会觉得有隔阂，有的人却怀着一份渴望了解的热诚。周氏母子对于贺双卿这个新上门的媳妇是何态度呢？他们不但觉得有隔阂，更糟糕的是，他们根本没有了解她的耐心，更没有关怀她的爱心。关于双卿的婚后生活，《西青散记》中有段令人心酸的描述：

　　一日双卿舂谷，喘，抱杵[1]而立。夫疑其惰，推之仆臼[2]旁。杵压于腰，有声。忍痛起，复舂。夫嗔目视之，笑，谢曰："谷可抒矣。"炊粥半而疟作，火烈粥溢，双卿急，沃之以水，姑大诟，掣其耳环曰："出！"耳裂环脱，血流及肩，掩之而泣。姑举勺拟之曰："哭！"乃拭血毕炊，夫以其溢也，禁不与午餐，双卿乃含笑舂谷于旁……邻妇揶揄曰："蛤蟆有气耶？奚其饱？"双卿于是抒臼俯地而叹曰："愿双卿一身代天下绝世佳人受无量苦，千秋万世后为佳人者，无如我双卿为也。"

[1] 舂米的器具。

[2] 舂米的器具。

　　这段情节发生在"癸丑十月二十日，双卿疟如故"的背景之下。疟疾是长期折磨双卿的一种恶疾。此症俗称冷热病。病发之时，先是四肢冰凉，冷得发抖，既而全身灼热，汗如雨出。寒热夹攻下，常伴有头痛欲裂之感，整个过程有时甚至要持续大半天。双卿词《薄幸·咏疟》《一剪梅·答段玉函》《孤鸾·病中》等篇均为苦疟之作。

　　词人毕竟是词人，就连生起病来，说出的话也蛮有意境。"晚山如镜，小柴扉烟锁，佳人翠袖恹恹病。"（《薄幸·咏疟》）"新病三分未醒，淡胭脂，空费轻染。"（《玉京秋·自题种瓜小影》）然而，并非每个人都能欣赏病西施，双卿的丈夫与婆婆就对之大不以为然。他们需要的是身强力壮、长工兼保姆型的妻子与儿媳，以他们的视角来看，双卿的表现连差强人意都说不上，简直就是太不称职。

　　那一天，双卿像往常一样站在石臼边舂谷。忽然，她身上一阵飕飕发冷，根据往常的经验，这是疟疾将发的前兆了。双卿抱着舂杵不住地喘气，丈夫怀疑她在偷懒，劈头一掌把她推倒在石臼旁。由于躲闪不及，随着沉重的舂杵直落而下，双卿的纤腰似被压断了一样奇痛无比。不敢喊痛，强撑着支起身来，她在丈夫不无奚落的目光中继续着舂谷的动作。丈夫笑呵呵地说："这下可该老实干活儿了吧。"双卿强忍着委屈又走进厨房煮粥，此时她的疟疾发作起来，只得暂歇一时。可这暂歇一时却为她带来了更大的麻烦，灶上火旺粥溢，双卿急以冷水浇火，婆婆正好进来撞了个正着。婆婆不仅将双卿大骂一场，且还一把揪过双卿的耳朵，下手既狠且重，竟把双卿的耳环都拉掉了，裂了口的耳垂血流如注。

　　双卿掩面哭泣，好不伤心。婆婆却揭开饭锅，抢起饭勺作势要打，又冲双卿吼道："哭，我叫你哭！"

　　双卿默然止泪，擦干血痕继续准备炊饭。婆婆已到儿子面前打了媳妇的小报告，双卿的丈夫决定罚掉双卿的午饭。于是，当周氏母子吃着热腾腾的饭菜之际，双卿就站在一旁舂谷，尽管饿得头昏眼花，她的脸上，却含着一丝微笑。

　　实在看不过去的邻妇走过来对双卿悄语道："你是一只充了气的蛤蟆吗？大概气饱了。"

　　双卿当然明白邻妇的"哀其不争"之意。她放下舂谷的木杵，仰天而叹："双卿无能，就让双卿以一己之躯替代天下的绝世佳人受此无量之苦吧。愿千秋万世后，为佳人者，无如我贺双卿的遭遇。"

　　世上没有无缘无故的爱，也没有无缘无故的恨。倾慕双卿的读者读到《西青散记》中的这段情节，多会觉得周氏母子对双卿的虐待可称"十恶不赦，令人发指"，然而站在周氏母子的角度，双卿的诗意画情于他们却是全无益处。一句话，她是一个不上路的，需要时时提防、时时"鞭策"的媳妇。

　　置身这样的家庭环境还能坚持文学梦想，双卿实属不易！以"雪压轩"为双卿的词集命名，可谓得其所哉。"遥想玉容何所似，一枝春雪冻梅花"，这是五代韦庄的词。双卿其人，当之春雪冻梅花一句，可以无愧矣。

　　双卿只留下了十四首词作。这十四首词，一直被认为是解开双卿之谜的关键。赞成双卿实有其人的一派说，这些词作的存在就是双卿存在过的最有力的证明；反对的一派则说，这些词根本不是双卿写的，而是有人代作。

　　谁人代作？头号"嫌疑犯"非史震林莫属。《西青散记》中有关双卿的事迹报道实在太异常了，一位具有"绝世之艳，绝世之慧，绝世之幽，绝世之韵"的四绝佳人竟然生长于封建社会的农村，这不就跟当今之世有人声称见到了外星来客一样荒诞不经吗？何况词坛素有"闺音雄唱"的传统，男性词人以女装登场，比他们以男装登场还表演自如。这样一来又产生了新的问题。赞成双卿真实无欺者驳斥说，史震林虽也算得一名才子，可是以他本人之名所写的那些诗词，并无大过人处。这样的一位作者有包办双卿作品的实力吗？

还是看词说话吧，有双卿也罢，无双卿也罢；真双卿也罢，假双卿也罢，只要珠玑在目，何人不肯倾心？《凤凰台上忆吹箫》，且看这篇残灯词。

"已暗忘吹，欲明谁别？向侬无焰如萤。"词之开篇是一个凄风冷雨愁煞人的长夜。一个怯怜怜的身形，守着残灯一盏，纤丽的背影映上了灰旧的墙壁。等她蓦然惊觉，才发现这一盏残灯已是几近于无了，它的光焰比萤火虫还幽微。自己已在这里坐了一个晚上，早过了吹灯灭火的时候。既然了无睡意，那么，索性就守着灯等待天明吧。昏黄的冷烛正等着你来剔亮呢。你为什么不愿这么做，你在犹豫什么？

"听土阶寒雨，滴破残更。独自恓恓耿耿，难断处、也忒多情。"天，只怕是亮不起来了。剔亮了冷烛，只不过是剔亮了你的痛苦。你听，一阵阵寒雨敲打着屋外的土阶，和着更漏之声呜咽不停。一个失意的人，一个伤心的人，独对孤灯，情绪恓恓。双卿，你难道忘了自己是个农夫之妻？人家听雨，是在风轩水榭、画阁妆楼，而你，你的雨声是来自土阶，来自贫屋。这里没有落花人独立的清婉，没有微雨燕双飞的俊丽。你实在应当迟钝一些、麻木一些。忘了吧，那些骗人的美梦；忘了吧，那些奢华的诗情。挑水、种瓜、生火、做饭、舂谷、缝补……等着你的只有做不完的家务，忙得喘不过气来仍然顾此失彼。像今天这样的日子，被误会、被打骂，早已成为家常便饭。这种日子，哪有诗的零星半影；这种日子，何时才能挨到尽头？

如果说，还有微弱的希望在纾解你的不幸，便是这盏残灯。"香膏尽，芳心未冷，且伴双卿。"可爱可怜的残灯，哪怕灯油已枯，却迟迟不熄。也许在残灯的焰心，还保留着对于生活的一线憧憬。残灯，你也和我一样不肯死心吗？其实，在很多时候，无情要比有情幸福。无所期待，也就无有惘惑，无感悲哀。

然而残灯终究越来越暗了。"星星，渐微不动，还望你淹煎，有个花生！胜野塘风乱，摇曳渔灯。"双卿含泪低唤，徒劳地想要挽回残灯奄奄一息的生命。再坚持一下吧，夜终究会过去的。闪一闪吧，残灯；笑一笑吧，残灯。为我开朵黄灿灿的花儿，开朵我最喜欢的菊花。"野菜自挑寒自洗，菊花虽艳奈何霜。"不，我不要你竭尽全部的热力去绽开那虚渺的花朵。你只剩下星星之火，可就是这星星之火，也是心灵与家园的守护神，远胜那些漂泊在野塘之上、摇晃在狂风之中的渔灯。

"辛苦秋蛾散后，人已病、病减何曾？"美丽的残灯啊，你曾那样光芒四射，吸引了无数的飞蛾向你汇集。可是光明即将夭亡，秋深不可抗拒。最后一批飞蛾终于放弃了梦想，拍动着轻纱般的翅翼纷纷离去。独有我，病愁加剧，无处可逃，在幻灭之前俯首就擒。

"相看久，朦胧成睡，睡去还惊。"不知是在什么时候，双卿终于进入了梦乡。可她睡得很不踏实，等到她从梦中惊醒，连残灯的余辉亦不可复睹。无边的黑夜就像一条巨型鲨鱼，将她完全吞噬，了无声息。

身似孤飞雁，还谢凤凰缘

《惜黄花慢·孤雁》

碧尽遥天，但暮霞散绮，碎剪红鲜。听时愁近，望时怕远，孤鸿一个，去向谁边？素霜已冷芦花渚，更休倩、鸥鹭相怜。暗自眠，凤凰纵好，宁是姻缘！

凄凉劝你无言，趁一沙半水，且度流年。稻粱初尽，网罗正苦，梦魂易警，几处寒烟。断肠可似婵娟意，寸心里、多少缠绵？夜未阑，倦飞误宿平田。

"暮时，左携帚，右挟畚，自场归，见孤雁哀鸣投圩[1]中宿焉，乃西向伫立而望，其姑自后叱之，堕畚于地。双卿素胆小，易惊，久疾，益虚损。闻暗响，即怔忪不宁。姑以此特苦之。乃为《孤雁词——调寄惜黄花慢》。"这段如此简单却又如此令人心酸的文字出自史震林的《西青散记》，让我们得以探知并在想象中进一步丰富此词的创作背景。

黄昏时分，倦鸟还巢，劳作了一天的双卿左手拿着扫帚，右边胳膊夹着畚箕从打谷场回家。此时的她，无论打扮还是身上携带的工具，都与那一带行于归途的农家女儿别无二致。然而还是有那么一点点不一样，

---

[1]　意为低洼地区周围防水的堤。

使她与众多的农家女区别开来。一只孤雁缓缓从空中降落，在圩田上摇摇摆摆地挪动着脚步，仿佛有些迟疑，又有些不知所措。同行的女伴见到后顶多不过一笑置之："看呀，从哪里飞来一只呆雁。"随后便漫不经心地移开目光，聊起别的话题。而双卿却默默地向着西方（雁儿所处的位置）看了很久，直至眼中涌出了泪光，对她来说，这不是一只呆雁，而是一只孤雁，她的姿态与神情，是那《诗经》中的淑女——"瞻望弗及，伫立以泣。""你疯了还是傻了，站在这里躲懒呢，还是被什么东西迷了心窍？"来自身后的训斥声吓得双卿一脸惨白，竟将手中的畚箕丢落在地。她回过头来，视线里不见了同病相怜的孤雁，眼前晃荡的，是婆婆那张气急败坏的脸。受此惊吓之后，双卿病了一场，只要听到轻微的响动，就会紧张不安。而婆婆也因此更加嫌恶双卿，双卿的日子因之过得更苦。

了解到本词的创作背景，且让我们来细细赏析词作。

"碧尽遥天，但暮霞散绮，碎剪红鲜。"黄昏景象真如画卷。澄碧无垠的天空犹若一幅精工织成的罗绮，而那朵朵暮霞就是罗绮上的绣花。好一个又高又远、明光耀目的新世界啊，然而，那是一个真实存在的世界吗？有人曾经到达过那个世界吗？你既渴望知道，却又害怕知道。

"听时愁近，望时怕远，孤鸿一个，去向谁边？"一只孤雁划破了层云。她从哪里来，要到哪里去？她的声音是那样凄愁，她的身影是那样美丽。那凄愁的声音令人拒绝倾听，那美丽的身影又让人期待接近。外面的世界很精彩，外面的世界很无奈。千里行程，她只能独自跋涉；迎难而上，这注定了是一段无比寂寞的征程。

这只孤雁，似乎没有挑好出行的季节。"素霜已冷芦花渚，更休倩、鸥鹭相怜。"眼看已是素霜纷下、芦花如雪，深秋过后就是严冬。聪明世故的鸥鹭会对之幸灾乐祸："孤雁啊孤雁，谁叫你放着安稳的日子不过，偏要想入非非，自找苦头？"

"暗自眠，凤凰纵好，宁是姻缘！"孤雁可以不理会寻常鸥鹭的嘲笑，却不能不对自己的出行之举产生动摇。此番出行究竟是为了什么呢？是为了找到理想的生活与凤凰伴侣！然而，纵有理想的生活，那是你能拥有的吗？纵有高贵的凤凰，又岂会与一只身世寒微的孤雁比翼偕行？

"凄凉劝你无言。趁一沙半水，且度流年。"也许，你不该出来。生之苦难、生之凄凉，原本就无人为你分担。你要咬牙撑住，用你的坚忍与勇敢。你不该轻视，更不该放弃你所赖以生存的那一沙半水空间。时光如流，在麻木中了此一生并不是很难。相反，飞出去却是太难了。外面的世界哪有你想象中的那么好啊？

"稻粱初尽，网罗正苦，梦魂易惊，几处寒烟。"饥寒交迫就等在你的前面，罗网大张的猎人会对你虎视眈眈。你连睡梦中都不敢大意，困苦千状，艰险万端。

"断肠可似婵娟意，寸心里、多少缠绵？"孤雁又啼叫起来，欲飞难飞，欲止难止。零乱芳心，如何安排？

"夜未阑，倦飞便宿平田。"黑夜远没有过去，危险仍会随时袭来。孤雁，你还有冲破世俗的勇气吗，你还有放任自我的胆力吗？在累极、倦极的时候，先找一片平整的水田歇息一下吧。莫在急乱中选错了方向，丢失了人生的信念。

不难看出词中的孤雁为双卿自拟，那么，词中的凤凰又当何解呢？凤凰指的是谁，是"此中有人"还是"纯属虚构"？笔者以为是"此中有人"，凤凰当为史震林，双卿的发现者与欣赏者，双卿的良友与知音。

当初，以史震林为首的一行文士的到来几乎就像天外来客一样深深吸引了双卿的注意，无法克制内心的雀跃与欢喜，她向史震林坦言："妾生长山家，自分此生无福见书生，幸于《散记》中识才子，每夜持香线望空稽首，若笼鸟之企凤凰也。"然而，与才子们的交往对于双卿沉重枯索的生活只是一种灿如烟花的解脱。落花委地，生活的枷锁没有减轻，反而更加令人难以负担。一朝凤凰远行，笼鸟变得更加孤单。史震林用他的关怀与怜惜为她开启了张望另外一个世界的窗口，随着史震林的离去，这扇窗口只得以尘封告终。这位半生布衣，以"载奇书，携美人，登名山，遍采歌咏以为一代风雅"为最高理想的寒士，终究敌不过生活的压力而结束猖狂，回到了科举应试、求取功名的正途，从此，他离开了绡山，离开了双卿。也许，在他离开绡山之前，他曾很想为她做些什么，然而，就凭他，一个连自己的命运都无法把握的穷书生，又能为她做些什么呢？他是否暗示甚至建议双卿远走高飞？"凤凰纵好，宁是姻缘"，出于理智、道德与尊严，双卿不敢做出回应，但在内心深处，她难道就从未有过远走高飞的愿望吗？在孤雁的身上，寄托着双卿的希望，更交织着双卿的忧虑。孤雁在最后还是飞走了，双卿却留了下来。留下来的双卿不仅牵挂着飞走的孤雁，也牵挂着如孤雁般一去无迹的史震林。

雍正十三年（1735），史震林考中举人。两年后，又考中进士。他曾回过绡山，那时双卿早已去世。"应忘却天涯憔悴，他生未卜，此生已休！"云山深处，似又传来了双卿幽悄似雨的叹息；清波之上，似又映呈出双卿素洁如月的容颜。

又想起了最初见到她的那天，她执畚户外倾倒垃圾。本当是庸俗甚至难看的动作，偏偏由她做来，就有了一种说不出的清秀高雅，宛若一位步出深闺的少女荷锄葬花。一阵风起，竟将几片题有粉字的芦叶从那堆垃圾中翻卷而出，粉字清丽灵动，颇有莲出泥塘的气象。后来才知道，那是她的"涂鸦之作"，纵有彩笔，用不起砚墨，她只能以粉书之。随写随扔，非是没有自惜之意，而是在自惜之后的委顿与认命。

问芦叶，双卿的粉字题诗尚在否？问东风，几时能带来双卿的消息？

经过一番穷尽心力的搜集，史震林将双卿的遗作整理为薄薄一册，题作《雪压轩词》。他向着云山呼告，向着清波召唤："双卿，如果有笔有墨，有砚有纸，你一定不只留下这么一册词章。如果有爱有怜，有喜有乐，你一定不会这么早就弃世而去。红笺小字，说尽平生意。我要以此遗编让世人知道，这里曾经有过一位旷世奇女。才与貌至双卿而绝，贫与病至双卿而绝。"

仿佛中，她盈然一笑；仿佛中，她踏雪归来。若人有兮山之阿，被薜荔兮带女萝。

商妇吴藻

天寒倚修竹，逸气吞云梦

【吴藻小传】

　　吴藻（生卒年不详），字苹香，号玉岑子，浙江仁和（今杭州）人。出身商贾之家，嫁同邑黄姓商人。少有才名，尝写饮酒读骚图，自制乐府，名曰《乔影》，传唱大江南北。道光十七年（1837），移居嘉兴南湖，筑"香南雪北庐"，与古城野水为伴，皈依禅宗以终。沈善宝《名媛诗话》："吴苹香最工倚声，著有《花帘诗稿》行世。诗不多作，偶一吟咏，超妙绝尘。"陈廷焯《白雨斋词话》："苹香父夫俱业贾，两家无一读书者，而独呈翘秀，殆有夙慧也。词意不能无怨，然其情亦可哀矣。"俞陛云《清代闺秀诗话》："清代闺秀之工填词者，清初推徐湘苹，嘉道间推顾太清、吴苹香。湘苹以深稳胜，太清以高旷胜，苹香以博雅胜，卓然为三大家。"有《花帘词》《香南雪北词》。

心事付离骚，情思归素经

《浣溪沙》

一卷《离骚》一卷经，十年心事十年灯。芭蕉叶上几秋声。

欲哭不成还强笑，讳愁无奈学忘情。误人犹是说聪明。

吴藻是浙江仁和人，其生卒年至今成谜。学界的一种看法是，吴藻出生于1799年（清嘉庆四年）。而大约在半个世纪前，浙江钱塘还降生了一名妙笔生花的才女，那就是弹词小说《再生缘》的作者陈端生。在清代，仁和与钱塘皆属杭州府辖治，这也就是说，她俩都算杭州人。套用一句"钱塘苏小是乡亲"的老话，对于吴藻，端生前辈是乡亲。

陈端生出自诗礼之家。作为一个足不出户的大小姐，虽才识过人又哪有一展身手的舞台呢？只有在文字的世界里创造一个替身，惊天动地的孟丽君由此而生。陈端生十八岁时便开始创作《再生缘》。深闺的女儿是寂寞的，那个代表着她全部梦想的孟丽君却动如天马，一点儿也不寂寞。男扮女装跑出去闯荡天下，一会儿状元及第，一会儿戴上了丞相的乌纱。指点江山、快意恩仇。父亲与未婚夫成了她的下属，年轻的皇帝对她言听计从。最好笑的是，当这群须眉男儿明知有诈，要点穿她的女强人身份时，却屡遭戏弄，连连败退。父亲想认回女儿，未婚夫想跟她早谐花烛，皇帝想与她鸳梦同温，可她概不买账。"忙什么？还没玩够呢。"心高气傲的孟丽君只想玉蟒威风过此一生。

陈端生即将结束她幻想中的青春了。没能如孟丽君一样飞出她的闺阁，陈端生嫁为人妇，一双惯于舞文弄墨的素手因为操持家务而与笔砚日渐生疏。几年后，祸从天降，端生的夫婿被发配伊犁，留下神哀心苦的陈端生独自抚养子女。闺友们一再催促《再生缘》的完稿，端生却凄然答道："婿不归，此书无完全之日也。"而婿归之日，端生已病逝九泉。《再生缘》未完，成了端生一生最大的遗憾。

陈端生与她的孟丽君是那个时代的异端，而吴藻，也同样是个异端。她虽然身为商人之女，但从小便受到了很好的教育，就连她的名字，也透着一股隽雅的书卷之气。

她成名极早，年方二十便以杂剧《乔影》（一名《饮酒读骚图》）而名贯大江南北。剧中的女主角谢絮才身着男装，饮酒读骚（《离骚》），"敢云绝代之佳人，窃诩风流之名士""高情不逐梨花，奇气可吞云梦"。吴藻借谢絮才之口摹想平生意气，表达了蔑视世俗羁锁的强烈愿望。其《北雁儿落带得胜令》是《乔影》中最令人回肠荡气的一段套曲：

> 我待趁烟波泛画桡，我待御天风游蓬岛，我待拨铜琶向江上歌，我待看青萍在灯前啸。呀，我待拂长虹入海钓金鳌，我待吸长鲸买酒解金貂，我待理朱弦作《幽兰操》，我待著青袍把水月捞。我待吹箫，比子晋还年少；我待题糕，笑刘郎空自豪，笑刘郎空自豪。

一气呵成连唱了十个"我待"，十个精彩绝伦的妙想，十个清迈出尘的典故，这样冰雪肺腑、英姿如虹的女儿，的确有资格比男儿更为自豪!

这段套曲格调极高,却并无生僻之词。略需注解的只有一处:我待题糕,笑刘郎空自豪。题糕这个典故来自唐代诗人刘禹锡。某年重阳节,刘禹锡与朋友们一起饮酒作诗。他本想将"糕"写入诗中,思来想去,却觉得不妥,原因是四书五经中从未使用过如此通俗的字眼儿,刘禹锡只得废然作罢。后人有诗讥嘲"刘郎不敢题糕字,虚负诗中一世豪"。这意思是说,刘禹锡如此迂腐守旧,竟然不敢以糕入诗,可惜了他这诗豪的美名。

豪气干云、身如笼鸟,摆在吴藻面前的道路是单一无望的。除非像孟丽君一样离家出走,否则的话,随着年龄的增长,比男儿还更自豪的吴藻也无法抗拒出嫁随夫的宿命。当然,倘若那个缘定三生的他能够在文章词曲上与她齐头并进,那样的宿命,又何妨欣然接受?"佳人慕高义,求贤良独难。"望尽千帆、拍遍阑干,真命天子始终未曾出现。二十二岁的吴藻"老大嫁作商人妇",同城的一位黄姓商人成了她的新郎。

丈夫不是她想要的那杯茶,婚姻生活如坐枯井,"恨海茫茫,只觉此身堕",吴藻为此郁郁不乐。然而,丈夫或许因为爱她,或许因为另有所恋,对她采取了放任自流的态度。在丈夫的默许与纵容下,吴藻可以大大方方地抛头露面,与同道中人煮酒会文、高歌唱酬。她拜了一位名叫陈文述的学者为师,成了一位男士的得意女弟子。如果说这些举措还不算太出格,那么,改换男装到青楼寻访红粉知己又是否称得上过火呢?吴藻有《洞仙歌·赠吴门青林校书》一词为证:

珊珊琐骨，似碧城仙侣，一笑相逢淡忘语。镇拈花倚竹，翠袖生寒，空谷里，想见个侬幽绪。兰釭低照影，赌酒评诗，便唱江南断肠句。

一样扫眉才，偏我清狂，要消受、玉人心许。正漠漠、烟波五湖春，待买个红船，载卿同去。

校书，是对具有一定文学修养的烟花女子的雅称。"万里桥边女校书，枇杷花里闭门居。"唐代才貌双全的蜀中诗妓薛涛是获得这一称号的第一人。吴藻此词，纯以才子的口吻赏评与自己同为女性的青林校书，好似一出惟妙惟肖的反串戏，令人不禁会想起越剧中那些斯文俊秀的女小生来。可惜，女小生毕竟是假小生。倘使是个真小生，"要消受玉人心许"，相信在场不会有第二个男子敢跟她竞争。一阕戏词而已，可是，这是怎样的戏词啊？一个女子竟将礼法玩弄于股掌之中，且别说这太有伤封建卫道士的"体面"，就一个丈夫的角度，吴藻的先生读到它时会有何感想呢？即便他睁一只眼闭一只眼，即便他不解风情，面对妻子这段公诸笔墨的"婚外恋"，大概也会啼笑皆非吧？

吴藻为什么会写下这首性别换位的戏词？逞才之需抑或聊博一笑？是心灵的空虚，还是因为她从未获得过爱情？如果后一种说法成立，那么她为什么不把自己设想成一个被人热恋的女子，就像我们今天那些深具小资情结的女作家一样。我想，一方面，是她的傲气阻止了她在爱情中扮演等待与接受的角色；另一方面，这种白日梦式的等待与接受早已令她毫无耐心与信心。她认为，她个人生活的不幸恰恰源自她的女性身份。挥洒壮志、献身理想、追求深合己意的爱情，那都是男儿的专利。对于男儿，世界是多么慷慨；对于男儿，天地是怎样广阔。

吴藻，无疑是一个爱上浪漫的人。"前生名士，今生美人。"这是吴藻的老师陈文述对她的评价。在浪漫的包裹下，吴藻有着一颗不甘凡庸却又无事可为的心。"虽然我有快活的友伴共饮，可以暂且驱遣满怀的怨诉；虽然欢笑点燃了发狂的灵魂，这颗心呵——这颗心仍旧孤独！"无论怎样努力地扮作一个风流自赏的名士，在卸下儒士头巾之后，站在菱花镜前打量自己的女儿身时，她还是会珠泪盈面、悲不能抑。灯光下的吴藻是忧伤的。一个孤独的美人，秋月春风等闲度。

陈寅恪先生曾在《论再生缘》一文中侃侃而言，在女作家陈端生所生活的那个年代，中国有智慧有、学识的女性大概可以分为三种。第一种，是完全服务于家庭的、贤妻良母型的主妇；第二种，是活跃于应酬场中的交际花，即青楼女子之属；第三种，则是像孟丽君一样具有独立之精神、自由之思想的女杰。前面两种女性，在当时的中国可谓滔滔皆是，可要说到第三种女性，陈寅恪叹息道，那恐怕就只有极少数的人甚至只有端生一人而已。他为端生痛声疾呼道："抱如是之理想，生若彼之世，其遭逢困厄、声名埋没，又何足异哉，又何足异哉！"

这段话用在吴藻身上也同样适合。吴藻，亦是较早具有女性觉醒意识，具有独立精神、自由思想的极少数人中的一个。陈寅恪先生还曾说过，对于这样一种女性，道貌岸然的社会是绝难容忍的，所谓"世人皆欲杀"是也。独立之精神、自由之思想，一个女子若是胆敢向人生要求这两样珍宝，她往往会付出极其惨重的代价。

所幸吴藻并没有遭遇太多苦难。从这个意义上讲，她应当感谢她的丈夫。正是由于丈夫的默许与宽容，她才在婚后拥有其他女子所无法想象的自由，并且不必为了赢得这份自由而弄得身心俱伤。然而，看似标新立异的自由并没有给她带来心灵的满足。十年后，丈夫病故，她成了一个寡妇。

有人说，直到这时，吴藻始有反思忏悔之意。为什么要辜负一个对自己如此温情、如此宽容的人呢？失去了他坚实的臂膀与他的生意经，她风雅的生活也就失去了支柱。于是，她写下了"剪烛西窗少个人"的凄惶；于是，她写下了"不上兰舟只待君"的殷勤。再于是，她痛定思痛，离开文朋诗友，告别繁笙脆管，独自来到嘉庆的南湖之畔，在那里建起了一座香南雪北庐，屋外是一片玉色晶莹的梅花。从此，吴藻扫除文字、潜心礼佛，"梅花如雪悟香禅"，最终在净土梵音的感召下度过了寂然无波的余生。

是这样吗？由不满现实、挑战世俗的扬眉女子到不问世事、安守平淡的沧桑妇人，吴藻是在以自己的后半生来向前半生救赎，救赎自己在婚姻上的不知惜福、恃才而骄？

我不同意这种看法。恐怕，吴藻本人也不能同意。在笔者看来，吴藻皈依佛门非是忏悔，而是除此以外，她确已无路可走。十年的婚姻，道不同不相为谋，她如何能够用否定自己的方式来爱上毫无共同语言的亡夫？可为什么吴藻不在丈夫去世后继续她那火热的生活呢？只因梦已醒来，激情成空。"曲栏干，深院宇，依旧春来，依旧春又去。一片残红无著处，绿遍天涯，绿遍天涯树。柳絮飞，萍叶聚，梅子黄时，梅子黄时雨。小令翻香词太絮，句句愁人，句句愁人语。"（吴藻词《苏幕遮》）所谓浪漫的人生，到头来只以"一片残红无著处"而惨淡收场；所谓理想的境界，最终竟换得"句句愁人，句句愁人语"的不尽苦闷与无奈。

为了超脱尘世的烦恼，吴藻向着佛经的世界越走越深。那么，学佛是否达到了预期效果呢？且让吴藻的这首《浣溪沙》来告诉我们吧。

"一卷《离骚》一卷经，十年心事十年灯。芭蕉叶上几秋声。"这是词之上阕。吴藻"幼好奇服，崇兰是纫"，这个早慧的女孩儿还在童年时代便跟《离骚》的作者屈原走得很近了。她喜欢效仿屈原穿着不合于俗的奇服，也喜欢像屈原一样将扬扬其香的秋兰缀连起来，佩戴在身上。司马迁称赞屈原"其文约，其辞微。其志洁，其行廉。其称文小而其指极大，举类迩而见义远。其志洁，故其称物芳；其行廉，故死而不容。自疏濯淖污泥之中，蝉蜕于浊秽，以浮游尘埃之外，不获世之滋垢，皭然泥而不滓者也。推此志也，虽与日月争光可也。"然而，具有如此品格与如此志向的人要与碌碌红尘融为一体，要与芸芸众生打成一片，就太艰难、太痛苦了。吴藻喜读《离骚》，屈原与世难合的痛苦也是她所感到的痛苦，屈原独善其身的哀怆也是她所感到的哀怆。而要化解这种痛苦，要减轻这种哀怆，还有比佛经更好的选择吗？"一切有为法，如梦幻泡影，如露亦如电，应作如是观。"看开了，世间的一切都是梦幻露电，转瞬即逝，你又何必好胜争强、作茧自缚？

捧起经书一卷，她试图浇灭激情的余焰与残存的憧憬，把自己托付给永恒的清凉与冷寂。在那闪闪不定的灯光里，她真的忘却了前尘往事吗？她以为，她真的忘了。但当芭蕉叶上的秋雨潇潇响起时，她才知道，她的心中，仍盘结着丢不开的愁怨。她的定力与底线再度崩溃。又一次地辗转失眠，这是因何而起呢？

请看下阕："欲哭不成还强笑，讳愁无奈学忘情。误人犹是说聪明。"

放声一哭，对于宣泄抑塞的情感原本大有裨益。可是，就连这样的努力她也放弃了。哭给谁看呢？哭给麻木冷漠的命运吗？哭给那些视你为异类的红尘男女吗？那是毫无用处的。你只能用自己的左手来温暖右手，只能以强笑代哭来保持自我的尊严。再莫提起那片填满胸臆、山高海深的愁思了，"忘情"是驱愁的妙方。然而，想要忘情却不能忘情，这都是聪明所误啊。苏东坡有诗云："我被聪明误一生"，纳兰也曾说过："信道痴儿多厚福，谁遣偏生明慧？"绝顶聪明之人，生于志难遂、愿难偿的浊世，其实远不如一个笨伯过得快活。君不见，三国蜀主刘禅在位时是个无忧天子，当了亡国之君后小日子也照样过得十分惬意。有一次宴会上，司马昭特命一班蜀伎为其歌舞助兴，借以观察这个憨态可掬的投降者是否真无叛心。在场所有的蜀国旧臣均已热泪盈眶，独有刘禅嘻嘻哈哈，幸福陶醉得找不着北。司马昭不禁拍案叫绝："天哪，一个人居然可以无情到这种地步吗？"多情不似无情苦，一寸还成千万缕。东坡、纳兰已吃尽聪明的苦头，同样聪明的吴藻又何能幸免？

　　一卷《离骚》、一卷素经，当青春的彩衣褪尽金丝银线，这便是她拥有的全部。香南雪北，澄心谁诉？寒梅幽独，簪上鬟绿。莫叹空谷知音少，一曲冰弦真自傲。有美人兮倚修竹，对湖光山色舒长啸。

英才多寂寞，千秋一例同

《金缕曲》

闷欲呼天说。问苍苍、生人在世，忍偏磨灭？从古难消豪士气，也只书空咄咄。正自检、断肠诗阅。看到伤心翻天笑，笑公然愁是吾家物。都并入、笔端结。

英雄儿女原无别。叹千秋、收场一例，泪皆成血。待把柔情轻放下，不唱柳边风月。且整顿、铜琶铁拨。读罢离骚还酌酒，向大江东去歌残阕。声早遏，碧云裂。

"闷欲呼天说。问苍苍、生人在世，忍偏磨灭？"这首《金缕曲》的开篇很像黄仲则《沁园春》的起句："苍苍者天，生我何为，令人慨慷。"又很像陈端生在《再生缘》中的发问："搔首呼天欲问天，问天天道可能还？"同时亦与清代女词人沈善宝的《满江红》结语高度吻合："问苍苍、生我欲何为？生磨折！"闷欲呼天，是郁闷到了极点，压抑已久的情感如火山爆发："苍天哪苍天，你既予人才智，又为何夺人梦想？令人壮志蹉跎，雄心磨灭？"

这一问，吴藻是代表着世间所有的豪杰之士。"从古难消豪士气，也只书空咄咄。"苍天昏聩，用陈寅恪先生的话来说是"苍天已死三千岁"。自古以来，豪士的勃勃英气就从没消失过。豪士者，具备遗世独立的品格与风骨，怎奈随着岁移时迁，"少年子弟江湖老，红粉佳人两鬓斑"，芒角撑肠、情怀激昂的豪士亦将如庸庸碌碌的红男绿女一样青春不再、一事无成。理想成空的豪士将何以自处呢？"也只书空咄咄"。"书空咄咄"出自《世说新语·黜免》。有个叫殷浩的人被罢职流放后，每天都用手指在空中比画，不知道的人还以为他神经出了毛病。然而有人不信这个邪，经过仔细观察后，终于破解了殷浩的字谜。原来，他反复比画的都是"咄咄怪事"四字。显然，殷浩觉得自己很冤，但又不敢公开表露愤恨之情，于是只得以空中题字的哑剧来一诉委屈。当世间的豪杰之士在受到命运的残酷迫害与打击时，又何尝不觉得委屈，不感到愤恨呢？千古的辛酸与千古的寂寞，尽在这"咄咄怪事"的千古一叹中。

替世间豪士打抱不平之后，词人转入愀然自伤。"正自检、断肠诗阅。"南宋才女朱淑真慧心如兰、文采斐然，她的婚姻却很不如意，嫁市井小民为妻，一说嫁的是个俗不可耐的官吏。人们把朱淑真的婚嫁之误归结于"父母失审"上。在封建时代，父母大人若是不能为女儿择一佳婿，那就是害了女儿终身的"始作俑者"了。才高貌美、正当青春的朱淑真不甘心枯死在婚姻的泥淖里，她与一名书生暗中相恋了，也有研究者指出，朱淑真在少女时代便已心有所属。说起朱淑真的性格，俊爽与热烈兼而有之，颇似"三言二拍"小说中的那些女主角，为爱痴狂、无所禁忌。据传，她曾为她的书生恋人写过一首《生查子》：

去年元夜时，花市灯如昼。月上柳梢头，人约黄昏后。
今年元夜时，月与灯依旧。不见去年人，泪湿春衫袖。

　　由于词中幽期密约的暗示太过明显，一些正人君子读到后不免大惊
失色。为了维护这位多情才女的清誉，他们不惜用了一条移花接木之计，
将其原创权煞费苦心地改动到了北宋词人欧阳修的名下。后来，朱淑真
倾心相许的那位书生似乎辜负了她。失去了感情的寄托与生命的活力，朱
淑真就像一朵得不到光照的花，身心憔悴，郁郁而终。极度伤心的父母认
为女儿生前所写的那些浓词艳赋是罪魁祸首，一怒之下，将朱淑真的文稿
付之一炬。然而仍有不到百分之一的作品幸存了下来，后人辑之为《断
肠集》。

　　　　春已半，触目此情无限。十二阑干闲倚遍，愁来天不管。
　　　　好是风和日暖，输与莺莺燕燕。满院落花帘不卷，断肠天涯远。

　　这首《谒金门·春半》颇能代表朱淑真词作的整体风格。有那样一
颗玲珑剔透的心灵，有那样一份哀怨缠绵的思致，所适非人继以明珠暗
投，一生命运如此相误相负，真是生也凄凉、死也凄凉，生也断肠、死
也断肠。

　　吴藻此时所阅的诗章词句是否出自朱淑真的《断肠集》呢？若是说到
性格，吴藻与朱淑真还真有几分相近之处。朱淑真是外向型的，吴藻亦是
外向型的。但在情感方面，两人却有较大的差别。尽管她们都在婚姻方面
大失所望，然而在大失所望之余，朱淑真果敢地选择了自由恋爱的方式来
取代食之无味的婚姻。朱淑真是那样一种女子，视爱情为生存之必需空气，
她为爱而生，也为爱而亡。吴藻则不同，她具有一种"光风霁月照玉堂"
的名士气度，爱情不是她生活的全部，她选择了与狂朋诗侣以文字定交

的方式来填补情感的空虚。"冷雨敲窗不可听，挑灯夜读《牡丹亭》。人间亦有痴于我，伤心岂独是小青？"明代扬州女子冯小青身出名门，后因家庭变故不幸沦为富室小妾，在受尽正妻的凌辱后避居西湖孤山。小青在风雨交加的夜晚独与一册《牡丹亭》为伴，剧中人杜丽娘为了追求自由与真爱而不惜以身相殉的性情与命运令小青引为同类、不胜感慨。而吴藻呢，她虽不是朱淑真的同类，然则那种同属天涯断肠人的默契又何须尽言？

"看到伤心翻失笑，笑公然愁是吾家物。"断肠之语，横看是伤心，竖看也是伤心。正自伤心得不可开交，忽又展颜一笑。为何而笑呢？"笑公然愁是吾家物"！原来，那书中的千愁万恨竟是自己的全部财产，除它之外，自己竟然一无所有！"都并入、笔端结。"忧愁就像血液流淌在自己的生命里，而描绘忧愁、抒写忧愁竟然已成为自己终生的依赖与使命。

吴藻是一个悟性极高的人。后人论此词，多从女性觉醒的角度出发，把握住了这个角度，也就把握住了此词的心脉。且看词的下阕。"英雄儿女原无别。叹千秋、收场一例，泪皆成血。"此二句豁然有别于"正自检、断肠诗阅"的闺阁中人的小我之境，而是站在一个平视男女的高度。在吴藻看来，岂止女儿千红一哭，男儿亦是万艳同悲。她的心中充满了哀悯。她所哀悯者，乃天地间所有具有英雄之志、豪士之气的非常男女。

北宋词人秦观文有屈宋之才，武有雄韬伟略，由于受到元祐党争祸累，一贬再贬，幽恨满怀。其所作之词凄婉哀切，赚尽了天下多情儿女的眼泪，秦观也因此得到了"古之伤心人"的封号。而在清代咸、同年间，一位名叫彭玉麟的湘军水师将领却自刻一印，上写"古今第一伤心人"七字。彭玉麟与曾国藩、左宗棠、胡林翼合称"晚清中兴四大名臣"。此人不但文武双全，并且深于用情。后世有挽联悼："诗酒自名家，更勋业灿然，长增画苑梅花价；楼船欲横海，叹英雄老矣，忍说江南血战功。"上联盛赞彭玉麟在诗文丹青上的造诣，据传彭玉麟曾画梅万幅，以纪念一段铭心刻骨、不得善终的爱情；下联则对彭玉麟在镇压太平天国的水战中所取得的"丰功伟绩"隐予讥讽，那可是用成千上万个生灵的鲜血换来的啊。若是站在封建社会读书人忠君报国的立场上，彭玉麟的血战之功似乎也不必深责。然而，即使像他这样披肝沥胆、竭忠尽勇地为末代皇朝做"帮凶"，仍旧挽回不了人心时势的全面崩盘。对国事的失望、在个人感情上的极度不幸，令他刻下了那颗"古今第一伤心人"的印章。

"古之伤心人""古今第一伤心人"，试问世间有愿难偿、有志不遂的伤心男子，有几人耶，有几千人耶，有几万人耶？

"英雄儿女原无别"，写下这句感慨的吴藻已不是当年那个女扮男装、青春飞扬的"玉面郎君"，多年来与青衫文士的交游令她深深地感知，女扮男装解决不了实质问题。男儿所拥有的自由与独立并没有想象中的那样宽广，他们的身心也负有沉重的枷锁，他们也不得自主，也会时时处处受到制约。"叹千秋、收场一例，泪皆成血。"这句是对"从古难消豪士气"的呼应。"岁华摇落尽，芳意竟何成？"当一个心高气傲之人因虚度光阴而束手无策，这是什么样的滋味？可这样的悲剧还在代代相传。泪皆成血，真是欲说还休，心如刀割。

"待把柔情轻放下，不唱柳边风月。且整顿、铜琶铁拨。"这是吴藻异于朱淑真之处，也是吴藻高于同时代的那些才女词人之处。"柳边风月"与"铜琶铁拨"典出南宋俞文豹的《吹剑录》，记录的是北宋文学家苏东坡的一则逸事——东坡在玉堂日，有幕士善歌。因问："我词何如柳七？"对曰："柳郎中词，只合十七八女郎按红牙板，歌'杨柳岸，晓风残月'；

学士词须关西大汉，执铁绰板、弹铜琵琶，唱'大江东去'。东坡为之绝倒。"这个幕僚可谓知人善言，比喻精妙。文中的柳郎中更有一个脍炙人口的名字——柳永。"凡有井水处，皆能歌柳词"，柳永曾荣获"大众最喜爱的词人"称号。他最著名的词作是那首《雨霖铃》，而《雨霖铃》中最著名的句子又要数"今宵酒醒何处？杨柳岸，晓风残月"。柔情万种，醉人千秋。苏东坡也是北宋词坛上的一颗耀眼明星，他的词与柳永的词却是完全不同的路数。东坡的代表作是那首《念奴娇·赤壁怀古》，"大江东去，浪淘尽，千古风流人物"是词中最令人心潮澎湃的句子。柳边风月为婉约宗师，宜妙龄女郎缓拍红牙板而歌；而"大江东去"则是豪放元勋，若非虬髯如戟的关西大汉以铜琵琶、铁绰板唱之，那真浪费了东坡先生的一腔豪情。豪情与柔情的代言人是截然不同的。前者如山，后者如水；前者如日，后者如月。

以吴藻的女性身份，以其"夙世书仙"（徐珂语）的翩翩才情，本应在婉约词域大有作为，她却偏要"待把柔情轻放下，不唱柳边风月。且整顿、铜琶铁拨"。意欲与关西大汉同台竞技，此语不仅令朱淑真惊奇，更令柳永惭愧。其实，吴藻兼工婉约、豪放两种风格，她的老师陈文述就曾说她："宝钗桃叶，写风雨之新声；铁板铜弦，发海天之高唱。"始创"宝钗桃叶、风雨新声"这一意象的是南宋的辛弃疾，请看其《祝英台近》一词：

宝钗分，桃叶渡，烟柳暗南浦。怕上层楼，十日九风雨。断肠片片飞红，都无人管，更谁劝、啼莺声住？

鬓边觑、试把花卜归期，才簪又重数。罗帐灯昏，哽咽梦中语。

是他春带愁来，春归何处，却不解、带将愁去。

　　稼轩与东坡同为豪放宗脉，此词写思妇伤春怀人之情，却是极尽销魂意态，深得婉约神韵。吴藻亦有这样的本事与手段。我们上篇所选取的《浣溪沙》"一卷离骚一卷经"可称吴藻的婉约之作，而其豪放之作呢？这里有一首《金缕曲》：

　　生本青莲界，自翻来、几重愁案，替谁交代？愿掬银河三千丈，一洗女儿故态，收拾起、断脂零黛。莫学兰台愁秋语，但大言、打破乾坤隘。拔长剑，倚天外。
　　人间不少莺花海，尽饶他、旗亭画壁，双鬟低拜。酒阑歌散仍撒手，万事总归无奈，问昔日、劫灰安在？识得无无真道理，便神仙、也被虚空碍。尘世事，复何怪？

　　此词的上阕简直就是一篇新女性的宣言，尽管在吴藻的那个时代，还没有"新女性"这一提法。然而吴藻的思想实在太具超前性了，在这首词中，她并没有用女权主义者的愤恨口气控诉社会对女子的偏见与歧视，而是号召姐妹们以银河之水洗尽女儿故态，不以脂粉媚人，不以愁语邀怜。女儿当自尊，女儿当自强。"但大言、打破乾坤隘。拔长剑，倚天外。"这是吴藻为自己，也为女性同胞们所塑造出的阳光健康的新形象。
　　下阕却转入苍凉，有种看破一切的颓唐与萧瑟。因为她明白，即使女子实现了自尊自强也是毫无用处。哪怕她们能像男性词人一样获得倾倒众生的成功，终究不能凭其肝胆、尽其笔墨来改造社会。这茫茫夜、浩浩劫，何时有消亡？何处是止歇？

这种情绪上的落差在吴藻的创作中是一大看点，本词亦然。在振顿精神、弹响铜琶的一刹那，词人仍未能全然摆脱伤心断肠的困扰。但她不低头、不妥协，以"读罢离骚还酌酒，向大江东去歌残阕"的姿态，向这个世道表明她坚守高洁、断不随波逐流的决心。此句既有孤竹君子的气节，亦有性情男儿的豪阔。"声早遏，碧云裂。"词末忽起惊涛拍岸之音，气冲斗牛、力透霄汉。

王国维先生在《宋元戏曲考序》中说过一段话："凡一代有一代之文学。楚之骚，汉之赋，六代之骈语，唐之诗，宋之词，元之曲，皆所谓一代之文学，而后世莫能继焉者也。"以此视之，宋词早已奠定其声冠百代的地位，生于末世运偏消的清词根本就没有资格与实力来继承宋词的衣钵。真是这样吗？在语言艺术上，宋词的确达到了一个无与伦比的顶峰。宋词实在太美了，尤其胜在其"美人临妆、却扇一顾"的风韵，便是最冷酷的心也会为她融化，对她臣服。但在思想意蕴上，笔者以为，清词不但不逊于宋词，且有着宋词所梦想不到的突破。清词中不但有美人的珠泪、才子的清愁，更有豪杰的呐喊、奇女的心声。我们之前谈到的龚自珍以及本章写到的吴藻，其观念之新、思想之异，试问在宋代的词人群体中，谁堪比拟，谁能对阵？清代，作为我国的最后一个封建时代就要步入衰景暮年了，新的时期即将破茧而出。越是此时，各种脱缰断绊的思想观念越是汹涌而至，掀天揭地有如怒剑狂花。在新的时期破茧而出之前的阵痛中，清词也创造了前所未有的辉煌。且让我们以充沛的激情去感受清词作者们用血泪歌哭谱就的一曲曲动人乐章。

王妃顾春

犹记紫玉钗，难忘蝴蝶兰

〖顾春小传〗

顾春（1799—1877），字子春，一字梅仙，号太清，又号云槎外史。西林觉罗氏，满洲镶蓝旗人。因祖父鄂昌牵涉胡中藻诗案，被赐死，家道中落，早年生活艰辛。二十六岁时为清高宗曾孙贝勒奕绘侧室，假托王府包衣顾文星之女，改姓顾。夫妻多诗文唱和之作。奕绘死后，被嫡长子载钧（奕绘正室所生）逐出王府，卖金钗赁屋居住，抚养两子两女成人。载钧死，无子嗣，由太清孙溥楣继承爵位，太清亦得以重回王府。卒于光绪年间。著有《天游阁集》《东海渔歌》等。况周颐《东海渔歌序》云："太清词得力于周清真，旁参白石[1]之清隽，深稳沉著，不琢不率，极合倚声消息……太清词，其佳处在气势，不在字句……"

---

[1] "周清真"指周邦彦，"白石"指姜夔。

迢迢春夜，溶溶梨花

《早春怨·春夜》

杨柳风斜，黄昏人静，睡稳栖鸦。

短烛烧残，长更坐尽，小篆添些。

红楼不闭窗纱，被一缕、春痕暗遮。

淡淡轻烟，溶溶院落，月在梨花。

"太平湖畔太平街，南谷春深葬夜来。人是倾城姓倾国，丁香花发一徘徊。"这首诗，为清末民初的文士冒广生所作。此诗的"不平凡"处，在于它以婉而讽的笔调揭示了一则惊天"秘密"。诗中写道：太平湖畔有位佳人，天然妙目、潋滟生辉，恰似魏文帝的宠妃薛灵芸，不必借助灯火亦能照彻黑暗的夜来女神。在其有生之日，她曾占尽夫君的眷爱，死后合葬南谷，成就一段意韵深长的美谈。可是谁能想得到呢？在看似圆满的一生背后，她还另有一重身份、另有一副深情。她与一位诗坛巨子彼此倾慕、暗结同心。那么，她究竟是谁，那位诗坛巨子又所指何人？

她是乾隆皇帝之曾孙奕绘贝勒的王妃。而那位诗坛巨子，则是狂名惊海内、锐意动神州的龚自珍。据说，当年由于与王妃的恋情泄露，龚自珍在匆匆遁出京城后被杀人灭口。临死之前，龚氏的行囊中还放有一帧她的小影以及一束凋萎了的丁香花。那是一束来自太平湖畔的丁香花吗？是他二人昔年的定情之物吗？此则韵事在清末民初流传甚广，叫作"丁香花公案"。岁月推移，经孟心史、苏雪林二位学者详加考证，这段迷离的"公案"终被确认为子虚乌有。"丁香花发一徘徊"，冒广生太会想入非非了，但"南谷春深葬夜来""人是倾城姓倾国"二句犹有可取之处，它悠然有味地唱出了我们本篇女主角的姓名。她姓顾，"一顾倾人城，再顾倾人国"，她名春，字子春。尽管这一姓名就如"丁香花公案"一样缺乏真凭实据的支撑。

拨开历史的迷雾，现在，且让我们来还原其一生的本来面目吧。本篇中所说到的女词人顾春，她不是一个汉家的女儿，而是满洲镶蓝旗人，西林觉罗氏，其曾叔祖鄂尔泰曾是雍、乾两朝的保和殿大学士，祖父鄂昌曾出任陕西巡抚、四川巡抚、甘肃巡抚等要职。然而，这一切都是很早以前的事了。当鄂昌的孙女西林春出世时，她含在嘴里的，已不是一只标志着贵族身份的天赐银匙；尚在襁褓之中的她，已深深烙下罪人之后的疤印。

在唐传奇《霍小玉传》中，被负心郎李益无情遗弃的霍小玉不得不靠变卖衣饰来打探李益的消息。有一天，霍小玉的丫鬟带了一支紫玉钗去寄卖。在路上遇到一个识货的玉工，认出这支紫玉钗是昔日霍王小女的上鬟之物（女子行笄礼时插戴），当年为了做成这支紫玉钗，霍府曾以万钱为其酬价。从丫鬟口中得知钗主"家事破散，失身于人"的近况后，玉工泣叹道："贵人男女，失机落节，一至于此！我残年向尽，见此盛衰，不胜伤感。"

细思想，西林春与这支紫玉钗亦有几分相似。一样是出身名门，一样是流落人间。平生遭际实堪伤，这得从清史上的一场文字狱"胡中藻诗案"说起。胡中藻是个汉人，乾隆元年（1736）考中进士，那一届的主考官正是西林春的曾叔祖鄂尔泰。文字知音、师生情深，胡中藻与鄂尔泰从此交往甚密，且与鄂尔泰的侄子鄂昌成了诗友。令他们万万想不到的是，他们的灭顶之灾就要因诗引燃了。原来，鄂尔泰虽然深受雍、乾两代皇帝的器重，可他却有一个政治死敌——同为大学士的张廷玉。两人斗了几十年，最终以鄂尔泰、张廷玉的自然老死而告一段落，但鄂党与张党之间的积怨并没因为这两个人的相继去世而结束。张党对鄂门学士胡中藻怀恨尤深，将之视为眼中钉。怎样才能合理合法地拔除这根眼中钉呢？罗织罪名应当是个不错的主意。很快，胡中藻被人告发，导火线是他的一句诗作："一把心肠论浊清。"乾隆皇帝正将文字狱搞得不亦热乎，一瞧这诗便当场发作道："加'浊'字于国号'清'字之上，是何肺腑？"又恶狠狠地断言："如胡中藻者，实非人类所应有！"可怜胡中藻哪还有辩白的机会。这正是"清风不识字，何故乱翻书？"乾隆皇帝这一乱翻书，断送的是胡中藻满门的性命。

事情并未就此完结，鄂昌也被拉扯了进来。那么，鄂昌又写了什么反诗呢？反诗名为《塞上吟》，乾隆皇帝痛斥鄂昌在诗中将蒙古人称作"胡儿"是丧心忘本、大逆不道，继而得出一句总结："然鄂昌未至如胡中藻之大肆讪谤，着从宽赐令自尽。"

鄂昌奉旨自尽，比起对胡中藻的处置，乾隆皇帝算是手下留情了。鄂昌之子鄂实峰从此埋头做人，以游幕为生。残酷的政治打击几乎让这个家庭失去后裔，直到三十多岁，鄂实峰才娶了香山富察氏为妻，西林春是他与富察氏所生的第二个孩子。

后代的研究者认为，十一岁前，西林春居于北京；而十一岁之后，则不明去向矣。她可能到过江南一带，甚至可能做过歌女。莫非这个家庭又遭遇了什么重大变故？总之，年少的那段经历是难以启齿的。难得的是，即使是在这样的逆境中，西林春仍然成了一名富有才华的年轻姑娘。这也许应当归功于她的天资巧慧，更应归功于她坚忍的心性。

终于，才华为她带来了转机。作为荣恪郡王府上格格们的特邀女教师，西林春走入了这个有着烈火烹油之气势、鲜花着锦之派头的显贵家庭，而这样的家庭原本是属于她的。这座王府的主人是乾隆皇帝的第五子永琪。永琪受封荣纯亲王，曾是乾隆属意的接班人，可惜不到二十六岁便因病去世，其子绵亿承封为荣恪郡王。鄂尔泰的孙女，亦即西林春的姑祖母，是永琪的正福晋。可以说，凭着这层关系走入王府的西林春并不单纯是个授业解惑的女教师，她实在是个觅求庇护的穷亲戚。

这时的王府，主人已换为绵亿的儿子奕绘贝勒。奕绘博雅好学，诗词歌赋无不精晓。当与他同岁的西林春带着几分神秘的色彩与寥落的气息进入他的家庭时，当他一次次地与那双盈盈秀眸相逢在绿杨阴里、琐窗深处时，这位年轻王爷的心里会想些什么呢？那是怎样的目光啊？虽已饱看炎凉世态，却仍蕴含着一股"秋水文章不染尘"的风骨与韵致。相见恨晚，也许，他该避开她的目光，逃离她的身旁。

然而，该来的还是来了，总算遇到了这一生中注定要遇上的人。他已娶了亲，正妻妙华夫人也是一位才女，两人还合刻过诗集。然而，此才女不同于彼才女，就像婚姻与恋爱不可合二为一。与妙华夫人的婚姻是父母之命，妙华夫人也许是个完美的女子，但经验告诉我们，看似完美的事物往往缺乏个性、缺乏生气，妙华夫人会不会于此稍有欠焉？西林春则不一样，她是一个将柔弱与坚强奇妙地融于一身的灰姑娘，一朵曾经经受风吹雨打的蝴蝶兰。这样的姑娘永远是白马王子心上的那颗朱砂痣。奕绘爱上了西林春。西林春呢，有哪个灰姑娘会拒绝她的白马王子？

在一夫多妻的古代，这种情形自是不难处置。但在清代的皇室，却又毫无可能。清代的皇室宗亲娶妾，必须是在包衣（家奴）的范围中物色。而西林春的祖姑母为奕绘祖父的正室，两人算是远房表亲。即便西林春愿意屈就妾室，却不容于皇家礼法。

怎么办呢？爱情令他们大胆而又疯狂。为了爱情，西林春不惜降格为包衣身份；为了爱情，奕绘请求府中的二等侍卫顾文星将西林春收为养女。然而，这遭到了顾文星的坚拒。少主人明知故犯、刻意欺瞒之举被他看成罹祸之源，至死，他也没有松口。死人管不了生人的事，顾文星死后，奕绘旧话重提，顾文星之子顾椿龄不像其父那样固执，他答应了奕绘的请求。西林春由此改名顾春，顺利地通过了宗人府（清代管理皇室宗族事务的机构）的"资格"审核。就这样，顾春成了奕绘的侧福晋。此时，她已是二十有六。如果她与奕绘爱得不是那样深切、淳厚，这段感情必然难结良缘。唐传奇《华州参军》云："人生意专，必果夙愿。"验之于奕绘与顾春，可谓得其真传。

两人都加倍珍惜这来之不易的姻缘。"修到今生并蒂莲，前生明月十分圆。"奕绘字子章，顾春则字子春；奕绘号太素，顾春则号太清，这一字一号，已相映生辉。诗词唱和，愈见情深意长。奕绘的词集名为《南谷樵唱》，顾春的词集名为《东海渔歌》，可见他们是一对知音夫妻。

"曲终人不见，江上数峰青。"奕绘在四十岁时病逝，顾春失去了知音。奕绘的长子载钧接替了贝勒的爵位，成为王府的主人。在他的调唆下，顾春被太夫人（奕绘之母）逐出了王府。

事情发生得太突然，却也不算太意外。世上没有无缘无故的恨，载钧对顾春的恨结根颇深，由来已久。而这样的一种恨，其源头却是一种爱，一种主次颠倒、顾此失彼的爱。幼年的载钧不会没有注意到，自从父亲有了这个新福晋，作为正福晋的母亲便退让到了一个不起眼儿的角落。虽说母亲的地位在表面上仍不可撼动，然而那对痴情男女能向正室夫人转达敬意的，也就只剩下一层贵重、冰冷的礼貌了。母亲是在三十三岁那年去世的，她本不该去世得那样早，倘若她是一个幸福快乐的女人。当然，她的去世并不妨碍父亲与其小妾继续相爱。父亲甚至没有考虑过续弦，失去了原配妻子，他越发毫无顾忌地将全部心思与情意都奉献给了那个冒名的包衣之女。与她的子女们在一起，他似乎才是一位真正的父亲。

现在，父亲走了，轮到他来当家做主。那么，为什么还要迟疑呢？驱逐她，撵走她的子女，这是顺理成章的报复，是她罪有应得。

紫玉钗再一次流落人间。带着她的两子两女，顾春变卖金钗租了一处住所，将自己与孩子们安顿下来。在最痛苦的时候，她不是没有想过轻生。然而，多亏了在早年生活中磨炼出的坚强意志，同时凭着追忆爱情所激发的勇气，以及对子女的责任与热爱，使她渡过了这道难关。"贱妾岂自惜，为君教儿成。"历经劫难仍颜色不变的人总是能赢得命运的青睐、生活的回报。顾春也是这样。十八年后，载钧无子而殁，顾春与奕绘的长孙溥楣袭了镇国公之位，成为王府第五代主人。牵着溥楣的手，她回到了那个既陌生又熟悉的王府。

可是，回来的只是一位双目失明的老妇。你在哪里呢，昔日的灰姑娘，美丽的蝴蝶兰？如今的她是多么富有啊，如今的她又是怎样贫穷！倘若可能的话，她会毫不犹豫地用眼前所有的荣华换回那双羞涩的明眸，换回那段与爱人相拥的日子。太素，你在哪里？怎也不回来看看你的太清？

　　暮年的她总喜欢坐在窗前，如果无人打扰，简直可以从清晨坐到傍晚，连姿态都懒得变换，全神贯注地回味年轻的时候。"太夫人，这早春二月的，夜里天凉，不如关窗歇息吧。"一个极伶俐的小丫鬟半哄半劝地搀起她说。

　　"太夫人？"她有一丝惘然，半晌才回过神来。是啊，她已升格为太夫人了。这是一个多有威势的称呼，要积攒多少岁月才能将这样一个称呼归于名下。她的脸上浮漾着少女般的微笑，好似清澈的水面倒映着天边的彩霞。这个早春的夜晚宛然如昨，似乎就在昨夜，她曾作了一阕小令，名字便叫作《早春怨·春夜》。

　　"杨柳风斜，黄昏人静，睡稳栖鸦。"甜美的宁静，从黄昏开始。微风吹得柳丝婆娑起舞，而早归的乌鸦已在巢中睡得正香。

　　黄昏过后便是清夜。"短烛烧残，长更坐尽，小篆添些。"短烛光微，长夜已是所剩无几。而那炉盘中的小篆 [1] 仍在不断地增加，添香人应是通宵无眠吧？

　　"红楼不闭窗纱，被一缕、春痕暗遮。"整夜窗纱未闭，这是通宵无眠的又一证据。红楼独坐，成何滋味？"春痕"一词妙在虚虚实实，幽约动人。这是楼外的花木摇曳所形成的春痕呢，还是笼罩在红楼独坐人心上的春痕？

　　"淡淡轻烟，溶溶院落，月在梨花。"末一句袭用了北宋名相晏殊的诗境"梨花院落溶溶月，柳絮池塘淡淡风"。晏殊的那首诗，是为怀人而作，

[1]　此小篆非指书法中的小篆字体，而是指小篆状的盘香。

将深刻的相思寓于朦胧秀洁的诗句，很符合我国古代文人的言情传统。当然，不是所有的读者都能欣赏这样温暾暾的言情。即使在古代，也有"烂嚼红茸，笑向檀郎唾"的明丽放恣。比较起来，就笔者而言，还是更认同前者。毕竟，那才是我们的中国风、中国味呀。我们久违了的，楚楚有致、含情脉脉的古中国。

在那样一个甜美宁静的春夜，词人究竟在想谁呢？我想，这或者是无须诘问的。她的神情虽然恬淡，她的感情却很执着。不是很爱一个人，你肯为他坐到烛残更尽吗？当全世界都已进入梦乡，唯有你不闭窗纱，一双眼睛亮如星辰，此情可待。也许，这正是词人当年与奕绘相恋时的自画春容吧？有爱情的地方就有梨花，有爱情的夜晚就有惆怅。在历经大风大浪之后，她又回到了平静的港湾。而这首《早春怨·春夜》，就如插在云鬟边的一支金步摇，轻轻一颤便照亮了她纯美的素颜，连同远去的青春，成为她永久的、馨香的追忆。

人间天上，穷途歌哭

《烛影摇红·听梨园太监陈进朝弹琴》

雪意沉沉，北风冷触庭前竹。白头阿监抱琴来，未语眉先蹙。弹遍瑶池旧曲，韵泠泠、水流云瀑。人间天上，四十年来，伤心惨目。

尚记当初，梨园无数名花簇。笙歌缥缈碧云间，享尽神仙福。太息而今老仆，受君恩、沾些微禄。不堪回首，暮景萧条，穷途歌哭。

安史之乱后的唐代诗人元稹写过一首五言诗《行宫》：

寥落古行宫，宫花寂寞红。

白头宫女在，闲坐说玄宗。

短短四行诗句，给人的震撼胜过千言万语。红艳的宫花、白头的宫女、寥落的行宫，唐天子李三郎的天宝往事。多少热闹如宫花开过，曾经的繁华被萧瑟淹没。昔日青丝覆额、人比花娇的宫女，禁不住时光的魔杖一挥，骤然变作了除却记忆便无所依恋的老太婆。她们颠三倒四地诉说着从前的风光与辉煌，啧啧回味着"倚天把剑观沧海，斜插芙蓉醉瑶台"的飞扬与得意。然而那一切永不再来了，就像一座打碎了的七宝楼台，留下的只是无尽的叹息。

顾春的这首词《烛影摇红·听梨园太监陈进朝弹琴》，从题材上堪称《行宫》的后继之作。所不同处，元稹是通过宫女的对谈来表达其兴衰之感，而顾春却是通过一名太监的琴声，结合自己的听琴心得，写下了这篇耐人寻味的长调。听琴的地点或许就在荣恪郡王府吧，顾春的夫君奕绘也曾在场。奕绘也写了一首《听梨园太监陈进朝弹琴》，但用的是不同的词牌《江神子》。

三朝阿监一张琴。觅知音、少知音，常记乾隆嘉庆受恩深。一曲汉宫秋月晓，颜色惨、泪涔涔。

老奴空抱爱君心，借长吟、献规箴，弹《鹿鸣》《鱼丽》戒荒淫。玉轸金徽无用处。歌羽调、散烦襟。

与顾春相比，奕绘的词作逊色许多。他太四平八稳了，缺乏以情动人的力量。不过这也不值得大惊小怪。赵明诚也不是李清照的对手，谁让他们都娶了一个太出色的才女夫人呢？有道是"满洲词人，男中成容若，女中顾太清"，妻压夫名，奕绘自应输得心服口服。

我们来看顾春的词作。"雪意沉沉，北风冷触庭前竹。"听琴是在一个极冷的冬日。阴沉沉的天空飘着浓密的雪花。与雪结伴而行的，还有锐声呼啸的北风。这幅素描，有点儿像《诗经》中所说的"北风其凉，雨雪其雱"。奇寒的天气令庭前的翠竹都显出了瑟缩的模样。竹犹如此，人何以堪？

"白头阿监抱琴来，未语眉先蹙。"迎风冒雪，一个蹒跚的、趑趄的身影向着庭院愈趋愈近。这位雪中来客是谁呢？梨园太监陈进朝。梨园者，最初为唐玄宗训练乐师歌伎的场所。陈进朝既系梨园太监，可见是宫中的乐师出身。他似乎在后来获得了一个较高的地位，奕绘称其"乾隆嘉庆受恩深"，俨然已是一个颇受重视的内臣。然而，此时出现在顾春、奕绘视野中的陈进朝却已落魄得很。他白发飘萧、未语先蹙，怀中紧抱着那只已经跟随了他几十年的旧琵琶，那是他残存的尊严与骄傲。

"弹遍瑶池旧曲，韵泠泠、水流云瀑。"瑶池为神话中西王母的居所。李商隐曾有诗云："瑶池阿母绮窗开，黄竹歌声动地哀。八骏日行三万里，穆王何事不重来。"相传西王母曾在瑶池盛情款待来访的周穆王，飨以天音妙乐。此处以瑶池借指皇宫，一遍遍地弹唱着宫中旧曲，说明这位白头阿监十分怀旧。而他的琴技更是纯熟高超，有如"水流云瀑"般酣畅淋漓。

然则琴技虽高、琴音虽美，它所反映出的时代却不美——"人间天上，四十年来，伤心惨目。"

乐声一转，苦弦换作了欢音。"尚记当初，梨园无数名花簇。笙歌缥缈碧云间，享尽神仙福。"这两句颇有盛唐气象。天宝年间的唐玄宗，携爱妃杨玉环来到牡丹怒放的沉香亭，在乐师李龟年的吹奏下，一群晚妆初成、肌肤胜雪的宫娥翩然跳起了霓裳羽衣舞，恍若来自广寒的散花天女。飘飘欲仙的场面醉了明皇，也醉了太真。

牡丹与杨妃丽色相映，成为那个辉煌时代的点睛之笔。那个时代是无法超越的，却差可比拟。至少就陈进朝而言，他所经历的乾隆盛世与天宝盛世应当相差无几吧？玄宗是位风雅皇帝，乾隆也是一位风雅皇帝；玄宗拥有值得夸耀的家底，乾隆也拥有值得夸耀的家底。玄宗御宇之日，如李龟年一样的梨园子弟跟随他们志得意满的主人享尽了神仙般的清福与逸趣；而在乾隆主政之日，太监陈进朝也曾得到过他的梨园前辈们所引以为荣的宠遇。

欢音煞住，苦弦又起。"太息而今老仆，受君恩、沾些微禄。"老仆是陈进朝对自己的谦称，比起"享尽神仙福"的率直表白来，此句则大有保留。读奕绘的《江神子》我们知道，陈进朝曾深受乾、嘉两代帝王的恩泽，且将这种恩泽牢记于心。那么这里的"受君恩、沾些微禄"又做何解释呢？乾、嘉之后继位的是道光皇帝。陈进朝一方面感谢道光皇帝有恩霖降下，另一方面又说自己不过沾些微禄，混碗饭吃而已。将新比故，轻重立现。看来，陈进朝是在隐隐约约地对新君表示不满。可是，这种不满从何而来呢？

"老奴空抱爱君心，借长吟、献规箴，弹《鹿鸣》《鱼丽》戒荒淫。"奕绘在其词中披露了原因。《鹿鸣》与《鱼丽》均为《诗经》中的篇章。"呦呦鹿鸣，食野之苹。我有嘉宾，鼓瑟吹笙。""鱼丽于罶，鲿鲨。君子有酒，旨且多。"《鹿鸣》与《鱼丽》内容相似，极言宾主相得之乐。这样的篇章与劝诫荒淫几乎是不搭边的。难道奕绘误解了《诗经》？应当不会吧？我觉得，他是因为不便明言，故而略施了一层烟幕。道光皇帝不是一个荒淫的皇帝，这样写，便模糊了作者试图指责的对象。那么，透过这层烟幕，我们能看到什么样的事实呢？我们看到的是君臣的隔阂与疏离，如《鹿鸣》《鱼丽》般君臣同心、社会兴盛的时代已一去不复返。由于进言不当，陈进朝失欢于新君。白头阿监被逐出宫门，空怀一腔忠心与一身高绝的琴技。他是怎样走出宫门的呢？必然是举步如铅、频频回首；热泪纵横，泣不成声。

可是，频频回首难道就能够寻回"笙歌缥缈碧云间"的欢乐时刻吗？

热泪纵横莫非就能够重现"梨园无数名花簇"的喧妍盛景吗？此身谁知，此世谁料？在享尽神仙福之后，内忧外患相继而起，道光一朝，随着鸦片战争的爆发，鼙鼓惊、繁华歇；大厦倾、梁柱折。看似强盛完美的天朝帝国，竟然如同沙塑的城堡般一推即倒、一击即破。

"不堪回首，暮景萧条，穷途歌哭。"这是那个时代所有人的回首与所有人的歌哭。陈进朝哭了，奕绘哭了，顾春也哭了。从乾隆、嘉庆再到道光，四十年来，发生在顾春身上的，是家破人亡、漂泊流离；发生在这个国家身上的，则是盛世烟消、变乱纷乘。

大清帝国这艘早已破烂不堪的头等战舰在以令人吃惊的速度下沉，就像庞大的"泰坦尼克号"向着大西洋海底下沉一样，即使换了最有经验的水手来掌握航向，也不能改变沉船的结局。身为王妃的顾春这时也正站在这么一只危险万分的沉船之上。这只船上，既有农夫贫民、商贾儒士，也有文武百官、王公贵族，甚至还有一国之主的皇帝。没有一个人能逃脱这场末世的灾难。每个人的脸上都写满了伤心与惶恐、犹豫与悔恨。每个人都必须面对，但又无法面对。诚如顾春所言：暮景萧条，穷途歌哭。

后记

读你千年，读你千遍

　　高速公路两侧，一片片生机勃勃的油菜地正以飞翔的姿态掠过车窗。迟钝如我，也分明感觉到了灼灼逼人的春光。曾经那样深爱过这个季节；曾经在这个季节读过美似云锦的华章，写过鲜如朝露的诗篇。然而，随着一年又一年冬去春来，却有些厌看水绿山青、花妍草柔了。春天虽在更新，心情却没有更新。按部就班的生活、匆匆流逝的光阴，使我早已没有了探春、赏春的心情。油菜花恣意地生长着，而我们这些墨守成规的人，却大多没有恣意生长的勇气。盛载着奇情清梦的年龄已离我远去，取而代之的，是苍白、萧瑟、枯淡的情感。也许，这就是生活的本质，这就是人生的真相吧。我的发现是否太晚？再也不能像个天真任性的少年，满脑子"假如明天来临"的傻想。也正因如此，方才知道韶光的可贵。珍惜好时光，雕琢好时光，就从笔下开始吧。今年春天，当务之急是要完成本卷清词随笔的尾声，再来回顾一下在清词世界的拾翠之旅。

　　本卷随笔选取了从清代顺治年间至道光年间的十三位词人的名篇佳作加以评析。"不辞冰雪为卿热"的纳兰性德，"寂寞斜阳外，渺渺正愁予"的张惠言，"花开不合阳春暮"的龚自珍，"化了浮萍也是愁"的蒋春霖，是本卷随笔写作的重点。其余作者亦皆大有性情、大有特色。他们当中，既有耽于山水烟霞的隐逸高士厉鹗，也有惊世骇俗的另类画家郑板桥；既有寿终壮年的苦命诗人黄景仁，也有与林则徐齐名的晚清名臣邓廷桢。另外，本卷随笔还勾勒了三位女词人的惊鸿妙影。她们分别是农夫之妻贺双卿、商人之室吴藻，以及来自太平湖畔、有着神秘身世的王妃顾春。三位才女三台戏。虽说她们的身份境遇落差极大，但其清雅高隽的思致与文笔，则有着难分伯仲的魅力。

那么多才情富艳的词人，那么多充满灵气的生命，由于时代，由于遭际，却没有一个幸福的结局。他们多像那一树树经冬未凋的朱砂梅，尽管已在冰雪之中销残风华、折损玉颜，然而，他们却并不因此而悔其执着，哪怕抱香而死，也不离弃理想，不辜负所爱。留得清词在人间，留得清芳在人间。

我们的人生，我们的时代，同样需要一种朱砂梅的纯真、朱砂梅的深情、朱砂梅的坚守，以及朱砂梅的傲岸。"相逢互诉相思，年年常伴开时。惜取娉婷标格，好春却在高枝。"最好的春花总是绽放在最高的枝头，最美的词章总是等你在时光深处。在这生机盎然的季节，请捧起手中的清词吧，如同捧起自己的心灵，如同捧起穿越时空的信物，如同捧起前世今生的爱恋，读你千年，读你千遍。

流珠